Deals
in
Secrets

买话

鬼子 著

人民文学出版社

图书在版编目（CIP）数据

买话／鬼子著．——北京：人民文学出版社，2024
ISBN 978-7-02-018551-1

Ⅰ．①买… Ⅱ．①鬼… Ⅲ．①长篇小说－中国－当代 Ⅳ．① I247.5

中国国家版本馆CIP数据核字(2024)第044772号

责任编辑	付如初
装帧设计	陶　雷
责任印制	张　娜

出版发行	人民文学出版社
社　　址	北京市朝内大街166号
邮政编码	100705
印　　刷	北京盛通印刷股份有限公司
经　　销	全国新华书店等
字　　数	220千字
开　　本	880毫米×1230毫米　1/32
印　　张	9.625　插页1
印　　数	1—50000
版　　次	2024年4月北京第1版
印　　次	2024年4月第1次印刷
书　　号	978-7-02-018551-1
定　　价	68.00元

如有印装质量问题，请与本社图书销售中心调换。电话：010-65233595

第一章

1

太阳走得有点早，四点多不到五点，就真的不见了。刘耳在阳台上看了看头上的天，满眼都是灰毛毛的，转身就下楼去了。他想在街心花园里多走几圈，给自己透透气。他的脑子近来有些乱，乱得常常发慌，就像屋里的某个地方眼见要着火了，却又一点办法也没有。可是第二圈没有走完，内急就来了。内急一来，腿就不听话了。他揪紧了裤裆，便蹿到了路边的一丛芭蕉树后。就在这时，有人过来了。是黄德米。平日里他叫他黄秘。黄德米看到刘耳就不走了，也不出声，只是看着他，帮他守着，等他慢慢滴完。刘耳回身的时候吓了一跳，只好尴尬地笑了笑，他问他，你怎么在这里？黄德米没有回答，他问他，刘叔，您是不是老毛病又犯了。不久前，刘耳进过一趟医院，就是黄德米把他给送去的，因为有尿撒不出来，差点把人给憋死了。刘耳摇摇头又点点头，嘴里嗑了一声，他说：

"人老了，东西真的不中用了。"

黄德米笑了笑，忽然拍了一下脑门。他说走，我带您去一个地方，您先去泡一泡，看看管用不管用。如果管用我给您办个月卡，办个年卡也可以。刘耳不知道泡一泡是什么意思。黄德米说，去了您就知道了。说着就半拉半推地把刘耳给带走了，也不管刘耳愿不愿意。毕竟人家是儿子身边的人，刘耳也就没有多想。

2

所谓的泡一泡，其实就是根浴。所谓的根浴，就是让你光着身子半躺在一个长长的木桶里。木桶里是放了水的，水里又放了草药。什么草药？不知道。那味道随着热气不停地往上飘，还是很好闻的，而且还能让你慢慢地有些意乱情迷，让你不知不觉地就舒服得不得了。那是一种皮肉的舒服，也是心窝里冒出来的一种舒服。要的不就是舒服吗？人家养生店可是花了心思的。当然了，那里的根浴没有这么简单，或者说没有这么纯粹。等你脱光了，泡在桶里了，全身心都开始暖酥酥的，这时候，进来了一个女孩，是一身上下都正在开花的那一种。她就站在木桶的后边，靠着木桶，声音软软地问了一句：

"老板您好，需要我也下去吗？"

刘耳一直是闭着眼睛的，他没有看到女孩进来，当即吓了一跳，但又不敢从水桶里跳起来，也跳不了，身子是光着的，光光地埋在水里。

"你来做什么？"刘耳问。

"给您做按摩呀。"女孩说。

"按摩？按摩就要下来吗？"

"下去会更好一些。"

停了停，她又说：

"不下去也可以。"

刘耳的脑子就有点乱了。他歪着头，看了看那个女孩。还挺好看的。屋里的灯光有些暗，这当然也是人家养生店花了心思的，如果灯光再亮一点，或者很亮，那女孩会不会就没有那么好看了？他不知道。他想了想什么，说：

"一定要按摩吗？"

"要的，这是我的工作。"

停了停，她又说：

"也是您应该得到的服务。"

"那……能不能……给我换个男的？"

女孩就笑了。她的笑声也是软软的，她说：

"您是不是没有来过我们店呀？"

刘耳点点头，点得有点慌，也有点傻，像是没有见过什么世面，至少没有见过眼下的这种世面。女孩就告诉他：

"我们这里呀，按摩的都是女的。"

刘耳歪歪头，又了看那个女孩。他觉得这女孩是真的好看，好像比刚才更加好看，声音也是更加地好听，就连她的声音尾气，都十分地好，柔柔的，话说完了那声息还像一丝软风在你的耳朵里绕来绕去，把人弄得心里痒痒的。他不知道再怎么说话了，心里有些复杂了起来。其实是有些激动，好像有人在里边打鼓，一上一下地打得很不安分，但他很快就把鼓面给摁住了，不敲了，心想既然是黄德米给安排的，应该不用担心那些别的什么，否则那点担心就是多余的了。

3

黄德米没有进来。他办事去了。办什么事他没有说，只是吩咐刘耳，一个小时后我再来接您，晚上我们到天下粮仓吃饭，到时我们好好喝两杯。在瓦城，天下粮仓可是吃饭的好地方，主要是菜好、品相高，关键还有点烧钱。因为烧钱所以显得特别有面子。

等到黄德米回来接人的时候，刘耳已经不在木桶里了，而是光着身子，蹲在了养生店大堂的墙脚下，低着头，一只手压着另外一只手，紧紧地捂在腿根的深处。跟刘耳一样蹲着的还有好多人，都是男人，有老的，也有年轻的，把一面长长的墙脚，全都给蹲满了，从这头一直蹲到那一头；墙脚的拐弯处还蹲了三个，也都是一个模样的，全都低着头，全都不让别人看到他们的脸。

是出事了！

怎么出的？ 不知道。

他们的面前，站满了警察。

黄德米毕竟是黄德米，他总是有办法让别人知道他是谁，他悄悄地问了问，就知道哪个警察是带队的。他把带队的警察悄悄叫到一边，然后悄悄地拨通了一个电话，只说了两三句就把电话递给了他。那警察接过电话也没有说话，只给对方不停地应答着：

"嗯。"

"嗯嗯。"

"嗯嗯嗯。"

然后把电话还给了黄德米，问道：

"是哪一个？"

黄德米对着墙脚，点着下巴数了数。

"第十六个。"

带队的警察没有多说什么，走过去用手背碰了碰刘耳的脑门，说："你刚才在哪个房，去拿你的东西吧。"转脸给黄德米丢了一个眼色。黄德米早已脱下了外衣，冲上去裹在了刘耳的腰上。

4

"丢人啊，真是丢人啊！"

刘耳在黄德米的车里不停地吐着冤气，吐得满车都是。黄德米也知道自己是好心办了坏事了。是好心吗？当然是！那长长的水桶里可不是一般的水，那是真的放了药的。什么药？当然是专治男根的那种药。听说还是古传的配方，那可都是老祖宗传下来的好东西。坏就坏在养生店的老板鬼迷了心窍，又添加了一味药，这味药就是让女孩子来按摩。如果按摩的不是女孩，那就不会出现今天的事情了。可是，那些按摩的如果不是女孩子，会有客人吗？有还是会有的，但肯定没有这么火，肯定不会身体有问题的来，身体没有问题的也来。坏就坏在这里了！坏在这个店的老板想多挣几个钱。可他黄德米又不能跟他自己老板的父亲这么说。他要是这么说了，那就意味着你黄德米多多少少是有意的，否则你为什么没有预料到会有这样的后果呢？当秘书的你可是政府的人，你怎么能不知道政府是不允许养生店这么搞的，那你为什么还把老板的父亲往坑里带呢？你这不是有意害人吗？他知道他是真的对不起他老人家了，嘴里便也不停地说着对不起对不起，真的对不起！说这些话的时候，他的嘴里就像敲着一面破锣，难听得很，可又不能不敲。到了天下粮仓，进了包厢，坐了下来，刘耳的冤气还在不停地冒烟：

"真是丢人丢大了！"

"这辈子都没这么丢过！"

"从来都没有这么丢过！"

"从来都没有。"

"真的丢大了。"

"丢死了人了。"

……

他一直低着头，弯着腰，两只手也一直插在裤裆的深处，好像有什么丢人的东西一直没有回到身上。

菜很快就上来了，都是好菜。酒也打开了，也是好酒，是三十年的茅台。本来是想拿十五年的，拿酒的时候，黄德米的脑子里好像有人提醒了一句什么，就拿了三十年的了。黄德米的车屁股总是放有不少好酒。都是别人送的。他给刘耳和自己都满上了一盅，又把两个小杯也满上了。他要的是一个小包厢，茅台酒的香味一下就满屋都是。在平时，刘耳会先喝上一杯，然后再拿上筷子。但今天的刘耳却一动不动，他的脸一直低低地埋着，也不看黄德米，只是突然问道：

"他们知道我是谁吗？"

"放心吧刘叔，我怎么会告诉他们呢。"

"那你跟他们怎么说我？"

"我说您是我的叔叔。"

刘耳转了转脖子，好像低头久了有点难受。

"就怕你们老板知道。"他说。

"放心吧刘叔。我不会让我们老板知道的。老板要是知道了我就完蛋了,您说是不是?"

刘耳还是一动不动,想了想什么,又问:

"你是怎么知道那个店的,你去过?"

"没有!我没有去过。我们哪敢去呀。"

"那你是怎么知道的?"

"朋友朋友,是听朋友说的。有次吃饭,一个朋友说的。他说他爸爸的前列腺问题就是在那里泡好的,泡了不到一个月就泡好了。当时也有人不信,他就说不信没有关系,哪天你上我家听听我爸爸上洗手间的声音你就知道了。"

"什么意思?"

刘耳突然抬起了头来。

黄德米说:

"那朋友讲,他爸爸这几年上洗手间,他在外边几乎听不到什么水声,而且半天都不出来,可现在不一样了,现在他爸爸一走进洗手间他都想把耳朵堵上,那水声呀,说是冲得哗啦啦的,特别的刺耳。"

刘耳忽然就笑了。黄德米也笑了。没等黄德米发话,刘耳的手已经从下边抽了上来,他拿起酒就喝了下去。喝完了又忍不住问道:

"应该也是女孩子给按摩的吧?"

"这个他没说,应该是吧,要不他爸爸怎么泡了差不多一个月呢。"

"也是。"

刘耳又差点要笑,但笑意只在脸上晃了晃就收住了。他倒了酒,又喝一杯,喝到第四杯的时候,对黄德米说:

"我在想一个事。"

"什么事？您说。"

"这事你看怎么帮我弄一弄。"

"什么事您说，我给您马上办！"

刘耳的筷子，这时伸到了那碟冰冻的鹅肝上。他慢慢地取了一块，往蓝莓酱的小碟里轻轻地点了点，又点了点，把鹅肝的两面都点上了蓝莓酱。

"对，要马上办，越快越好。"

"您说，刘叔。"

黄德米一直没有动筷，他看着他吃，看着刘耳把鹅肝小心地送进嘴里。他知道他爱吃这个。每次和刘耳在一起吃饭，只要有冰冻鹅肝，刘耳总是等着，一直等到冰冻鹅肝转到他面前，他才一手压住桌边，一手把筷子慢慢地伸向鹅肝。刘耳吃好鹅肝对黄德米说：

"我得回村上去。"

"这好办，我晚上就给您安排。"

"我回去可不是一天两天。"

"十天八天也没有问题。"

"你先听我把话说完嘛。"

"好的好的，刘叔您说。"

"我在村上，不是还有个老屋吗，我出来的时候没有卖掉，只是把它给了村里的一个人。那个人叫作有良，是一个可怜人，在住进我家之前，他从来都没有住过瓦房，也没讨过老婆，所以也没有后人。前两年他走了，村上差点要把我那房子给处理掉，但是有人建议应该先问问我。毕竟你老板的身份摆在那里，这是我猜想的。于是他们就问我有没有什么想法，他们说你如果想留我们就给你留着，你要是不想留我们就帮你处理掉。这事我当时想了两个晚上，我倒没有想过哪一天会回去住，我只是觉得，那是我家的老屋，我还是留着的好。再说了，我那个房子的位置也是挺好的，因为在村子的最东头，每天太阳一来，好像总是最先照在我家的房子那里，想想都觉得挺好的。你想想是不是？你就想想吧，每天太阳来的时候，总是最早照在你家的房子那里，暖暖的，亮堂堂的，你的心情是不是特别的不一样。后来我就回答他们，让他们先给我留着，他们就一直给我留着了。"

"还能住人吗？"

"直接住当然不行。"

"那我知道了刘叔，我们重新弄一下。"

"我就是这么想的，也花不了几个钱。"

"钱是小事啦刘叔！晚上我给县里去一个电话就好了，让他们找人弄。马上弄，弄好一点。他们还巴不得我们找他们呢。"

想了想，又说：

"那我跟老板怎么说呢，他肯定会问我的。"

"我知道他会问的。你就说，我现在这个老毛病，想根治是治不了了，说是全世界都无法根治，就跟糖尿病一样。除非你整天地在屋里待着，急了你就往卫生间里跑，你不能胡乱出门，你一出门，一不留神就成了今天你碰见的那个样子了。是真的忍不住，忍得住谁会在路边的芭蕉树后乱掏自己的东西呢？可是回到村上住就无所谓了，不管你走到哪里，急了你只要转个身，村头、村尾、院边、墙角，哪个地方你都可以方便。"

"这倒是，我们小时候在村上就是这样，很多老人也都是这样，也没人管你,也没人笑你。大家都当作没有看见,就是看见了也没有什么,挺多是朝你咳嗽一声,告诉你不要回头就了事了。"

5

到了最后,喝得差不多了,刘耳又盯着黄德米问道:

"还有一个事……"

"您说,刘叔……"

"你们老板,会不会有事?"

一边说一边低着头,把筷子落在了一只基围虾的身上。黄德米的目光也落在了那里。刘耳说:

"我的耳边总是风言风语的,有时候就像打雷一样。"

他一边说一边用筷子转动着那只基围虾,把虾头来来回回地转了好几个方向。

刘耳这么一说,黄德米就恍然明白了,明白老板的父亲为什么突然想到要回村上去。但他没有回答关于老板的问题,而是把话扭回到了村上。

黄德米说:

"您放心吧刘叔,我会让他们用最快的时间把村上的老屋弄好的,让他们越快越好,弄好了我开车亲自送您回去。"

刘耳知道,黄德米也不是什么事都能随便回答的,毕竟,那是一个很复杂的问题,也就不再吭声了。

第二章

1

就这样,刘耳回到了瓦村。

送他回来的不是黄德米,而是黄德米安排的一个小司机。回村的路,是从西头进的,临近村子的时候,太阳快下山了,刘耳远远地就摁下了车窗。傍晚的风有点大。他让司机慢一点,再慢一点,然后双手背托着下巴,把头压在车窗的上边,一来可以吹吹村上的风,二来如果看到村里的人,可以随时给他们挥挥手,给他们笑一笑,还可以顺着风,说一两句问候的话,也算是先打上一声招呼。

然而,路上却空空的。

从村西头到村东头,一个人影也没有。只有两只鸡,曾在车前的路面上追逐着跑了几个来回。一只是公的,一只是母的。母的是黑色的,公的是白色的。黑的黑得像 块牛粪;白的白得像 团棉花,只有棉花上的鸡冠红得像火。那小公鸡追逐的目的是很明显的,但那老母鸡却不愿意,也许是嫌那只小公鸡还有点小。眼看就要被追上了,小司机突然一声喇叭,就把它们全部轰进了路边的菜地里。

2

司机下完东西就走了。

他说黄秘吩咐他，晚上回到县城一定要去见见两个人，让他们有空就到村里来走一走。刘耳知道走一走是什么意思，也知道那两个人是哪两个人，但他不让。他把手压在小司机的肩上，来回地推拉了两下。他说你不要听他的，我回来的目的就是为了图个清静，他们要是来来往往的，我还能清净吗？司机笑了笑，点点头，刘耳的手才从他的肩头上滑了下来。

司机走后，刘耳把房屋里里外外地过了一眼。弄得还挺好的，也不知道那黄德米是怎么吩咐的，看得出那些被吩咐的人十分地听话。这些年，刘耳去过很多地方游玩，住过很多度假的民宿，他家现在的样子就是那些民宿的样子。墙上的电视也是特别地大，比他瓦城家里的那一台还要大。但刘耳没有打开，也许会一直地不打开。他在瓦城的家里，也已经蛮久不看电视了。他怕看电视。电视里的某些新闻，他一看到就马上尿急，也说不清楚因为什么。有一次不知怎么还尿了裤子。从那以后，他就不再打开电视了。他把厅里的灯全部打开，然后靠着沙发，闭着眼，静静地躺着。后来有点饿了，才给自己煮了一点白米粥，撕开一小包酱菜，喝了两小碗。他让自己少吃一点，他怕晚上起夜太多，起夜太多就怎么也睡不好。睡不好是一件很讨厌很折磨人的事情。

3

早上醒来的时候，已经十点多了。刘耳不做早餐，也不弄午饭，他让肚子空着，等到快吃晌午的时候，便空着肚子往村里走去。

他想到村里吃一碗玉米粥。

瓦村的玉米粥是很有名的，只要走在镇上或者县城的大街小巷里，到处都能看到很多"瓦村玉米粥"的小食铺。都不是瓦村人开的，一家都不是。那些小食铺只是用那五个字告诉别人，食铺里的玉米粥都是来自瓦村的珍珠糯玉米。玉米有多少种，玉米粥就有多少种，但瓦村玉米粥的生意是最好的。吃瓦村玉米粥，是可以不用菜的，有一钵辣椒酸就足够了。所谓的辣椒酸只是嘴上的一个习惯说法，其实里边主要是酸藠头，辣椒只是帮衬的料，但又绝对是不能少的，最好还是新鲜的生辣椒，青的红的都可以，是有点辣又不是很辣的那一种，也不用太多，三根五根就好了，放点盐，先在辣椒钵里把辣椒舂烂，是舂烂，而不是舂碎，舂烂和舂碎是不一样的，然后再从酸坛里捞出酸藠头来，想吃多少就捞多少，再舂，也就是随便舂舂，就是把藠头里的酸水舂出一些来，同时也是把辣椒里的辣舂一点到藠头里去，也不要舂得太过，太过了，藠头就没有了那种脆脆的嚼头。如果在舂辣椒的时候，能同时放上两三片指甲一般大小的生姜，那酸藠头的味道就飞起来了。那是既有辣椒的辣味，又有生姜的辣味，姜的辣和辣椒的辣，是不同的辣，一个爽在嘴上，一个热在胃里。这两种辣味混合在了一起，就把酸藠头的酸味揉成了一团乱麻，酸酸的，辣辣的，那是很废粥的，你只能用一碗接一碗的玉米粥才能解释清楚。其实也是解释不清楚的，你只是吃了一碗会想吃两碗，吃完两碗往往会再加一碗，最后，你会看着光溜溜的空碗，一直坐在那里不动，因为你的肚子已经圆乎乎的，想动也不方便了，一不小心还会滚到地上去，这是小时候常常有的事。

其实，就是没有辣椒钵，那瓦村的玉米粥你也能吃光两碗三碗。

真的好吃，吃过了你就知道了。

刘耳一边走一边想着，肚子里好像已经进去了一碗两碗了，虽然喝下的是空的，但那味道就在嘴里，像一条小河在不停地流，只是越流越饿，越流越饿，饿得有点心慌。他不知道因为什么，是不是担心会吃不上？不会吧，不就一碗玉米粥吗？他想应该是可以得到满足的。他是真的好久好久没有吃到瓦村的玉米粥了。

4

"耳爷，什么时候回来的？"
"昨天。昨天太阳下山的时候。"
……
"耳伯，什么时候回来的？"
"昨天。昨天太阳下山的时候。"
……
"耳叔，什么时候回来的？"
"昨天。昨天太阳下山的时候。"
……
"耳哥，什么时候回来的？"
"昨天。昨天太阳下山的时候。"
……

所有人的嘴巴都是甜甜的，分明是早就知道他要回来，早就统一好了课文，男的女的，老的小的，全都是一样的词，都热情得很。可是，那样的热情只是停留在嘴皮上，嘴皮后边的话，却收得紧紧的，没有一个人招呼他进屋去坐一坐。没有。一个人都没有。好像刘耳只是过路的,他不会打扰他们,他们也不想打扰他。也许,在看到有人帮他弄房子的时候,村里人就想好了该怎么面对他了。

5

"吃晌午啦?"

"嗯,晌午啦。"

"煮有玉米粥吗?"

"玉米呀,都被城里人给买光了。"

"全部卖了呀?一点都不留吗?"

被问的人只是脸上笑着,嘴里却不肯多话。刘耳就有些失望了,但他不肯相信,一个近百户人家的瓦村,怎么可能没有一家煮有玉米粥呢!就继续地往下走,快走完半个村子的时候,才有一个小女孩突然悄悄地告诉他:

"我知道谁家有玉米粥。"

声音是从后边来的,很近,像几声突然传来的鸟叫,刘耳险些吓了一跳,马上把头回了过去,问道:

"谁家?"

小女孩说:

"你先给我保证。"

"我保证什么?"

"保证不告诉别人,说是我说的。"

"为什么?"

"不为什么,就是不能说。"

"好的,我给你保证!"

"对谁也不能说。"

"好的,对谁我也不说!"

刘耳这才忽然想起,出门的时候,应该带上一两包糖或者饼干,或者巧克力什么的,如果带上了,他就可以递给她。但他竟然忘了。他甚至不确定屋里有没有糖或者饼干或者巧克力之类的东西。应该是有的。他想黄德米一定是帮他准备有的。那黄德米可不是一般的黄德米,你能想到的,他几乎都能想到;你想不到的,他往往也能替你想到,也不知道他生来就是这样的一块材料,还是当秘书当久了,把自己当成了半个神仙了。但刘耳空着肚子出门的时候,竟没有想到这一点。他想到的只是玉米粥。

这是一个屋角的拐弯处。

小女孩的脸上不太干净,好像是刚刚哭了一场,泪水和泥灰抹了半张小脸。她蹲在地上,靠着墙,转着小眼睛,像一只碰着了陌生人的小猫。她瞄瞄这边,又瞄瞄那边,看见没有来人,才看着刘耳说:

"你知道老人家的家在哪里吗?"

没等刘耳回话,又说:

"她家就她一个人。"

她看着刘耳,又说:

"她天天都煮玉米粥,天天煮。"

6

老人家是村里年龄最大的一位老人,村里人都叫她老人家,小的这样叫，老的也这样叫，谁叫她老人家都是合适的。

7

刘耳当然知道老人家的家在哪里。但他走到老人家的门前时，腿却没有停下，他只是看了一眼就走过去了，走没有几步，又回头看了两眼。

他的心思有点乱。

二十一岁那年，他和老人家的女儿竹子，曾有过一次闪电般的亲密接触，是真枪实弹的那一种，前后大约一个小时。在刘耳的记忆里，那真的就是一道闪电。

刘耳和竹子的年龄差不多，相差不过半岁，小学他们是一起念的，中学也是。他们在光屁股的年龄里，有没有一起玩过过家家，刘耳倒是没有任何记忆，但年龄稍大以后，那竹子却总是叫他刘耳哥，有时叫得他心里痒痒的，有时又有点发毛，他说不清楚因为什么。在他刘耳的眼里，竹子是村里最美的。暗恋她的人，村里村外到底有多少，刘耳不知道，但刘耳知道他肯定是最最暗恋她的那个人。中学毕业回乡后，每次耙田，刘耳都希望能够和她同在一块水田里，这当然是不可能的，至少有一半的次数是不可能的，或者更多。但不可能的时候也没有关系，刘耳总是有自己的办法，那就是等，等耙完田了，只要是刘耳先从田垌里走出来，就会在村前的小河里慢慢地洗着牛，慢慢地等着。或者是洗完牛了，那竹子还没有从田垌里出来，他就把牛先放在河边的草地里，让牛自由自在地吃点什么，毕竟是累了一个早上了。他家的牛也是十分感激他的，如果没有别的母牛影响它的心情，它就会在河边悠然地溜达着，一边甩着尾巴，一边胡乱地吃些东西，那也是很幸福的。当然，最幸福的不是它，而是它的主人刘耳。刘耳早就坐在河边的某块石头上，等着竹子回来。

他喜欢看着竹子洗好牛耙从河水里出来的那个样子。那真是太美了！美得无比地迷人。那时的她，全身都是湿漱漱的。洗完牛耙之后，她总是一个人跑到河的上游去，在水深一点的地方，把自己慢慢地淹下去，半天之后，才从河水里突然冒出来，然后，就爬到岸上。刘耳总是这个时候把自己看呆，他想挪开眼睛，可就是挪不开。刘耳曾经对他的父亲说，如果自己一辈子都在家里当农民，他的老婆肯定就是竹子。只是，说这话的时候，刘耳已经在县里当了国家干部了。他俩的那一次闪电，就是发生在他离开村子去城里报到的前一个晚上。

8

那是一个意外。

因为第二天就要离开家，刘耳的父亲为刘耳做了一锅豆腐，还杀了一只鸡，煎了一条鱼，请来了附近村的几个亲戚到家里来吃了一顿。因为都是附近村的，吃好了，喝够了，便都自己回去，刘耳只送了年纪稍大的一个表叔，一直送到他家里。那表叔的家也不算远，也就五六里地，走个来回，不过十一二里。有时候，碰到附近村晚上放有电影，比这远的地方他们都会摸黑跑去。很多晚上都是没有月亮的，路上黑麻麻的，他们都不觉得有多远。

刘耳送好表叔往回走的时候，就遇上了竹子。她就坐在刘耳表叔村头不远的路边。刘耳问她，你怎么在这里？她就告诉刘耳：

"我在等你。"

"等我？你怎么知道我在这里？"

"就刚才，在村口的岔路口，我听到你和你表叔说话。你们就站在路口那里，他叫你不用送了，还推了你好几把，让你转身往回走，可你一直把身子转回来，你说你一定要把他送回到家里。"

"对，他喝多了一点，不送到家我不放心。"

"所以我就一直在这儿等着你。"

又说：

"天太黑，我摸着黑也不好走，我知道你肯定会回去的。"

"这么晚了，你来他们村干什么？这么黑的天，也不带个手电？"

"你什么时候看见我有过手电呢？哪次跟你们晚上跑到别的村里看电影，不都是跟着你们的手电跑，你想想是不是？有时跑在你们前边，有时跑在你们后边，是不是？我从来就没有过手电。我就是有，今天也没想到要拿，我来的时候天还没黑呢，我以为能早点回去的，可我哪里想到人家就是不给，说什么也不给，我就一直磨，不给我就不走。我以为磨久了人家会可怜我，可人家就是不给，你再可怜人家也不给，结果，就到了现在了。"

"不给什么呀？你的话没头没脑的，都不知道你在说什么？"

"你不知道？"

"知道什么？"

"呀，我以为你知道呢。你真的没有听说吗？"

"听说什么呀？没有。"

"呀，这么大的事，你怎么没有听说呢？你真的已经不是村里的人了。"

"不要这么说嘛，我明天才出去呢，今天怎么就不算是村里的人了呢。是什么事呀？"

9

其实是一头牛的事。

村里的牛，是每天午饭后都要放到山坡上去的，看牛的是每天三人。你家有一头牛你就需要安排一个人工，有两头牛就两个人工。竹子家有两头牛，一头是母牛，一头是公牛，那头公牛其实是那头母牛的儿子，但它已经长大了，长得比它母亲还要壮实。那天是竹子和她母亲还有邻居的阿丰，三人一起看的牛。阿丰只是一个十岁的小男孩。但放牛是不分大人小孩的，只要走出村口的牛是多少头，晚上回来的也是多少头，放牛的事就完工了。

倒霉的是，那天少回了一头。

"谁家的？"刘耳问。

"星群家的。"竹子说。

"他妈那么凶，晚上肯定会跑到你们家骂人的，弄不好会骂到天翻去。"

"肯定啦。想起来就全身发毛。"

"他家的牛怎么啦？跟别人的母牛跑这边来了？"

"什么母牛呀，是星群家的牛跑到了他们村的一片辣椒地里，踩掉了人家几棵辣椒。正好那个人就在边上的地里干活，他追过来就把星群家的牛给抓回去了，他让我们拿钱到他家去拿牛。"

"踩掉了多少呀？"

"辣椒地又不是玉米地，又不能吃，那牛只是从这头走到那头，把脚下的几棵辣椒给踩倒了。"

"他要多少钱？"

"十六块。他说踩掉了十六棵，一棵一块钱。我哪里有十六块钱给他呀！一个鸡蛋才卖几分钱，我拿什么卖十六块钱给他呀？我说我这两天会找十几二十棵辣椒给他种上，他死活就是不答应，说不给钱就不给拿牛。我嘴巴都磨干了他也不给，我刚才都给他跪下了，他还是不给。"

"这个人怎么这么牛头呢！"

"就是牛头！比牛头还要牛头！"

这么说的时候，他们已经走了一段路了。突然，刘耳停了下来。他伸手碰了碰走在前边的竹子，说：

"我们转回去好不好？我让我表叔去帮你说说看。"

"你表叔在他们村很牛吗？"

"好像蛮牛的。"

"要比那个人还要牛才行的。"

"搞不好比那个人还要牛。"

"那走吧，找你表叔试试吧。"

竹子一把就抓住了刘耳的手，拉着他就急急地往回走。刘耳让她抓，快到村头的时候，才挠了挠她的手心，让她把手松开。

刘耳的表叔还真的是牛，也许是半醉不醉的状态起了作用，他带着刘耳和竹子，刚一跨进那人的家门槛，就劈头盖脸地把人家骂了个天旋地转。

他指着刘耳，对那个人说：

"你不知道他是谁吗？他可是上过报纸的人，是我们整个瓦县的学习标兵！他现在已经不是村上的人了，他明天就到县里到县委去上班了，以后呀，指不定会是一个什么官呢！我看这是肯定的。以后你要是有个什么事需要求人，我可以让他帮帮你！这个我可以向你保证。"

又说：

"你就想想吧，你能保证你们家的人，以后都不会出个什么差错吗？你现在要是这个面子都不肯给，那以后你们家要是出了个什么事，你也用不着找他帮忙，就是找了，我也不会让他帮你的。我会让他把你们家的人直接抓起来，直接送到牢里去，你信不信？"

这么一说，那人的脸色一下就有点难看了，弄得抬头不是，低头也不是，最后就改口了。那人说：

"牵走吧牵走吧，别这样吓唬人好不好。不就十来棵辣椒吗？就当是我没有种过，就当是昨天下了冰雹了，是冰雹把我的那几棵辣椒给砸死的行了吧？什么又是抓人，又是直接送到牢里去的，非要这么吓唬人干什么呀？牵走吧牵走吧，快点给我牵走！"

刘耳把牛牵到门外的时候，那人在后边突然又追着喊了一句：

"那牛绳是我的，你得解下来给我！"

刘耳的表叔赶紧推了一下刘耳，他说："别理他，这种牛头的人就是要让他吃一点点亏。一根牛绳的亏都吃不起，他还算是人吗！"

10

那头牛，后来一直牵在刘耳的手里。竹子想牵，刘耳不让。他只让她抓了抓那根牛绳，就是没有给她放手。他让她跟在他的身后，让她小心看路。竹子的高兴当然不用说了，整个人都在忙着找感谢的话往刘耳的耳朵里塞，反反复复的，塞得刘耳的心里全都满满当当的，几乎都没有了丝毫的缝隙。

最后，也许是不知道再怎么感谢了，她在后边突然就搂住了刘耳的腰。刘耳像被什么突然撞了一下，他站住了，也走不动了。他没有想到她会这样。他心里有点激动，也有点应急不过来，脑子里一时有点发蒙，不知怎么才好。

他只记得把手里的电筒关掉了。

天黑麻麻的，一下就什么都看不见了。

他让她搂着他，搂得他的身子有点暗暗地乱抖，像是通了电，但电流不大，是低低的那一种，低得只是有点发麻，有点发热。

星群家的那头牛，也站住了。它在黑暗中甩了甩尾巴，但刘耳他们谁也没有看到。刘耳很快就知道自己应该干什么了，他转过身，也把竹子紧紧地搂住了。

"那边有个草垛，我们到那里坐坐好吗？"竹子说。

刘耳打开手电扫了扫，不远的地方果然有一堆高高的草垛，那是人家烧石灰用的。

"你怎么知道？"刘耳问。

"我来的时候到那里蹲过一下。"

刘耳知道她说的蹲是什么意思，差点为她笑出了声来。他一手搂着她的腰，一手牵着星群家的牛，就往草垛走去。

那是十分幸运的一头牛，如果它的目光能够看穿黑夜，它一定是有生以来，头一次见证了一对青年男女的头一次交欢，而且从头至尾，完完全全地看了一个够。刘耳把它丢在草垛边的一棵小树下，它便一直地看着他们,半步都没有走开过,只是偶尔轻轻地踢踢脚下的草地,不时发出啪啪啪的声响,而那啪啪啪的响声就像在为刘耳和竹子暗暗地鼓掌加油。

完事之后,刘耳才突然想起,为什么不在开始的时候,先问问竹子一个很重要的问题呢?现在问,虽然已经晚了,但他还是把话说出了嘴来。

"问你一个事。"他说。

"问呗。"她说。

"你不怕怀孕吗?"

"你说呢?"

"我说呀……我不知道。"

"我要是怕,我会给你吗?"

刘耳想了想,觉得也是,就说:

"如果……我说的是如果,如果你怀孕了,你就去找我,好吗?"

竹子好像在黑暗里点了点头,但嘴上没有回答,她的心思已经不在这个问题上了,她在想着他手上的那个手电筒。

"你手里的这个手电筒,是你的还是借的?"她问。

"是我的。"刘耳说。

"那就送给我吧,好吗?"

那个手电筒,便成了她的了。

11

刘耳走完了整个村子,最后还是回到了老人家的门前。他就是想吃一碗玉米粥!昨天在回家的路上,他就不停地跟开车的小师傅说,瓦村的玉米粥是如何如何好吃。那小师傅一边开车就一边笑。他问他笑什么。小师傅说玉米粥有什么好吃的。他说他不喜欢。他说他爸也不喜欢。他说他们家就他爷爷一个人喜欢。刘耳就问，你家是哪里的？那小师傅说就是瓦城的。刘耳就说，那我就不跟你说了，我搞错对象了。那小师傅就又偷偷地笑了几声。

12

老人家的门楼没有关，门是虚掩的，也许是刚从外面回来，也许是给出入的鸡犬留着的。刘耳把门一推，就闻到了一股浓浓的香味从前边的屋里飘了过来。那不是玉米粥的香味。玉米粥还在灶上煮的时候，是有香味的，那是一种只有糯玉米才有的慢吞吞的一种香味。所谓的慢吞吞，那就是糯的缘故，但煮好的玉米粥放凉之后，面上就会形成一层厚厚的皮，就把玉米粥的香味给盖住了，盖得严严实实的。刘耳闻到的香味，是从辣椒钵里飘出来的。

刘耳一下就受不了了。满嘴的馋涎像洪水一样泛滥了起来。

老人家的院子其实蛮大的，门楼在这一头，房门在那一头，可刘耳的两条腿好像三五步就走到了老人家的房门前，还远远地就把话甩了过去：

"在家吗老人家？"

老人家的房门敞开着，但老人家没有回话。老人家的筷子，正忙着从辣椒钵里抬起头来，在慢慢地往上提。那是满满的一筷子酸藠头哇！刘耳刚要说一句什么，话没出口就收住了。他怕他的话会惊吓了老人。老人的手只要一抖，那满满一筷子的酸藠头就会当即抖落，落回了辣椒钵那还好说，要是落到了辣椒钵外边的泥地上，那就可惜了！

可惜也许还是小事，老人家要是因此而不高兴，那他刘耳想吃的玉米粥，也许就没有了。

刘耳只是咽着口水看着。

老人没有把那满满一筷子的酸藠头，全部提到辣椒钵的外边，而是把提得高高的筷子，又慢慢地放了下去。她让筷子搭在辣椒钵的边上，轻轻地敲了敲，又敲了敲，只留了三四片在筷子上。这时，老人家才把端在手中的玉米粥，送了过去，送到辣椒钵的边边上，像是要接，其实没有，她只是为了让那些藠头在送入嘴里的路上，别出意外。

刘耳已经受不了了。

他抓起门边的一张小板凳，坐到了老人的对面。老人刚把酸藠头送进嘴里，他就开口说话了：

"你这酸藠头，怎么腌的，我口水已经流完了。"

这么说的时候，刘耳又咽了两下口水，咽得响响的，就像一只青蛙在水塘边胡乱地打水，一边咽还一边禁不住吧唧着嘴巴。

老人抬起脸看了看刘耳，好像认出了他，又好像没有认出来。她眨眨眼，又把目光投进了辣椒钵里，只让嘴里响响地嚼着她的酸藠头。刘耳听得出来，老人的牙还是蛮好的，牙不好是嚼不出那种咔嗞咔嗞的响声的。只是那种响声比年轻人的声音要闷一些，也慢一些。慢有慢的好，不慢你还嚼不出那酸藠头里的滋味呢。

刘耳的牙根有点发酸了，好像老人嘴里的酸藠头有一半在他的嘴里，他跟着也空空地乱嚼了起来。刘耳说：

"你是不是认不出我了？"

老人就又看了刘耳一眼。她的耳朵显然没有太大的问题，但她似乎不想理人，这是很多老人共有的特征，也是老天爷赋予他们的一种待人特权：爱理就理，不爱理老子不理！管你是谁！

老人还是不给刘耳搭话，只给自己又喝了一口粥。她喝得很慢，慢得刘耳都听不到她喝粥的声音。刘耳跟着也往嘴里空空地喝了一口，很大的一口，因为喝得有点猛，玉米粥都从嘴角那里溢了出来。他抹了抹空空的嘴，他觉得那味道真好，滑滑的，糯糯的，带着一股清甜。

"我是刘耳。"刘耳说道。

还是没有回应。

刘耳又说：

"还认得出我吗？"

刘耳和老人是真的好久好久没有见过面了。上一次见面是什么时候，刘耳都记不起来了，也许是二十年，也许是三十年，也许，都四十多年了。

"我是昨天回来的。"刘耳说。

老人还是没有回应。她在翻搅着辣椒钵里的酸藠头，好像在找什么，好像又什么都没有找，只是随意地翻过来翻过去，好像不翻就没有了往下吃的乐趣。

"我这次回来会一直住在村里。"刘耳又说。

老人还是没有吭声。刘耳想了想，也不想再多说别的了，于是把话扭回到了玉米粥的上边。他说：

"我听他们说，现在村里，就你老人家还天天吃玉米粥了。吃玉米粥好啊，玉米粥养人。"

老人这时说话了。她说：

"那个小花猫告诉你的吧？就她那张小嘴喜欢多嘴。"

刘耳不由一笑，他说：

"对对对，是她告诉我的。不知道她听谁说的，说我在找玉米粥，就让我到你这里来了。"

"想吃吗？"

老人斜了刘耳一眼。

"想吃。"

刘耳的回答像个小孩。

"真的想？"

"真的想！"

"不给！"

老人弯也不拐，就把刘耳的念头给堵住了。堵完了又挑起一个酸薯头放进了嘴里，一下一下地嚼了起来，嚼得比先前的还要响，咔吱咔吱的。很明显，她是嚼给刘耳听的，就是为了让他难受。

这是刘耳没有想到的。

不就一碗玉米粥吗？刘耳愣了一下，但他没有放弃。他把她的话只当成是在跟他说笑。瓦村人有时就爱说笑，喜欢把话反过来说。

刘耳便顺着问：

"是不是今天煮少了？"

老人没有回话。她问他：

"我今年多大了，你知道吗？"

"知道呀，你老人家是村里年龄最大的。你老人家的长寿应该跟你天天吃玉米粥有关吧。你看你吃得多香，你这一碗是第二碗还是第三碗了吧，能吃好哇，能吃就能长寿，这是好事呀。"

"那你知道我每天煮多少吗？"

刘耳不知道怎么回话了。他不知道老人这么问他是什么意思。好像她的话是认真的。十分的认真。

"我一天就煮四碗。"她说。

"我是现在吃两碗,晚上吃两碗,要是给你吃了一碗,那我晚上吃什么?"

"晚上再煮呗,好不好?"

刘耳是真的想吃。太想吃了!

老人却说:

"不好!"

老人说完就又喝了一口。她把碗里的粥喝干净了。她一手拿起了辣椒钵,一手端着空碗,慢慢地站了起来,然后收到了更高的一张桌子上,用桌上的一个空碗把辣椒钵盖了起来。

"你走吧!我不会给你吃的。"她说。

这就尴尬了。尴尬得都有点丢人了。刘耳就看了看门外,好在村里的人,一个影子都没有。

13

走出老人家门楼的时候,刘耳觉得两条腿软软的,腰也软软的,脸色像是刷了一层灰,乌突突的,就像一只受尽了他人欺凌的老狗,高一脚低一脚的,只想着快一点躲回家中。这个时候,如果有人告诉他,说他家也煮了玉米粥,估计刘耳都没有精神回头了,就是回头,那也吃不出玉米粥和辣椒酸应该有的那种滋味了。

回到家里,他没有走进厨房,而是把自己重重地扔在了沙发上,就像扔的是一只令人讨厌的烂麻袋,眼睛紧紧地闭着,躺了半天都不起来。

第三章

―――― 1

多少年了，刘耳几乎都没有回过村子，自从把房子给了光棍有良之后，就再也没有进过村子了。每年清明节回来，都是住在县城的宾馆里，总是当天开车回来，扫完墓就转身走了。经过村子的时候，有时见了人，也只是下来给人递递烟，无油无盐地聊个三言两句，有时倒也有几分亲近的样子，把手掌不冷不热地放在大人腿边的小孩头上，胡乱地摸摸，嘴里还不忘附上一句半句，说是长得真乖，多大了？然后又上车走了。有时，车都不下，只是放下车窗，把脸托在车窗的上边，给遇见的村里人挥挥手，也不知道那表示的是问候还是再见，此外，就再也没有别的关系了。

―――― 2

第二天，刘耳不再进村了。他一整天都在沙发和床上来往地横着，像挺尸一样，等吃完了饭，才把自己放到房门外边，四下胡乱走走，在门前的院子里东瞄瞄西看看，心想着往后的日子也许会很长很长，要不要在院子的墙根下种些花花草草，或者种些吃的，比如瓜豆比如香菜比如葱花什么的。院子的大铁门，一整天都紧紧地关闭着。太阳快西落的时候，才想到要看一看村头上的落日，想看一看村西头的夕阳还是不是以前的那些模样，就慢慢地走到楼上，把窗户推开，把目光放出去，让目光越过村子的屋顶，远望一下西边山头上的夕阳。看着看着，脑子还是空空的。

3

第三天早上，大约是十点，一阵梆梆梆的拍门声把他从回笼觉里拍醒。他知道是院子外边的大铁门传来的，可他没有随即起身。他在想，会是谁呢？是什么急事吗？没有急事谁会这么响亮地拍打你家的房门呢？也许只有邻居才会这样，可是，他家边上已经没有邻居了。原来跟在他家后边的几栋房子，早已变成了空空的几块菜地，应该好多年了。他们都不住在这里了。他们都起了新的房子。他们的新房子全都跑到公路的两边去了，在那里可以方便拉东西进出的时候上车下车。刘耳披着衣服去开门的时候，门外却空空的，没有一个人影。

他有点怀疑，是不是耳鸣又犯了。人老了，各种各样的耳鸣总是经常发生的，有时还挺吓人。可是耳鸣是不会出现拍门声的。他举起手在门上拍了拍，对呀，刚才的响声就是这样的拍门声。他看了看自己拍门的那只手，心想拍门的人也许还没有离去，也许在绕着他的院子围墙在慢慢走，在慢慢看，在等着他给他开门。他的房子在村里人的眼里，应该算是有点好看的，没事的时候还是可以看一看的，就沿着围墙找了一圈。

没有。任何人影也没有。

他有点不肯相信，转过身，反着方向又顺着围墙走了一圈。还是没有看到任何人影。

也许是回村里去了。好不容易有人来敲门，如果因此把村里的人给怠慢了，那可不好。他转身进屋匆匆地洗了一把脸，就往村里走去了。只要那个敲门的人看到他，就会把他叫进家里去的，他想。

4

其实，刘耳想多了。

敲门的不是村里的人，而是城里来的鸡贩子。这时，他们正在拍打长腰他爸家的门楼，看见刘耳走来，开口就问：

"你家有鸡卖吗？"

"他家没有！"

长腰他爸从门楼里探出头来，把话给抢走了，他告诉那几个鸡贩子：

"他呀，也是你们城里人，他是前天刚回村里的。他家现在，连根鸡毛都没有。"

刘耳想说什么，却没有想好，只是给着他们笑脸。鸡贩子一共三人，和他刘耳说话的是个女孩，年龄不大，也就二十来岁，长得还挺好看的。她的好看是很结实的那一种，身上的衣服很多地方都是紧绷绷的，绷得十分好看。刘耳就想，这么入眼的一个女孩子，在城里应该不难找个轻松的工作吧，怎么就当了鸡贩子整天在路上跑来跑去的，真是可惜了先天的一块好材料了。他跟在她的身后，也走进了长腰他爸家的院子。

长腰他爸家的院子不是很大，鸡却不少，因为早早就放出了鸡笼，现在需要把门关上，然后一只一只地捉。捉鸡是有点好玩的，尤其是把鸡捉得满院乱窜，叫声喧天的时候。刘耳就站在门楼边，看见有鸡朝他跑来，便也长长地张开双臂，像风吹的稻草人一样，上下翻飞着，吓唬着它们，有时还朝它们跺跺脚，把它们吓得回头乱窜。

有一只白色的小公鸡，像是瞎了眼了，竟朝刘耳的胯下直直冲来，刘耳跺右脚的时候它往左边蹿，刘耳跺左脚的时候它往右边蹿。刘耳知道，它一定是看中了他身后的那个狗洞。可它毕竟只是一只鸡呀，它真是小看了这个叫刘耳的老头了。这个老头可是在村上长大的，捉过的鸡也不知道有多少。他突然一个下蹲，顺手一捞，像抓苍蝇一样，在狗洞的前边，把那小公鸡给捉住了。那小公鸡有点不服，在刘耳的手里不停地扑腾着，试图逃脱，可怎么也逃不掉。它的两条腿已经被刘耳死死地抓在手里了。

"我抓到了一只！"

刘耳兴奋地喊叫道。他绕过另一个鸡贩子，把鸡递给了那个身材结实的女孩。女孩接过鸡，掂了掂，说：

"小了点，斤两不够！"

看了看刘耳，又说：

"让它再活几天吧！"

说着往空中一抛，把那小公鸡给放掉了。刘耳伸手去接，没有接住，小公鸡在他的手上顺势一个扑腾，飞到了远处的地上。

5

看完捉鸡，刘耳不再往村里走了。既然敲门的不是村里的人，再去村里转悠也是白去，弄不好反而让自己更加闹心。先安安静静住些日子再说吧，很多事情也许都是不能急的。他在心里对自己默默地说。

晌午的时候，他给自己煮了两个鸡蛋，用的是养生壶，火候丝毫不用操心，然后倒了半碗牛奶，加了几勺即冲即食的燕麦片，这是他在瓦城多年的简易吃法，是瓦城一个很有名的医生多次吩咐他的，说这样的标配是最最起码的，同时还能有效地预防阿尔茨海默病和心血管的很多疾病，尤其是每天两个鸡蛋。

可第一个鸡蛋刚咬了一口，他的嘴巴就像被噎住了。那个贩鸡的女孩是怎么说的？

"让它再活几天吧！"

刘耳的心，突然慌了起来！他觉得她的话，分明是有意给他说的！她又不认识他。她怎么知道他一直忧虑的事呢？是谁吩咐她说的？是老天爷？是老天爷借用她的嘴，通过那只小公鸡告诉他的！他鼓着眼睛，努力了好几下，才把嘴里的鸡蛋咽了下去，咽到胸口的时候似乎又被卡住了，只好连连地喝了几口牛奶。他放下手里的鸡蛋不吃了。他走到水池边，洗了洗嘴巴，就回到了长腰他爸的家里。

6

长腰他爸拿着卖鸡的那点钱，一直坐在一张小凳上，不知在想着什么。刚才他卖走了多少鸡，刘耳没有留意，看他手上的那点钱，收入好像不是很多。也许他在算计着那点钱应该怎么用，于是就数过来数过去，数过去又数过来。钱是容易数的，难数的是心里的许多想法，这是长腰他爸永远也数不完的，因而就一直地坐在那里不动。刘耳开

口就说:

"那只小公鸡,你卖给我吧!"

"哪一只?"

"就是我抓的那一只。白色的。"

"你买来干什么? 杀呀?"

"不!我不杀,我不杀!"

"那你买来干什么?"

"我买来养。"

"你买来养?"

"对,我买来养。"

"就养一只?"

"就养一只,就养那只白的。"

"要不要多养几只? 养只公的,养只母的。养两只吧。"

"不不不,就养一只,一只就够了。"

"那你晚上再来吧,明天早上也可以,到时放鸡的时候我给你留着。"

"不不不,我现在就要!"

"早就出去了。"

长腰他爸两手一摊,让刘耳自己看看他的院子,一只鸡也没有。刘耳就说:

"你帮我抓回来就好了。"

"怎么抓? 到哪里去抓?"

"你现在出去看看嘛,抓只鸡你还是有办法的。"

看见刘耳急着要买,长腰他爸就笑了,他说:"好好好,那我给你找找去,找着了我就给你抓回来。"一边说一边把手里的钱收到了身上,一边抓起靠在墙角的那根捞绞,就走出了门外。

那个捞绞是抓鱼的一个大网兜,只要进了网,鱼就死定了。

对长腰他爸来说,抓一只小公鸡也不是难事。他在几个屋角转了转,就把那只白色的小公鸡给抓到了,但他没有直接交给刘耳。他把那小公鸡先抱回家里,找了一根红布条,绑在了小公鸡的一边翅膀根上,说是帮他做个记号,因为村里的白鸡蛮多的,要是走丢了就不好找了。刘耳觉得蛮好的,看上去还有几分吉利,就没有多说什么。

7

回家的路上,刘耳忽然想起,回村的那天黄昏,曾看到两只鸡在车前跑来跑去,那只白的,会不会就是手中的这一只?如果是,就得算是一种缘分了。

"是你吗?"他心里问道。

"应该是你!"

"你说你吧,你就这么一点,你追那么一只老母鸡干什么呢?你就是追上了,人家就乐意给你吗?人家只要使劲一跳,就能把你掀翻了你信不信?"

他摸了摸小公鸡的鸡冠,那鸡冠倒是长得蛮好的,光看鸡冠倒是很像一只成熟的公鸡了。他把公鸡举到了空中,左看右看,前看后看,觉得还是长得挺好看的,主要是长得很有福气,那一身的白色羽毛,顺溜顺溜的,光亮得很,就在嗓子里默默地对它说:

"我为什么要把你买下,你知道吗?"

但他没有告诉它。他就是告诉它,它也是听不懂的。

8

当然了,人和鸡不是一回事,这一点刘耳心里还是清楚的。可事情往往就是这样,你心中没事的时候,两码事永远就是两码事,可你心中一旦有事挂着,别说是两码事,就是三码事都会被你搅成是一码事,而且,你会寝食难安。这就好比有人告诉你,你刚才在路边采的果子,昨晚人家刚刚洒了农药,可你已经把那些果子给吃了。你吃了,你全家的人也都吃了,你能做的,就是等着出事,等着上医院救命。当然了,也有刚洒了农药的果子有人吃了就是没事,那就需要就事论事了。

9

回到家里,把铁门关好,刘耳才把手里的小公鸡放在院子中央的空地上。他让它先适应适应,先压压惊。那只小公鸡也不着急,只是原地警惕地转了转,脖子东歪西歪的,脚步也是谨慎而鬼怪,总是高高地提起再慢慢地放下,时不时地也看看刘耳,并给刘耳咕咕咕地轻声叫唤着,似乎在告诉刘耳什么,又似乎只是自己胡乱地叫叫而已。对它来说,这个院子当然是陌生的,刘耳也是陌生的:往日在村里见过不少人的,这个老头好像从来没有遇见过。

转了两转之后,小公鸡的目光很快就投向了那扇大铁门,显然,它在偷偷地寻找外逃的出处。

刘耳就坐在那张崭新的摇摇椅上。这张摇摇椅一定是黄德米给专门吩咐买的，要不，谁会想到在村里也摆上这么一张摇摇椅呢。他在瓦城的那一张都没有这张好。边上还有一个茶几，也是十分的好。都是随便日晒雨淋的那种新型材料。刘耳一边摇着椅子，一边盯着那只小公鸡。突然，他发现小公鸡在不停地摆着头，一边摆一边看着他，一边悄悄地往大铁门的方向游动，显然，它发现了大铁门边也有一个狗洞，不同的只是，原来那个家的狗洞是方的，现在这个家的狗洞是圆的。刚开始的时候，刘耳只是发觉小公鸡的行为有点怪异，虽然已经几十年没有养过鸡了，但他对鸡的习性还是很有记忆的。刘耳当即一惊，但他没有站起来，也不对它发出呵斥，因为小公鸡与狗洞的距离已经不远，而他与狗洞的距离至少有七到八米，小公鸡只要一闪，就会闪到狗洞的外边去了。刘耳当然没有那么傻，几十年的米饭可不是白吃的。他只是随着椅子的摇晃，把脚上的一双拖鞋偷偷地抓在了手上，等到小公鸡快要接近狗洞的时候，便嗖的一声，将鞋子飞了过去。

啪的一声，刘耳的鞋子准确地落在了狗洞的前面。小公鸡吓得往空中一跳，惊叫着往别处跑去了。

那个狗洞，随后被刘耳堵得死死的。他不想让它出去，出去了不回来可就麻烦了。他不希望它给他添乱，他只希望它在这个院子里，在他的眼皮下，好好地活着。他回到村里也只想好好地待着，安安静静地待着。只是，刘耳哪里想到，他的回来是注定要出事的，如果不出，那就奇怪了。

第四章

1

这是回村的第五天早上。

刘耳被小公鸡叫醒的时候,天还没有大亮,但他怎么也睡不着了,于是就想,干脆随着清晨到外边走走算了,去看看庄稼,去看看田野,或者吹吹风,顺便还可以去撒一泡野尿,可他刚一推开铁门,两眼就惊呆了。

铁门的外边,一溜地摆放着几个鸡蛋。刘耳数了数,一共七个。

谁放的?

是给他的?

应该是。

是什么时候放的?

不知道。

刘耳弯下腰,捡起了一个,刚拿到手上,他的手就愣住了。那个鸡蛋轻轻的。他晃了晃,还是轻轻的。

那是一个空空的鸡蛋。

怎么是空的?于是就捡起了第二个,也是空的;又捡了一个,还是空的。刘耳就一个一个地捡了下去。

七个鸡蛋全是空的!

那七个鸡蛋全都是事先掏空了才放在他的门前的。刘耳就一个一个地过了一眼,发现每个空蛋壳的上头,都开了一个黄豆大的小洞,里边的蛋汁早就弄掉了。

刘耳的心突然一紧,好像有什么东西从心口那里也像蛋汁一样流到了地上。随之,他的心也像那些鸡蛋一样给掏空了。他忽然一阵恍惚,身子都有点失重。他往后一靠,把身子靠在了门框上。他看了看四下无人,转身就回到了院子里,随手悄悄把门关上,像是害怕有人在什么地方偷偷看着他。可他随即又悄悄地把门打开了。他把地上的空蛋壳一个一个地捡到怀里,捧回了家中,然后一个挨着一个地放在沙发前的茶桌上,脑子里已经悄悄地想起了另外的七个鸡蛋。

2

那是多少年以前的事了。

那一天的天气,刘耳还记得十分清楚,先是天晴,后来下了一点雨,再后来,天又晴了。吃过响午的时候天是晴的。瓦村有两个青年,顶着烈日走在前往人民公社的山道上。那时候的公社就是现在的瓦镇,当时叫作瓦镇人民公社。这两个青年,一个叫作明通,一个叫作刘耳。明通比刘耳大一点,也就早吃了半年的奶吧,但明通的母亲比刘耳的母亲瘦,所以明通长得比刘耳要弱小一些,看上去比刘耳小了两岁三岁,但并不影响刘耳一直叫他通哥。他们俩几乎是从小一起玩到大的,他们一起上的小学,一起上的中学,而且总在一个班,读完了中学又一起回到了村里。那天不是街日。不是街日而能出门到街上去，这是需要生产队队长批准的，好在生产队队长的二女儿正在跟明通谈恋爱，这就变得不是什么难事了。

刘耳和明通的身上，都分别放着四个鸡蛋。也就是每个裤袋放着两个。为了避免走路的时候鸡蛋相互打架，每个人的两只手，都一直牢牢地插在裤兜里，牢牢地分隔着手里的两个鸡蛋，如果需要伸出手来，那只手就会随手拿出一个。

刘耳上街的目的，是去公社文化站借一本书。书的名字叫作《剑》，那是一部长篇小说，写的是中国人民志愿军在朝鲜战场的故事，这是上次他去文化站找书的时候，文化站的李站长跟他说的。李站长说这本书写得相当相当好看，好看到你只要看两眼就怎么也放不下，就是吃饭喝粥的时候，你也不想放手。他跟他这么说的时候，嘴里竟然吞了下口水，好像是刚刚吃了一块肥肉。那个年代的肥肉比瘦肉好吃，又油又香，吃完了嘴都不想擦。刘耳就想也咬一口，他就问他那本书放在哪里，他要借回去好好地看一看。李站长却告诉他，已经被人借走了。他说你过几天再来借吧。刘耳说那我下一个街日来吧。李站长却摇摇头，他说街日不行，街日肯定有人比你先拿走了，而且是一个瓦城来的插队女青年，她长得比镇上的任何一个女青年都要好看。

"你说我要不要先借给她？"

李站长跟刘耳这么说的时候，眼光里得意得很，好像黄豆汤上漂着的一层油，好像他只要把那本书先借给了那个瓦城来的插队女青年，他就可以比别人更多地享受到那个插队女青年的美貌。刘耳就不再多话了。可是，他刚刚走出文化站的时候，李站长又把他叫住了。

李站长说：

"你要是真的想看，你就街日的前一天来吧。"

刘耳马上回过头来，他说：

"你不是说要给谁留的吗？"

李站长色眯眯地笑了笑，他说：

"我让她多跑几趟不是更好吗。"

刘耳就连连地说了好几个谢谢。他说那我到时来吧，我一定来，你一定要给我留着。李站长说的那个前一天，就是刘耳他们上街的这一天。

明通的目的却不一样。

他要去的是新华书店。他要去买一本字典和一本方格稿纸。他有事没事的时候，喜欢写些通讯报道。他在当年的《瓦城日报》上，曾发过一篇156个字的乡村新闻，本来他写得蛮长的，一页300个字的方格稿纸，他写了差不多两页。是《瓦城日报》的编辑把他的稿子给删了。准确地说，是重写了。除了内容，连标题都不再是他明通原来的了，但通讯员的名字还是留给了他。明通觉得也挺好的，反正又没有人知道，就连刘耳他都没有告诉过他。他知道，他能和队长的二女儿谈恋爱，靠的就是这个，因为队长的女儿比他高了差不多一个头。队长的二女儿叫作二妹，是村里长得最高的一个女孩，主要是腿长，而且长得好看。每次跟她一起并排插秧种田，他都因为多看了两眼她的长腿，最后不是落后就是把秧插得歪歪扭扭的。他真的是爱死了她的大长腿。但他也没有把报社删稿的事告诉她。他如果告诉了她，她会不会告诉给她的父亲呢？她要是告诉了她的父亲，他们会不会怀疑他的写作水平？这种事是完全有可能的，而且结果会很让人伤心。所以，他一个人也不说。在那之前，明通曾读过一个叫作《牛虻》的小说，那是爱尔兰的一个女作家写的，作家的名字好像叫作艾捷尔·丽莲·伏尼契。小说里有句话，明通一直记在心里，记得无比牢靠。

那句话说：

"一个人总是有些事情是他对任何人都不能说的。"

明通觉得，这句话真是说得太好太好了。所以，他就一直告诉自己，《瓦城日报》上的那篇文章也是不能把真相告诉任何人的。

走到半路的时候，突然下起了雨。俩人都光着头，又不愿意让雨淋湿了身子，就跑往路边不远的一块岩石下躲一躲，不想脚下一滑，明通在岩石边把一个鸡蛋给碰碎了。

俩人的八个鸡蛋，只剩了七个了。

明通算了算剩下的三个鸡蛋，已经买不起一本字典和一本方格稿纸了，身上带的钱，是要加上四个鸡蛋才够的，那两张散钱还是队长的女儿二妹塞给他的。明通就看着刘耳说：

"你能不能先借给我一个，回头我家母鸡下蛋了就还给你。"

刘耳拿出了一个鸡蛋，看了看，递给了明通。刘耳说："不用你还，送给你。"

明通说："真的？"

刘耳说："真的。"

可随口又说："你要是还，我也不会反对。"

明通就说："不行，要么送要么还，话得先说清楚。"

刘耳就说："那你到底要不要，你要是不要，现在就还给我。"

明通说："我现在肯定是要啊，回去了你要不要还，你得先说清楚。"

刘耳笑笑地从岩石下走开了。

他没有给明通回话。

雨转眼就停了。夏天的雨很多时候都是赶山雨，就是从那边赶过来，又从这边赶过去，转眼就赶到别的地方去了。赶山雨赶到的地方正在阳光下划出一条弯弯的彩虹，好看极了。明通跟在刘耳的身后，也不再追问。后来，也不再追问，因为那七个鸡蛋来到街上的时候，它们的目的已经发生了根本性的改变了，最最要命的是，它们同时改变了这两个青年人的一生。这是他们谁也没有想到的。

3

公社的食品站，主要是收购生猪，也收鸡收鸭，就连鸡蛋鸭蛋也收，只要你愿意卖。只是鸡蛋的价格会比地摊上低一些。低是低了点，但意义是不一样的，就看你有没有这个思想境界了。卖地摊是卖给私人，除了你得了钱，人家得了鸡蛋，不再有更多的意义了；但是，你要是卖给食品站那就不一样了，卖给食品站那是卖给了国家。你得了钱，国家得了鸡蛋，这就不一样了，因为吃你鸡蛋的有可能是工人，也有可能是国家干部，还有可能是中国人民解放军，这个意义可就大得不得了了，说起来比天都大！那时候在学校读书，老师们都是这么教的。每天都这么教。你的脑子里如果想歪了，如果被别人知道了，那你就麻烦大了。那就不知道你要写多少份检讨书才能过关。再说了，那天也不是街日，你也无法选择。刘耳和明通就直直地往食品站去了。可刚到一个岔路口，就遇到了三个身穿绿色军装的女青年。这三个女青年，有一个明显是受了伤，正背在另一个人的身上，还有一个在后边紧紧地跟着。她们就像一阵绿色的风，从刘耳和明通的身边呼地就飞了过去。她们的脚步声和她们迷人的身姿，把刘耳和明通给震撼了。

他们随即在路口那里站住了。他们一直看着她们的背影,看到看不见了也不肯把头收回来。

"搞不好这是一篇好文章。"

明通突然说道。像是发自梦幻深处的自言自语,又像是给刘耳说的。可刘耳发现,明通这么说的时候眼睛并没有看着他,而是在消失的影子那里往前方移动了。那是医院的上空。刘耳也朝着那里看了过去,那里却是空空的,什么也没有,连白云也没有,只有蓝天,高高的,但十分的纯净。

"你是不是想到医院去看一看,看看到底是怎么回事?看看有没有你可以写的?"刘耳问道。

"肯定有写的,你信不信!她们可是解放军呀!解放军怎么会容易受伤呢?肯定是为人民服务受的伤,你信不信?"

明通的目光挂在了刘耳的脸上。

刘耳正在摸着裤兜里的鸡蛋,左边两个,右边一个,一共三个。他与明通只对了一眼,目光迅速下滑,滑到了明通的裤兜上,他看到明通的两只手也在动,也在暗中摸着那四个鸡蛋,其中一个,是他给他的,好像在他右边的裤兜里。他似乎预感到了什么,目光迅速回到了明通的脸上。

明通的形象好像突然就高大了。他的两只手,已经从裤兜里抽了出来,高高地举过了头顶。手里的四个鸡蛋在阳光里闪闪地发光。

"走,我们到医院看看去。"

"鸡蛋不卖了?"

"还卖什么卖呀?如果她们的事迹感动了我们,你说,我们这几个鸡蛋应该用来干什么?"

"就这几个鸡蛋？我……四个，你……三个，一共七个？"

"你不能小看这七个鸡蛋，只要我们把它们送给了她们，它们就是我和你，我们两个人浓浓的军民鱼水情，是不是叫'鱼水情'？对，就是叫'鱼水情'。是用三点水那个'渔'，还是没有三点水那个'鱼'？"

"当然是没有三点水那个'鱼'啦。还没送出去呢？你的文章就写好了？"

"构思构思，我得先构思构思嘛。还有，你不能再说你四个我三个，你已经是三个了，四个的是我！这个我们已经说清楚了的。你不能到了解放军那里还这么说，那我们两个就丢人了！"

"可你手里有一个就是我给你的呀。黑的那个，那是我家的乌肉鸡下的。"

"你给了我就不能再算是你的了，我们刚才说好了的。"

瓦村的两个青年农民，拿着七个鸡蛋就奔医院去了。快到医院的门口时，走在前边的刘耳突然站住了，他用胳膊肘撞了一下明通，让明通停一停，然后，低声地对明通说：

"要不这样好不好，这七个鸡蛋，只算一个人的。"

"算谁的？"明通问。

"算我的。"刘耳说。

"为什么？"明通几乎尖叫起来。

"你是不是觉得你吃亏了？"

"那当然啦！"

"那你就这样想想吧，如果这七个鸡蛋，我四个你三个，或者说你四个我三个，完了以后，文章是你写的，对不对？"

"当然是我写啦！你写吗？"

"我不写！我肯定让你写。"

"那你想说什么？"

"我说的是，到时你怎么写？"

"就写你三个我四个呀！回头我还你一个就是了，你是不是以为我不会还你呀？你放心吧，我肯定还你，还你两个都可以。还你两个，我保证！"

"我要说的不是这个意思！"

"那你想说什么？"

"我要说的是，你写的文章，里边写有你送的鸡蛋，这就成了你写你自己了，你想想……合适吗？"

……

明通被问住了。他看着刘耳，眼睛傻傻地胡乱地转动着。刘耳只是一动不动地看着明通。明通的脑子一时就有点不太好用了。他的目光只好顺着刘耳的脑门往上看，又看到天上去了，似乎要在天上找找答案，但天上什么答案也没有，还是空空的，就像他当时的脑子一样。只是他的脑瓜空得有点乱，他便胡乱地扭了扭脖子，看了看左边，又看了看右边，也没有看到任何答案，只有一些来往进山医院的人，有男的也有女的，还有小孩。最后，只好把目光又挂回了刘耳的脸上。刘耳就对他说：

"如果是那样，你说，别人会怎么说你？"

……

刘耳说：

"如果鸡蛋是我一个人的，你的文章就好写了，怎么写都可以。你想想，是不是？"

终于,明通点头了,而且连连点了三下。他想了想,问道:

"如果七个鸡蛋都算你的,那我就不用还你的那一个了,对吧?"

"那当然啦,谁还要你还呢?"

"不光不用还你,而且,你应该给我三个。"

刘耳就笑了,他说:

"你觉得我会给你吗?"

明通也笑了,只是笑得不太好看,是亏了本还不得不笑的那一种,便顺着嘴说:"算了算了,算你的就算你的吧,就当是我用三个鸡蛋买了一篇文章吧。"

刘耳说:

"这就对了嘛,人活着还是需要有点牺牲精神的。"

俩人就都会心地笑了。

4

就这样,那七个鸡蛋,后来在明通的那篇报道文章里,全都成了刘耳的鸡蛋了,明通和那七个鸡蛋,就没有任何关系了,他仅仅只是报道那七个鸡蛋的通讯员。好在那篇报道比他先前发的那篇,长了好多好多,多了整整十倍。《瓦城日报》刊登的时候,标题也是相当扎眼,黑黑的,像是用钢模倒出来的,一共两行,每行七个大字:

农村夜校结硕果

七个鸡蛋一片情

瓦村的生产队长，是村里第一个看到报纸的人。他拿着报纸在二女儿的面前拍了拍，把报纸拍得啪啪的震响。他说：

"明通这个小子，你不要嫌弃他腿短个子小，他的脑瓜可是真的好，以后肯定能成为一个大记者。你要给我牢牢地抓住他！"

因为那篇报道，明通是真的出了大名了，和队长二女儿的感情自然也是稳上加稳。但明通没有想到的是，最后真正受益的却不是他，而是刘耳。

因为明通的那篇报道，部队竟然送来了一面大大的锦旗，瓦村的政治文化夜校，眨眼间就成了一面红旗了，不到一个月，就在全县的上空，迎着风，高高飘扬了起来。往来瓦村取经的人，好比大路上那些运送粮食的蚂蚁，往返不绝，热闹得不得了。白天有人来；晚上，也有人来。瓦村也因此像每天都有人在娶媳妇似的，又是敲锣又是打鼓。村里有几只守门的家狗平时挺凶的，一见到外人就龇牙咧嘴地横着眼朝你乱吼，可是从那之后，竟不敢再吭声了，见了人就迎着你远远地摇起了尾巴。显然，它们都被村里每日不停的锣鼓声给敲蒙了，都分不清楚谁是好人谁是坏人了。

变化最大的当然是刘耳了。他变得就像从手里放飞出去的一只陀螺，在地上呼呼有声地旋转了起来，想停都停不了，总是有人在你想停的时候突然加了一鞭，让你不停地旋转下去。因为在明通的那篇报道里，刘耳是一个很迷茫的回乡青年，因为村里办起了政治文化夜校，他一下就脱了胎，换了骨了。因为政治文化夜校的学习，现在，他事事都先想到了别人，而把自己完全地抛到了脑后。明通的报道说，那七个鸡蛋，本来是刘耳要卖了钱给奶奶抓药的。他奶奶长年风湿骨痛，路都走不稳。只要有人前来取经，刘耳都得把他怎么脱的胎，又怎么换的骨,细细地说了一遍,说他在遇见那三个女解放军的时候,眼泪都下来了,泪水一下就把奶奶的风湿骨痛给冲到脑后去了。为此,他还专门跟奶奶吩咐了很多次,他说:

"如果有人真的来采访你,你就说,如果是你,你也会把那七个鸡蛋送给解放军战士的。"

他奶奶听多了就有点烦。她说:

"知道了知道了,你说一次两次就够了,你以为你奶奶是傻瓜吗?你奶奶如果是傻瓜你奶奶还是你奶奶吗? 你要是再这样啰里啰嗦的,要是有人再来问我,我就不帮你说话了。"

说完了又说:

"好好的一个年轻人,学什么不好,学会骗人。我要是因为你这个事折了寿短了命,我不会放过你的!"

刘耳马上说:

"好好好,那我不说了不说了,这是最后一次,最后一次,你记住了就好。"

为了每次都说得感人肺腑,说得合条合理,除了求助明通帮他列了一个可供背诵的提纲,还让明通帮他想想在什么地方应该咬一咬什么词,或者停一停,喘一口气。比如说到流泪的时候,应该怎么说才能让别人觉得他的泪水是真的泪水,而不是硬挤出来的。这样的探讨,一次两次当然没有什么,明通也是挺乐意的,毕竟这事也是他们俩亲密合作的结果,但这样的探讨和求助多了,明通的耳朵也有点不想听了,有点烦了。他都不想再理刘耳了。有时俩人就会吵起架来,一吵就吵到了那七个鸡蛋的头上去。明通还是觉得自己有点冤,好不容易从你刘耳手里得了一个鸡蛋,而且说好不用还的,结果呢,那个鸡蛋还是回到了你刘耳的手上，这个还不算，还把他的三个鸡蛋全都搭了进去，全都成了你刘耳的了。刘耳就说：

"你不能这么想，你要是这么想，你就有点鼠目寸光了。你明通是老鼠吗？你当然不是！你的目光不能还放在你的那三个鸡蛋上，你要转移到你的这篇报道上边来。那三个鸡蛋只是一只老母鸡用三个早上放了三个同样的屁就出来了，而你的文章呢？你的文章会给你带来一辈子的好名声！在瓦村，在瓦镇，有谁的文章上过报纸而且产生了这么大的轰动吗？没有吧？你是瓦村的第一人，也是瓦镇的第一人！"

末了，刘耳还警告明通：

"现在的情况是，你出名了，我却快累死了。我这个累，是你给害的吧？你害了我，你就得帮帮我，你要是不帮，那可是天理不容！我现在就告诉你吧，我刘耳真要是这样累死了，我会天天深夜去敲你们家的门。敲你的，也敲二妹的，我让你们到死都成不了夫妻，你信不信？"

5

刘耳当然没有累死，他只是活得已经不像个农民了。他的两只脚已经离开了田地，几乎每天都放在车上和路上。因为县里把他树成了学习标兵，他就得三天两头地到处给别的村子传经送宝。

人的命运，有时候就是这样突然被改变的，又像一切都是卜天的安排，只要你迈出了非同寻常的第一步，不管是你自己走的，还是被人推着走的，也不管你是往东还是朝西，或者走南或者闯北，后边的路，就会越跑越远，越跑也就越快了。

有一天晚上，刘耳去了县里一个很偏远的小村子，讲的当然还是那七个鸡蛋的故事,讲完了就回县城,但在路上要经过一条河。河上没有浮桥,也没有船,只有往来的一条竹排。县里的一个县委副主任也去了。这副主任是个北方佬,好像是黑龙江的,是一个旱鸭子,天天喝水却不会水。竹排上的板凳又小又矮,他坐在上边老是觉得没有坐稳,他就像一个不倒翁,不停地晃着,晃着晃着,就顺着竹排摇摆的方向把自己晃到河里去了。因为天黑,他晃到河里去的时候也没人看到。刘耳也没有看到。刘耳坐在他的前边,那是给他当作依靠抓在手里的,上竹排的时候,他的手就一直抓着刘耳的衣服不放,可他挪屁股的时候,他的手却突然放开了刘耳。他的两只手在同时去帮他挪动屁股下的那张小板凳,不想没有挪好,扑通一声,人就下去了。刘耳一听到重重的落水声,就知道身后的领导已经栽到河里去了,他想都不想就扑进了河里。刘耳的水性当然是不用说的,他和那个副主任一起挣扎了几下,分别喝了两口河水,就把副主任给弄回了竹排上。为了减轻竹排的重量,刘耳就跟着竹排的边上,一直游在水里,游到了对岸。这件事让副主任很受感动。第二天,就找到了刘耳,他说:

"把你调到县里来工作好不好?"

刘耳以为自己没有听清,他说:

"主任说的是玩笑吧?"

副主任摇摇头,他说:

"我说的是真的。你是一个好青年!"

刘耳的两只眼睛当即就大了,大得差点都要翻白。明通知道的时候,眼睛也翻白了好久。他是抬头往天上看的时候,把眼睛弄成翻白的,翻了半天才回过神来。他对刘耳说:

"你这落水救人的事,我可以写一篇报道,肯定也是一篇好文章。因为发生在传经送宝的路上,这意义就不是常常说的一层两层的了。"

刘耳却坚决不让写。他说：

"我是因为这个调到县里的，你写了就等于告诉别人此地无银了！"

明通想想也是，就没有动笔。其实，明通也是嘴上说说而已，真要让他写，他也没有了多大的心情了。因为那七个鸡蛋，刘耳成了红人成了全县的学习标兵然后到处传经送宝，又因为传经送宝路上遇着了领导落水，接着又因为落水救人而让领导感动然后从瓦村调进了县城，一个农民转眼就变成了国家干部，这一连串紧密相关的经历，就像一根闪闪发光的链子既让明通觉得耀眼又让明通觉得勒心，勒得他明通心里一直空空的，有时气都喘不过来。

明通最后说了一句：

"你的命怎么这么好呀？"

说这话的时候，他的嗓门里有点堵，堵得有点想哭。弄得刘耳都不知道怎么回话了。他当然是要感谢明通的，至少要感谢他的那篇报道，虽然那篇报道里的很多文字与事实无关，但他还是要感谢他。如果没有那篇文章，他刘耳到哪里去找这进城的台阶呢？可刘耳的嘴里竟然说不出来，他只是突然抓住明通的手。他说：

"我到了县里，如果碰到了什么好的机会，我会帮你的，你也应该到县里去，到了县里你就可以写出更多更好的新闻报道来。"

明通没有接话。

他不知道怎么接。

6

刘耳没有说错，明通的机会是真的有，而且还是十分适合明通的

一个好机会。有天早上,刘耳正在街边吃米粉,县人事局有个人就坐在他的旁边,也在吃米粉,一边吃一边突然问道:

"你们瓦村有个人,写新闻报道好像写得蛮好的,你那七个鸡蛋好像就是他写的。"

刘耳说:"对对对,就是他写的。"

那人就说:"县委宣传部的新闻报道组,打算在下边弄一两个能写的上来,充实县里的新闻报道力量,你应该推荐推荐他。"

刘耳一下就激动了,他说:

"是真的吗?"

那人对他说:

"当然是真的,他们申请的名额指标就是我给办的。"

刘耳两下就把那碗米粉给嗦光了。他一边擦嘴一边站了起来,急急地就往宣传部报道组的办公室走去。正好报道组的组长刚刚坐下,刘耳开口就给他推荐了明通,建议他们考虑考虑。因为七个鸡蛋之后,明通还时不时地写过一两篇村里的东西发在《瓦城日报》上。

但组长告诉他:

"我们最早考虑过你说的明通,但昨天我们已经讨论放弃他了。"

刘耳就紧张起来:

"为什么?"

组长说:

"这是我们的工作需要。我们需要你说的明通留在村里给全县的农民通讯员做一个榜样,这个榜样就是既可以当农民又可以当新闻报道员。尤其是像你们瓦村,他要是调来了,以后你们村的事就没人给写了。你想想吧,还有人写吗?他不在村里了村里的事他就无法随时知道了，就像我们，我们村里现在发生了什么事，我们知道吗？我说的现在是今天，等到哪天我们回到村里，人家才告诉我们，你说说，那新闻还是新闻吗？不是新闻了也就不值钱了，那该多么可惜呀！你说是不是？"

停了停，又问刘耳：

"你说吧，他该不该留在村里？"

组长说完，又连连地问了刘耳好几个你说说，你说说，你说说。

刘耳哪里还能说什么呢？事后想起来，刘耳才发觉自己不应该直接跑到报道组的办公室，自己只是跟明通相好，可自己什么官都不是，他应该去找那个副主任。可当时的刘耳竟然没有想到，而且，组长那么说的时候，他刘耳竟然觉得他们说的也有道理。再后来没有多久，刘耳就调离了县城，跟着那个副主任到市里去了。

就这样，明通永远地成了农民通讯员的标本。这个标本的代价，就是永远地待在了瓦村，只是在每年的新闻报道表彰大会上拿到一个锑桶，一个搪瓷脸盆，一个军用水壶，一条白毛巾，一摞方格稿子。锑桶上是印了字的，脸盆上是印了字的，水壶上和毛巾上也都印了字，都是红红的一个"奖"字。最多的当然是奖状，只是那些奖状明通没有贴在家中，他全都拿到生产队的夜校里，贴得满墙都是。

7

刘耳知道，这七个空蛋壳，肯定不是明通放的。明通早就不住在村里了，他儿子大学毕业后回到县城的银行工作，结了婚，生了小孩，他就跟着他们住到县城去了。有一年回家做清明的时候，刘耳还遇到过他，他当时说是要去干什么，刘耳没有听清。自从刘耳当上了国家干部，他们俩每次见面，明通说话的声音总是细细小小的，只像是蚊子在耳边飞，就连跟刘耳好好说话的心思都没有了。刘耳也就没有多问。他当时倒是有过一闪的念头，想拉上明通和他一起去吃饭，但只是一闪就让风给吹走了，因为请饭的是县长，他要是把明通拉上，好像也不太合适。

　　那七个空蛋壳，不管是谁放的，它们到底想告诉刘耳什么？刘耳似乎知道，又似乎不知道，但有一句话，他还是听出来了：你刘耳既然回来了，那你该不该到城里去看看明通呢？

第五章

1

给刘耳开门的,是明通的孙女,她说她爷爷不在家,在医院,说是可能快不行了。刘耳一听头就大了,大得嗡嗡的要炸,全身都冒起了一层冰凉冰凉的鸡皮疙瘩。

他转身就去了医院。

2

病床上的明通,说话的声音真的已经很细很弱了,细弱到刘耳都听不出从他嘴里出来的声音都是一些什么话,他只看到他的嘴皮在不停地动,像寒风中的两片枯叶。后来,是他的儿子无量,不停地把耳朵放到他的嘴边,然后把听到的话再说给刘耳。以至于后来想起那些话的时候,刘耳都分不清楚,哪些是明通的话,哪些是明通的儿子无量说的。

明通说:你来了?你来了好,你来了有两句话我就可以当面问问你,一直不知道怎么跟你说。

刘耳说:"什么话,你说吧。慢慢说,不要急。你慢慢说。"

明通说:第一件事,就是当年的那七个鸡蛋。你当时为什么想到全部算是你的?如果不全部算是你的,而是你三个我四个,或者是你四个我三个,那结果会怎么样呢?结果会不会是我们俩人都能出去传经送宝,再加上那报道又是我写的,那我会不会比你更红一点?

刘耳说:"过去的事现在已经说不清楚了。当然,也有可能你会比我红,这很难说。可是……可是这事,我们当时在医院门前的时候是商量好了的,你当时也同意的。我当时主要是从两点考虑:一点是你三个我四个,或者是你四个我三个,数量有点少,我觉得分量不够,分量不够情分也就不够。第二点是从你的角度考虑,我觉得文章是你写的,你写你自己,给人的感觉总是有一点点不太好。你当时也是点了头的,我记得你连连点了三次。"

明通说:是,我是点头了,是不是点了三次我忘了。我现在只是想知道,你当时有没有想到那七个鸡蛋会给你带来什么好运,如果想到了你当时为什么不说?

刘耳说:"没想到没想到,我当时怎么会想到呢?我当时只是想到,你肯定能写出一篇好文章。我真的只是想到这个。因为写文章的事也是你先想到的。我当时只是替你着想,真的。"

明通说:我想问的就是这个,你说的替我着想,是不是借机利用了我想写文章的虚荣心?

刘耳说:"没有没有,绝对没有!"

明通说:那就好,那就好,那这个事就算了,不说了。

刘耳说:"还有一个事是什么?你说吧,我们俩从小一起长大,我们俩就像兄弟一样,什么事你都可以说的,说明白了就好了。"

明通就说：你刚才说，我们俩就像兄弟一样？

刘耳说："对，我们俩就像兄弟一样。你还记得吗，有一次，我们去赶街，我们什么都没吃就出门了，当时我们只带了一个小小的红薯，只有这么长，我们还一分为二，你一半我一半，我们连皮都一起吃了。"

明通说：那红薯是我带去的。

刘耳说："对对对，那个红薯是你带去的。"

明通说：好了，这个也不说了，一个红薯没什么大不了的。我就想问你，你到县里工作没有多久，县里宣传部要把我调到新闻报道组，做专门的新闻报道员，这个事你知道吗？

刘耳说："知道知道，我还为你这个事，专门跑了一趟他们的办公室。"

明通说：你跑去干什么？

刘耳说："我去跟他们说调你呀！我说调你是最合适的。"

明通说：你当时是这么说的吗？

刘耳说："对呀，我当时就是这么说的。"

明通说：可是有人跟我说，你不是这么说的。

刘耳说："我就是这么说的！"

明通说：没有！你没有这么说。你要是这么说，我就调到报道组去了，弄不好我后来大小也是一个真正的记者了。

像是被人突然戳了一刀，就戳在心口上，刘耳的眼睛顿时就大了，大得吓人。

明通说：你再想想，你当时是怎么说的？

刘耳就问："他们说我怎么说的？"

明通说：你自己说过的话，你自己都忘了吗？

刘耳说："我没忘！你说吧，他们说我怎么说的？"

明通说：他们说你建议他们不要调我上来，说如果调我上来，那以后我们瓦村的新人新事，就没有人写了。瓦村的新人新事如果没有人写了，那瓦村当时那面红旗也就倒地了。

我的天啊！

刘耳突然觉得，整个病房都在旋转，是颠倒的那种旋转！

刘耳说："没有！我没有这么说，你说的这些话是组长当时说的。就是报道组的组长，是他说的！"

明通说：可他们说，是你说的。

刘耳说："谁说是我说的？"

明通说：是无量的岳父佬跟我说的，那个时候，他就在人事局。

刘耳顿时就急了，急得脸色都变了，像一块猪肝，像是在大街上被人诬陷偷了东西了，而且偷了人家很要命的东西。他马上就想到了那个坐在他身边吃米粉的人。那个时候他应该还没有结婚，他女儿和明通儿子的事，自然也是很遥远很遥远的事情。

刘耳说："那我等下找他问问，我问问他，他是听谁说的。"

明通：不用了，他已经去世了，他也是去世之前才告诉我的。

……

完了！

刘耳哑了！他知道自己那个时候的脸色已经不再是猪肝色了，应该已经十分的苍白，就像被人在他的心口上直接放了血了。他想不明白天下怎么会有这样的冤枉事。明通儿子的岳父佬到底是听谁说的呢？这个人跟他刘耳到底有什么仇？为什么要这样嫁祸于他？如此看来，他刘耳在明通的眼里，哪里还是个人呢！

我的天呀！

离开病房的时候，明通的儿子无量追了出来，他在门边的墙脚下把刘耳急急地拉住。他说：

"我刚才帮我爸爸说的那些话，都是他的心里话，他已经藏了很久很久了，换句话说早就发霉了，我只是帮他说给您听听而已。我要是不照着他的话说，回头他会没完没了地骂我的。他嘴里不怎么好使，可他耳朵一直好得很，您随便说个什么他都听得见。您就当作是他给您说的，真的是他给您说的。那些话没有一个字是我说的。真的不是我说的，刘叔您要理解。我一个后辈，我怎么会对您那样说话呢，我肯定不会。请您多多理解，多多理解。"

3

从医院出来，走在街上的刘耳发现他的两条腿几乎完全不听话了，走路晃来晃去的，已经失重了。整个人都难受得要死。他责怪自己出门的时候为什么没有带上速效救心丸。他想，如果这时突然倒在街上，估计连个救他的人都没有。他就这样难受地在县城的街上胡乱地走着，走得两腿发软了还在不停地走。他希望就那么胡乱地走着走着，能不能突然碰上当年报道组的某个人。记得那天他走进那个办公室替明通说话的时候，那些写通讯报道的人，几乎都在，他跟他们虽然没有什么深交，但每一个他都是认识的。如果碰着他们，他就可以上去一把拉住，然后把他拉到明通的病床前，让他帮他说一句公道话，说半句也行，他相信他们那天都是带着耳朵的。

可惜，那些人他一个都没有碰到。

碰到的只是现任的黄县长。黄县长是在车上看到他的，随即就叫停了车子。县长没有马上下车，而是让司机先下去帮他问一问，他怕自己看走了眼。司机下去不到半分钟就跑回去，一边跑一边给车里的县长连连地点着头。县长随后从车上飞了下去，几步就冲到了刘耳的面前。他说市里的黄秘也就是黄德米给过他电话了，他吩咐他有空就去村上看望看望他，可最近实在是太忙了，忙得一天到晚屁股都在冒烟。他让刘耳晚上留下来，留下来好好喝两杯。刘耳却坚决不留。他明白坚决不能留。可又忍不住把心里的冤屈一一地倒了出来，就像倒的是一肚子的脏水，想留也留不住。他让黄县长这两天就帮他查一查当年宣传部报道组里的那些人，看看有没有人还住在县城里，如果有，请随时告诉他。黄县长说没有关系没有关系。他说您放心吧老爷子，这两天我马上帮您查，只要有人还活在，哪怕他们早就跟着子女到了别的城市享福去了。他说我先叫人查一查吧，查到了就马上告诉您。末了黄县长还跟他说，晚上吧，或者明天，我找个时间帮您去看看您说的那个叫明通的老人，我去帮您安慰安慰他。人老了，安慰几句也许就过去了。等到他出院了，我接您上来跟他好好喝两杯，到时我来安排，喝两杯就好了的！老爷子，您放心吧！然后吩咐司机，把刘耳送回了村上。

第六章

1

刚一打开铁门，小公鸡就拍打着翅膀，发癫似的朝他跑来。刘耳以为它想趁机外逃，就又是跺脚又是张开双臂，把门急急地关上，还顺便看了一眼那个狗洞。这一眼当然是多余的，那个狗洞要是还可以出去，小公鸡早就没有影子了。

小公鸡却不在意刘耳的驱赶，它就紧跟在他的身边转来转去，刘耳快要进屋的时候，它还跟在后边咕咕地叫着。刘耳回头瞅了它一眼，刚要起脚对它再次驱赶，却又收住了。他突然想起，早上因为急着出门，忘了给人家喂吃的了。它应该是饿了。它在跟他要吃的。就直直地走进厨房，抓了一把米，转身的时候，发现小公鸡一直没有离开过他的脚后跟。但他没有马上给它。

他对它说：

"走，到门外去。"

到了门外，准备撒米的手，又在空中停住了，弄得小公鸡摇头晃脑的，在地上乱找了好几眼都没有找到，只好抬头又看着刘耳。怪可怜的。刘耳却不急。他将屁股慢慢地坐在门前最下边的台阶上，叉开双腿，看了看手里的米，从指缝间慢慢地撒了下去。不多，总是几粒几粒的，只撒在两腿之间的地面上。

小公鸡是真的饿了。院子里的空地上，真的没有什么可以吃的了，它应该是找来找去已经找累了，才急急地等着刘耳回来。看见米粒终于落了下来，急急地就扑了上来，扑到了刘耳的两腿之间。这在先前是从来没有过的。按理说，鸡虽然是鸡，可鸡还是知道人是人鸡是鸡的，总是知道要与人保持一定的距离，总是害怕被人突然给它一脚，把它踢得远远的。可今天的小公鸡却什么都顾不了，落下的米粒三两下就被它飞快地叮进了嘴里，就像什么都没有吃到一样。它抬头看着刘耳，看着刘耳手里的米能不能全部撒下。

刘耳还是几粒几粒往下丢，就像那丢的是他自己心中的冤屈，他要慢慢地，让那小公鸡帮他一点点地叮掉。

是的，太冤屈了！刘耳想都没有想到过他和明通之间竟然有着这么大的冤屈。他真的需要找个人诉说诉说，可在村里谁会听他诉说呢？眼下，也只有这只小公鸡了！也只有它和他是最最亲近的了。它离他这么近，它就在他的两腿之间。这是多么大的安慰啊！他甚至想，它要是能听懂他的话就好了，他就可以把今天的事全都告诉它。

他看了看手里的米，不再撒了。他把米留在手上，给它伸过去，他希望它和他再亲近一点。让它在他的手上吃。那小公鸡竟然也一看就明白了，它伸长了脖子便往他的手上叮了过来。它叮了一粒，看了看刘耳，又叮了一粒，又看了看刘耳，随后就一粒一粒地叮了起来。刘耳看见小公鸡不再提防，便将另一只手慢慢地伸到小公鸡的背上，他先是悄悄地碰了碰，他以为它会突然地跳起来，然后走开。可是没有。小公鸡只是一门心思地叮着刘耳手里的米。他的手于是就有了想法了,他索性把手抚摸在了它的身上。

竟然,它也让他摸!

摸了一次,它没有动。

又摸了一次,它还是不动。

摸到第三次的时候,它抬头看了看刘耳,刘耳便把手中的米,全部给它放到了地上,一边让它放心地叮着,一边在它的身上来回地抚摸。

"以后我都这样喂你,好不好?"

停了停,又说:

"这个屋子里,除了我就是你,除了你就是我,你知道吗?"

想了想,又说:

"要不,给你起个名字吧。"

刘耳突然想起,每次在街心花园散步的时候,都会看到很多遛狗的女人,有老的也有小的,一看就都是有钱人。她们的狗都是有名字的,有的就像是她们的朋友,有的则像是她们的小孩。她们叫唤它们的声音,都是掏心掏肺的,好听得很,也亲热得很。

刘耳就说:

"我也给你起个人名吧。"

"叫你什么好呢?"

刘耳想到了他儿子的小名,但随即就在脑子里删掉了。他觉得那样不好,那样会让自己一不小心更加得不到安宁,因为他很难保证它在他的手里不出任何意外。

"叫你小白吧,好不好?"

小公鸡当然没有什么反应。

地上的米已经叮完,它举举头,咕咕地叫了两声,抽了抽脖子,左右摇了摇，转身就走了，往别的地方走去了。

"小白！"

刘耳突然喊了一声。

没有走远的小公鸡竟然站住了。它回头看了看刘耳，也许是被刘耳的突然喊叫吓到了，但刘耳却高兴地笑了笑。他朝它挥挥手，说：

"没事没事，玩你的去吧，去喝点水。去吧，喝水去吧！"

2

晚上，刘耳把那七个空蛋壳，又一一地过了几眼，好像每个空蛋壳里都藏着很多很多的话，可他又一句都猜不出来。也许，它们仅仅只是为了提醒他去看看明通，可他又总是觉得应该没有这么简单，他越想心里越堵。他真想把它们弄碎了扔掉，但又下不了手。最后，便用一根线子，把它们一个一个地穿了起来，放到了小白的鸡房边。他也说不清楚为什么要把它们放到那里。小的时候，每次母鸡孵完了小鸡，母亲总是把那些空蛋壳穿成长长的一串，挂到屋外的墙面上。为什么要那样做？他不知道。他从来都没有问过，也没有听人说过那是什么意思。村上的很多事，往往都是这样，就像河水为什么要流过你的家门前。也许知道了就没有意思了。

之后，他便一个心思等着黄县长的消息，等着县里来人突然拍打他家的大铁门。

第七章

1

第二天,没有人来。

第三天,第四天,也没有。

第五天下午,拍门声才嘭嘭嘭地响了起来。

2

拍门的是一个年轻的女子,可她开口就把刘耳的期待给掐死了。她说:

"我是我们村里的。"

刘耳不信。他说:

"你别骗我。"

"我骗你干什么?"

"那你家是哪一栋?"

"村里最好的那一栋就是我的。"

"最好的那一栋?"

"对，最好的那一栋。"

"那你爸你妈是谁？"

"我爸我妈都没有了，我那个家现在就我一个人。"

"就你一个人？你多大了？有三十了吧？"

"过三十了。"

又说："我三十二了。"

"那你叫什么？"

"我叫香女。"

"香女？这不是真名吧？"

"不是。但所有人都叫我香女。你也可以这样叫我。"

"是小名还是外号？"

"算外号吧，我没有小名。"

"为什么这么叫？"

"为什么？"

"对，为什么？"

香女顿了顿，她在空中有意闻了闻，把鼻息弄得响响的，似乎还不够，又把身子给刘耳转了一个圆圈，同时鸟似的张开着双臂。她说：

"你的鼻子是不是不太听话？你难道没有闻着什么香味吗？这香味就是我身上的，是我天生就有的。你在别的女人身上，肯定是没有闻到过的。"

香女这么一说，刘耳像是忽然醒了似的，是有一股无形的香味一直在面前飘荡着，真的很香，但又说不出那是什么香味。女人的香味是有很多种的，常年住在城里的刘耳，觉得大致可以分为两种，这两种女人的香味当然都是化妆品造就的结果。在城里，如今不用化妆品的女人是很少的，所以，你在城里闻到的女人香，几乎都是化妆品的香味。这两种化妆品造就的女人香，一种是有礼貌的，一种是很没有礼貌的。有礼貌的香味是很亲切很舒服的那一种，就像那些很清纯的女孩，见了你，总会给你先打一声招呼，或是笑笑的点点头，那种笑当然只是浅浅的那种笑。那样的笑是很讲究的，会让你觉得她不光很美，还十分地懂事，让你觉得舒服，一直舒服到心里去，养着你的心，让你觉得活着真好；另一种却是相反的，那种味道不光不懂礼貌，而且十分的野蛮，她们只要从你身旁经过，就不管不顾的像是猛地踹了你一脚，一直踹进你的肺里，让你难受，让你噎气，让你恶心得走了好远还喘不过气来。香女身上散发出的那种香味，当然不是这种，也不是前边的那一种，似乎比很有礼貌的这一种更加独特，更加原汁原味。这到底是什么香味呢？这样的香味在记忆里应该是有过的，可刘耳就是说不上来。他似乎需要一点时间到记忆的深处慢慢地找一找。

香女却不等刘耳了。

她说："你吃过香茅草包的那种粽子吧？和竹叶包的三角粽不一样的那一种，大大的，像牛腿那么大。"

刘耳一下就想起来了！对呀对呀！她身上散发出来的那种香味，就是香茅草粽子的香味！香香的，糯糯的，还带着滑滑的肉香！是肥而不腻的那种肉香！

那种香茅粽的香味，当然有赖于独有的那种香茅草，它有点红，又有点紫，或者说是又红又紫，又不红不紫，但村上人从来没有给那种颜色定义为什么颜色，他们只是简单地把它叫香茅草。你要是头一回看见，你都无法相信那是可以用来包粽子的，它的叶子两面，都是毛茸茸的，而且每一张叶子的宽度，也就两根手指一般，这还是长得好的，是长在肥一点的山地里的。如果长在瘦一点的地方，也就只有拇指那么宽了，可村上那些会吃的嘴馋的家伙们，他们总是有办法用来包成粽子，而且还是很大很大的那种粽子，样子很像牛腿，一头大大的，一头又小小的，一般是三四斤一个，五六斤的也有。至于香女说的牛腿那么大，那就有些夸张了，也许是因为她身上的香味和那种粽子的香味有着共同的美誉，所以往大了夸也是可以理解的。

这种香茅草的粽子，是可以放得很久的。在不好的季节里，一般的粽子只能放个三天五天，顶多也就六天七天，时间久了就会出味，就不能再吃了。香茅草的粽子则不一样，如果天气凉快，放一个月都没有影响，只是放久了，那香茅粽的外边一层会长出一些白毛来，或者叫作霉霜，就像金华火腿的外层一样。你把那层霉霜慢慢割掉，里边的粽肉还依然是诱人的，香香的，糯糯的，让你流尽口水。

3

"想起来了没有？"香女问。

刘耳笑笑的，却不敢点头，他觉得这种事情闻到了就闻到了，最好不要说出来，否则，人家就会把你当成某种人了。

香女知道刘耳的样子是有点不好意思，就转开了话题。她说：

"我是给你送东西来的。"

"什么东西？"刘耳有些惊讶。

香女没有回答，只把手里提着的一个塑料袋递往刘耳的眼前。那是一个黑色的塑料袋。刘耳没有接手，只是用手扒开了塑料袋。里边竟然是几把厚厚的人民币。刘耳不由吃了一惊。

"你说这是送给我的？"

"对，是送给你的。"

"谁送的？"

"是你送给明通的呀，明通不要，让我帮他送回来给你。"

刘耳又是一惊！

"我送给明通的？我什么时候送的？我没有给明通送过钱！"

"说是一个女的给他送的，是帮你送的。"香女说。

"一个女的？谁呀？"

"我怎么知道。听九量说，他也不认识。他说可能是外地来的什么老板吧，他在县城都没有见过。"

刘耳忽然就想起来了，想起了那天在街上遇到的黄县长。那黄县长好像是说了一句要帮他找时间去看看明通，后来他可能没有时间去，就让那个女的帮他去了。那个女的也许是黄县长的什么人，也许也不是；也许是黄县长吩咐了谁，谁又去吩咐了谁，最后的那个谁，可能就是那个女的，或者是中间还有别的人。

"这个钱，你说明通不要？"

"对，明通不要。"

"不要就当场还给那个女的呀，为什么还要接到手上？"

"无量说，他们推了，可推来推去，那个女的就是不接。后来他扶他爸爸去上厕所，回来的时候，那个女的就不见了，只发现这袋钱塞在了他爸爸的枕头下。"

"那你也不能拿给我呀，它不是我的。"

"人家说了是帮你给的，就得算是你的。"

"不能算是我的！应该是给了谁就是谁的。这钱就应该是明通的。"

"我跟你说了,人家明通不要,死也不要。"

又说:

"是明通临死之前告诉无量的,他说这个钱他死也不能要,一定要退给你。"

"明通死了?"

刘耳惊叫起来:

"他什么时候走的?"

"就是你去看他的第二天。今天早上火化,村里的好多人都去了。"

"那……那你们为什么不告诉我?"

"告诉你?谁会告诉你呀!"

香女也尖叫了起来。她的尖叫像一记耳光,狠狠地抽在刘耳的脸上。刘耳的脸上顿时就红了、紫了,随后又白了、青了。香女的嘴巴却没有停,她说:

"你知道为什么不告诉你吗?"

刘耳不敢摇头,只是惊恐地看着香女的嘴。他说:

"我不知道。"

"那你知道村里怎么说你吗?"

刘耳同样不敢摇头,依旧只是惊愕地盯着香女,但他的嘴巴似乎暗暗地抽搐了两下。他问:

"村里怎么说我?"

"说你前几天如果不去看他,他可能还能再活一些日子;你去了,他就断气了。"

"扯淡!怎么能这么说呢?我……我去看他也只是和他说了两句话……就两句话……用他自己的话说,那两句还是他一直想给我说的。"

"这就对了嘛。他就是有话要对你说,你去了,他说了,说完了他就死了。这不就是因为你吗!"

"扯淡!哪有这么说的!"

"大家就是这么说的。无量也是这么说。你的这个钱,无量最先是让长腰他爸拿回来给你的 …… 呵,我忘了,他们说不让说的 …… 我给忘了 …… 我是跟你说话说多了,把脑子给说乱了 …… 这个钱呀,反正是谁都不愿帮他拿回来给你。大家都怕见你,都不想见你。我看见他们一个一个地都在推,有点看不过去,我就说,给我吧!我帮你拿回去给他。这不,我就帮他拿回来给你了!"

香女突然抓住刘耳的手,把那个黑色的塑料袋,硬是塞到了刘耳的手里。

"你为什么不怕?"刘耳问。

"我怕什么?怕你?"香女瞪了刘耳一眼,说,"我才不怕呢!老子这些年见过的事多了去了,我怕你什么!我不怕!"

"你都见过什么事呀?你才多大?你不就才三十二岁吗?还自己把自己叫作老子了!"

"你可千万别小看老了!有空你到我家去看一看吧 …… 呵,你最好别去,我那个家就我一个人,你要是去了村里人会说我闲话的,肯定会说是我勾引的你。算了,你还是别去。你可千万别去你知道吗?你去了我也不会让你进门的。反正我就这么告诉你吧,我家的装修比你的还要好。不过,我听他们说了,你这房子里边的装修也挺好的,说是比那些旅游的民宿还要好,帮你装修的那些人肯定是花了不少钱的。这个我敢肯定。其实也就是一句话,家里有人当官就是牛逼呗!"

又说:

"我也不怕跟你说，我那个房子就是一个当官的给我弄的。那时候他还没有出事，他后来出事了，到牢里去了。不过，这对我倒是好事，他坐牢了他就不能再胡乱折腾我了，反正我有一套漂亮的房子住着，我还怕什么呢？而且，我的房子还是村里最好的，谁的房子都比不了我的，搞不好你的也比不了。"

香女这么说的时候，脸上的表情总是有点怪怪的。那些表情好像也在相互打架，又像是猪死了，开水怎么烫都无所谓了。

第八章

1

香女走后,刘耳的心里又空空的了,像是被火刚刚烧过的房子,只剩了在不停地冒烟,呛得刘耳不时地喘不过气来。香女塞给他的那个塑料袋,他一直紧紧地抓在手里,似乎那些钱上还依附着明通的魂,好像明通在断气之前是摸过那些钱的,摸着摸着,明通的手就在口袋上滑了下去。明通的手刚一滑落,那个黑色的塑料袋就啪的一声掉到了床前的地上,后来,肯定是明通的儿子无量,把它捡了起来的。这么一想,刘耳的心里忽然就凉飕飕的,像是坟场的某个地方突然刮来了一股阴风。

是不是不该回到村上来?

他往心里问了自己一句。

他没有给自己回答,也回答不了。

脑子里是真的越来越乱了,跟在城里的时候一样的乱,只是乱的内容又有了不同,但结果又似乎是一样的,都是滚烫滚烫的让人备受煎熬。要是让他因此放弃了村子,转身回到瓦城,肯定是回不去的。他要是回去了,村里的人会怎么说他呢?会不会老老少少的都跑到他家的门前来,然后对着他家空空无人的房子,眼睛和嘴巴都敲锣打鼓起来?还有那黄德米,他儿子的那个秘书,他会怎么想呢?为了你的回来,人家可是下了米的,应该下了不少的米!

2

到做晚饭的时候了,刘耳还一直地捧着那袋钱,在沙发上愣愣地坐着发呆。他想都没有想过要不要走进厨房,他不知道晚上应该给自己吃点什么,他已经完全没有了胃口。等到天黑了,夜深了,便把自己死狗一样扔到床上。

村上的夜是宁静的。心情好的时候,这样的宁静是很养人的,可心情不好的时候这种宁静却是折磨人的,仿佛这个世界就只剩了你孤零零的一个人!说实话,在回村后的这些夜里,刘耳都还睡得蛮好的,就连起夜的次数都比在城里少了一半。

可是这一夜,他怎么也睡不着了。

明通的死在他的脑子里像煮开了一锅粥,一直地沸腾着,也揭不开盖,也停不了火。他和明通的许多往事,一直在锅里煮着,翻滚着,没完没了。

天快亮的时候,他忽然想起跟明通吃过的一顿饭。那时他已经在县里工作了。有一天,他拿了一点药回来给他的父亲,回到村头的时候,就遇到了明通。明通把他叫住了,他让他无论如何到他家里吃个饭。说是家里有几条很漂亮的辣锥鱼,是腊干的,也是专门留着等他回来的。刘耳不好推辞,就跟着去了。那几条辣锥鱼,确实不是一般地好,切成合适的一段一段之后,明通让它们先泡泡水,然后把肉撕成了一条一条的，好的辣锥肉是黄黄爽爽的，看上去是半透明的，和炒好的黄豆焖在一起，那可是绝配！如果再有几颗要酸不酸的"毛秀才"丢到里边，那样就会搞死很多神仙了。那一餐，明通给刘耳吃的就是这样。但吃饭的时候，明通却在桌上摆了三副碗筷。明通说：

"这是给明树的。我们俩谁都不要忘了他。"明通说，"你知道吗，每年在明树的生日那天，他母亲都会这样给他放上一副碗筷，就放在饭桌上，从早上一直放到晚上。"

那一餐，刘耳吃得有点难受，有点很不是滋味。他知道明通是有意的。因为刘耳已经不再是村里的人了，明迪怕他把他明通给忘了，把明树也给忘了。

明树是竹子的弟弟，是老人家唯一的儿子，也是刘耳和明通小时候最好的伙伴。刘耳知道，他是真的把明树给忘了。如果不是明通的死，他是真的没有想起过明树。想想自己回村有多少天了？他想起过明树吗？就连那天坐在他的家里，坐在他母亲的面前，想吃他母亲的一碗玉米粥，他都没有想起过他。

天刚刚发亮，刘耳就起床了。是尿憋醒的，也是饿醒的。他照例给自己煮了两个鸡蛋，倒了半碗牛奶，加了两勺燕麦片。吃完了还是觉得昏昏沉沉的，就给自己冲了一个热水澡。忙了一顿之后，天已经大亮。他找了一个小布袋，装上一瓶茅台，拣了两个小酒杯，再拿了三个苹果，就出门看明树去了。

第九章

1

明树是十四岁那年走的。

那一年刘耳十五岁，明通也十五岁，但十四岁的明树比十五岁的刘耳和明通都要长得高，长得结实。他的结实很像他的姐姐竹子。出事那天，是刘耳拉着他们跑到水轮泵那里玩耍的。那里是一个河湾的岸边上。原来那个地方是没有名字的，因为村子在河湾那里装了一台水轮泵，人们才把那里叫作"水轮泵那里"了。如果不是本村的人，是不知道"水轮泵那里"是哪里的。因为天热，那些天里他们几乎天天都到水轮泵那里玩。那水轮泵当然是抽水的，关键是它抽水的时候好玩，不抽水的时候也好玩。因为以前大家都没有玩过，连见都没有见过。对瓦村来说，当时的水轮泵可是一个新鲜的家伙。不抽水的时候，长长的水管里是空空的，你把耳朵贴在水管上，顺手拍一拍，有一种嗡嗡响的声音让你觉得十分的好听，也十分的神秘。好像那种声音来自人间之外，它会随时把你带走，带到很远很远的某个地方去。抽水的时候，你再这样拍就什么都听不见了，但那白花花的水从炒菜锅一般宽大的钢管里喷出来，就又是另一种好玩了。远远看去，冲向天空的那根钢管，就像一门高射炮，世界上有没有那么大的一门高射炮，谁都不知道，也许有，也许没有。刘耳他们觉得那根钢管就是一门高射炮。按说，那根钢管是用不着往天空升那么高的，但当时的大队支书，也就是生产大队的党支部书记，他说升高一点显得十分雄头，也就是十分好看，就坚决地搞成高射炮的样子了。高射炮口下边的不远处，是一个很大的落水池，抽上来的水在空中白花花地拐了一个弯，就落到了水池里，然后才顺着水池前边的几个口子，分别奔流到前边的沟渠中。刘耳他们在河里玩多了就不想再到河里去了，就都光着身子玩在那个水池里，因为弯弯落下的水很猛，猛得很刺激，只要往下一站，好像身上所有的污垢，不用手洗就被冲得干干净净的。怕就怕你站不住，怕你刚一过去，就被落下的水给冲倒了，一不小心，还会把耳朵冲得嗡嗡嗡乱响，然后半天都听不清楚别人在对你说些什么。

那天，他们就是这样冲澡去的。刚冲到一半，那水突然软了，软着软着，最后就没有了。以为是水轮泵停止抽水了，三个湿溜溜的脑瓜就顺着高高的水管往下看，水轮泵的下边却没有人。

"肯定被什么东西卡住了。"

好像是明通说的，又好像是他刘耳说的，刘耳忘了。他只记得明树这时突然说道：

"我们下去看看吧。"

"不用都下去的。"刘耳说。

"对，一个人下去就可以了。"明通也说。

"那你们两个就猜单双吧，谁输了谁就下去。"明树说。三个小孩在一起玩时，往往都是这样，你一句我一句他一句，第三个小孩好像都是这么出的主意，否则事情就会落到自己的头上。

明树刚一说完,刘耳就朝明通伸过了手去。刘耳说:

"我要单。"

明通的手便迎了上来:

"那我要双。"

在同伴中,刘耳是最善于猜码的。有一年火柴紧缺,村里很多人家因为买不到火柴,都用上火镰取火,唯独刘耳的家,一直没有用过。因为刘耳靠着猜码帮家里挣得了足够的火柴。他没有想到那天却输给了明通。但他没有下去,而是把手伸到了明树面前。明树看到刘耳的手就有些发慌。在他的记忆里,他几乎没有赢过刘耳。他也知道,刘耳赢他的主要原因,是刘耳的码总是慢他那么一点点。然而就是那么一点点,他明树的码就老是被刘耳给抓住,抓得死死的。明树心中当然不服,也曾偷偷地练过,让自己的码如何也慢上一点点,可是,他怎么也慢不了。他的性格让他慢不了,一慢就成了假码了,搞得他自己都有点不好意思。他看着刘耳伸过来的手说:

"不是说好你俩谁输谁下去吗?"

刘耳说:"我输给他,却不一定输给你呀,我们俩谁输了谁就下去。你说吧,你要单还是要双,明通刚才要的是双,所以他赢了,你也要双吧。"

明树看了看自己的手,他发现好像在暗暗地发抖,嘴里只好说道:

"算了,还是我自己下去吧!"

他裤子都懒得穿上,就顺着长长的钢管往下滑去,就像山上飞下来的一只黄猴。因为是从上而下,脚底不长眼睛,否则明树会滑得更快。他们从小就经常光着身子在河边比赛攀爬芭蕉树,每一次明树都是最快的,明通和刘耳谁都比不过他。

刘耳和明通就在上边等着,因为都光着身子,就时不时地你拍拍我的屁股，我也拍拍你的屁股，然后就跳到水池里。俩人正在胡乱地玩着玩着，突然就听到了一声撕心裂肺的尖叫。

是明树在下边出事了！

刘耳和明通急忙顺管而下。刘耳急得把肚皮都划伤了，明通的脚踝也划破了。

明树的左腿，被水轮泵给绞掉了！

怎么绞的？没人知道。

刘耳和明通看到明树的时候，明树已经趴在了水轮泵的灶台上。明树的左腿，应该是下到水里被水轮泵的叶轮绞断的。可他断腿之后是怎么飞身又回到了水轮泵的灶台上的？这就叫人无法想象。

刘耳和明通冲到明树身边的时候，他的嘴巴只是动了动，已经说不出话来了。被绞断的左腿，还在不停地流着血，一直流到灶台下的水中，把下边的水都染红了。

刘耳和明树都不知道该怎么办。

三个小孩子的身上，全是光溜溜的，没有任何东西可以用来包扎或者擦血。就这样，明树在刘耳和明通的眼皮下走了。从那以后，刘耳和明通的关系就特别的好，也许就是因为一起看到了另一个小伙伴是怎么走的，走得那么吓人，吓得他们当时一点力气都没有了，整个人都软巴巴的。那段时间，只要他们俩坐在月光下想起明树，就会紧紧地抱在一起。

2

明树是因为村里的水轮泵而献身的，村里为此开了一个全村的群众大会，老老少少，男的女的，只要能够走出家门，那天晚上全都来了。那是村西头的晒谷坪上。夜空黑麻麻的，好像随时下雨，却又老是不下，只犹如一口铁锅黑压压地倒扣在瓦村的头顶上。队长的面前是一张四方桌，上边亮着一盏长颈的煤油灯，灯通的下边缺了一个小口，像是敲掉了一个三角形。风从队长的身后吹来，总是吹进那个缺口，灯火努力地抵抗了一下，闪了闪，就灭掉了。队长只好把灯重新点上，但风还是不停，刚一点上，又被吹灭了。刘耳就在队长的不远处，他想提醒队长可以把灯转个方向，但刘耳的嘴里竟然发不出声音，明树的死像是把他的嗓子给堵住了。灯火一灭，队长又重新点上，点了没有多久，风一来灯又灭了。都说那天晚上的风有点鬼怪，说它们也是为明树而来的。队长想再次把灯点上的时候，手里的火柴已经划光了。他把空空的火柴盒放在手里一捏，就把空空的火柴盒给捏碎了。捏碎后他又不肯丢掉，只是一直攥在手里，然后，就在黑暗中宣布了几件大事：

第一：明树是一个好孩子，我们全村人，要世世代代地牢记他。

第二：明树的事迹，是英雄的事迹，他是我们瓦村的英雄，所以，我以队长的名义宣布，把明树追认为我们瓦村的烈士（这时，有人就在下边突然插话，声音虽然不高，但很多人都听到了。他说烈士是不能随便命名的，要报上边批准。队长就把捏着火柴盒的那只手高高地举了起来。他说：不用报！我说他是烈士他就是烈士！然后对着黑压压的村民，高声问道：大家说，明树是不是我们村的烈士？村民们全都照着队长的样子，把手高高地举到黑暗的头顶上，都齐刷刷地回答：是！队长又问：明树该不该被命名为烈士？村民们的声音更大了，都拼了命地喊着：该！整个瓦村的上空，就像划过两道雷鸣闪电，声音久久没有消散)。

第三：明树的墓地，定在瓦村前往镇上的一个岔路口旁，那里有个凸出的小土坡。瓦村人只要前往镇上，就来回都能看到明树。外村人从那里路过，也能看到明树。这样，明树就能永远活在人们的心中。

第四：从今年起，每年都给明树家记一个正常劳力的工分。那是当作明树还活着，是明树家应该有的。

第五：每年过年，都要给明树家贴上对联，上联是：生的伟大；下联是：死的光荣；横批是：光荣之家。

第六：每年清明节期间，由队长组织全村的小孩，到明树墓地给明树扫墓，并由队长给小孩们讲述明树的英雄事迹（第二年起，除了明树断腿的故事，队长还讲了明树爬芭蕉树爬得最快的故事，说他如果不死，他如果还活着，过几年他就可以去当兵了。他如果去当了兵，肯定会是中国人民解放军里最好的战士，他会很快就当上班长，当了班长以后就会很快当上排长，当了排长就会当上连长，当完连长就可以当营长当团长，那就前途无量了，说不定瓦村就会出来一个将军，这不是没有可能的。队长这么一说，小孩们就都十分地敬佩起明树来，都决心好好学习明树这种为了集体的利益勇于献身的精神)。

3

在瓦村，一般的墓碑都是石板刻的，墓桶也是石头垒的，垒到半坟高的时候就停住了。上边的整个圆拱，都是用墓边的泥土堆上去的，堆得像个馒头，馒头顶上是每年清明节用来插纸幡的地方。但明树的墓不再这么做。因为明树是瓦村的烈士。烈士就得按烈士墓的样子来。

所以，明树的墓碑，不是石板做的；明树的墓桶，也不是石头垒的，而是全部使用水泥。

安装墓碑的那一天，明树的母亲突然出现在墓前。她让他们把墓碑上的字一个一个地给她念。因为她不识字。没有等到念完，她就又是摇头又是摆手。她说不行。她说你们不能这样写，你们得给我重新做，否则，不给你们放上去。

因为上边写了明树是某年某月某日生的，又是某年某月某日牺牲的，还写了一大堆有关水轮泵的事情。

她不让他们这样写。

她问他们：

"我明树今年多少岁？"

他们说：

"十四岁。"

她问他们：

"我的明树叫什么？"

他们说：

"叫明树呀。"

她又问：

"为什么要给他立碑？"

他们说：

"因为他是烈士。"

她就说：

"那就写上名字，烈士，十四岁，就这几个够了，别的什么字都不要写！"说完，她转身走了。

4

明树的坟墓还在原来的地方待着，但原来的那条路早就长满了杂草了。现在的路，已经是宽敞的乡村水泥路了，距离明树的坟墓，已经有点远。如果只是停车在路面上，然后站在车边想远远地看一看明树，已经完全看不到了。明树的坟墓，以及坟墓的四壁，因为几十年的风风雨雨，很多地方已经裂开，裂出了很多很多的缝，所有的缝里又都长出了各种各样的野草，有两条裂缝还长出了不同的两棵小树。

显然，明树已经不再是当年人们心中的那个明树了。否则，早就有人用水泥把那些裂缝给填上了。而他的母亲，也就是老人家，她也早就懒得给那些裂缝做任何的修补了。到底是年纪大了。他们家，除了她那么一个老人，已经不再有任何人了。

蹲在墓前的刘耳，倒也没有为此生出多少凄凉的感觉。真的没有。世态炎凉，他觉得就是这样的。老话说的彼一时此一时不就这个道理吗！他倒是有点责怪自己，脑子里为什么少了一根筋，出门的时候，为什么没有带上一把镰刀？！清明扫墓，都是少不了要带上镰刀锄头的，不然，就可以给明树割掉那些从裂缝里冒出的野草，或者砍掉那两棵杂树。

刘耳把带来的三个苹果，分别摆在墓前，完了倒上一杯茅台，放在明树的墓前。然后给自己也倒了一杯，双手捧着，嘴里默默地给明树说了一句什么，说完把杯里的酒洒在眼前，洒完了就放下杯子，给明树慢慢地磕头，接连磕了三下。

他对明树说：

"明树，我是刘耳，我看你来了。"

说着就伸出手去，在明树的墓碑上来回地抚摸着，好像那个墓碑，就是小时候整天和他一起玩耍的明树。因为墓碑上没有明树是哪年哪月哪日走的，刘耳竟然想了好久，才想到是哪一年，但哪月哪日，他是真的记不起来了。最后，他只把眼睛盯在"十四岁"的上边，傻傻地发呆。十四岁的明树，如果现在从坟墓里出来，他一定认不出眼前的这个老人就是当年的刘耳了。刘耳看了看抚摸在"十四岁"上边的那只手，发现自己是真的老了。刚退休的时候，手背上还干干净净的，可是现在，已经长出了很多的老人斑，就像枯树上冒出来的那些黑木耳，大的小的都有，有的似乎还在悄悄地生长。

5

回村的路上，刘耳先后遇见了三个村里的人，可他一个都不认识。有两个是女的，一个是男的。他猜想，这个男的一定是谁家的上门女婿。那两个女的，应该都是村里的媳妇，其中一个是刚刚生了小孩的，她那红扑扑的脸色，把整个人都渲染得美滋滋的。

刘耳不知道怎么称呼他们，只是远远地就笑着脸，一个一个地对他们说：

"我刚刚看明树去了。"

"我刚刚看明树去了。"

"我刚刚看明树去了，我还给他喝了两杯。"这是给那个男人说的，一边说还一边拿出那瓶酒来，高高地举着。那男的好像没看他的酒，脸上也是皮笑肉不笑的，只在嘴里很机械地回应道：

"好呀，好呀，好呀！"

走过之后，便在身上不停地往外拍打着什么，拍了好久才肯收手。刘耳的心里不由一凉。他知道那人拍的是什么。刘耳的腿就站住了，他想回过头去看看那个人，却又不敢。他怕那人一直停在那里看着他。他怕与他对视。

第十章

───── 1

从明树那里回来,刘耳似乎有点犯困,也有点犯傻,像是被什么附身了,附得有点沉重;又像是在明树那里丢了什么东西,一时没有跟着回来。但他没有急着把自己扔到床上,而是上楼趴在窗台,往明树家的方向张望着。他真想告诉明树的母亲一句什么,却又一句也说不出口。趴着趴着,迷迷糊糊地就在窗台上睡着了。

───── 2

迷迷糊糊的,忽然觉得鼻腔里痒痒的,但痒得很舒服,他禁不住揉了揉,就把自己揉醒了。他深深地吸了一口气,发现把他撩醒的竟是一股飘来的香味!

是有人在炒河虾!

而且,是用油渣炒的。只有油渣才能把河虾炒出这样的香味来!

刘耳突然就兴奋了。他把目光从窗台上急急地往村里扫去,他把能看到的楼顶完全地扫描了一遍。他当然看不到那香味是从哪个房顶飘过来的，他只是大概地让那些房子在他的脑子里形成一幅草图，以方便他随后的定位搜索。

他凝神静气，闭上了眼睛，面对着村子放松了整个身心，就像武侠电影里某个修炼吸星大法的武林高手，然后让深藏在体内的嗅觉，像迎风的花蕾，慢慢地张开。他让嗅觉的触须，从花蕊的中心出发，一根一根地往外伸展，让它们在空中往香味的来处摸索而去。

没错，是油渣炒河虾的香味！

刘耳的嗅觉告诉他，村里有人在做菜包！这个菜包可不是城里人时常挂在嘴边的那个菜包。城里人嘴上的那个菜包是骂人的，村上不是。村上的菜包是一道美味佳肴，是叫人一想起来就要流口水的。这种佳肴，也不是一年四季想吃就能吃上的，只能在有牛皮菜的时节里才可以得到满足。那牛皮菜本来是有一股泥味的，可是，用它来做菜包之后，那泥味就不知道跑到哪里去了，只剩了滑滑的、丝绸一般十分爽口的滋味，这是任何别的菜叶，都不能替代的。在地里还没有牛皮菜的日子里，你如果想吃菜包，那就只能空空地咽着口水等着。

地里的牛皮菜，眼下已经收尾了，已经很少看到了，一定是有人抢在地里的牛皮菜完全消失之前，给自己的馋嘴再犒劳一次，再不犒劳就得等明年了。

难道是从明树的家里飘出来的？

刘耳最先想到的就是明树的老母亲。在瓦村，只有她做的菜包才是最最好吃的。如果做得足够多，你会忘了别的菜，你会一个接一个地吃，吃到饱饱的才放下筷子。那菜包当然是家家都会做的，但能做得好的，却不是很多，做得有老人家那么好吃的，在瓦村就几乎没人了。所以，很多人家在想吃菜包的时候，都会把老人家请过去。只要有时间，一般情况下她也是愿意去的。但是，她吩咐你准备的材料，你一定要配齐，要足够，否则，她会扭头就走，话都懒得跟你多说。因为你请她的时候，她吩咐过你的，你为什么不按照她说的准备好？她如果不走，如果留下来帮你，那不光会坏了她的名声，关键是做出来了也不好吃。做得不好吃还做来干什么呢？她不如不做！

刘耳睁开了眼睛，把目光落在了明树家的屋顶上，慢慢地，又把眼睛闭上。他不再用吸星大法了，而是像极了在等待亲吻时的女孩。女孩们亲吻时为什么要闭上眼睛呢？其中的奥妙应该和眼下的刘耳是一样的，都是为了专注，为了享受，为了把心灵慢慢地激活。

老人家炒的河虾，是很讲究的。她总是用小火慢慢地炒，如果火大了，河虾的须须，还有河虾的手脚，就会被你炒焦。那是不行的。那些细软的东西一旦被你炒焦，那焦味就再也除不掉。除不掉的焦味是很讨厌的，它会钻进你的油渣里，钻进你往后炒进来的糯米里，等到你吃菜包的时候，那焦味就会死死地巴在你的嘴里，黏在你的食道中，那就等于白忙活了。所以，要有耐心，火要小，手要快，手里的锅铲要不停地翻飞，要把油渣的油香统统地炒到河虾的肉里去。同时，也是把河虾的虾味炒出来，炒进那些油渣里，让它们的味道紧紧地融合在一起。

这只是刚刚开始，真正的美味还在后边。

飘过来的香味，慢慢有点淡了。

刘耳知道，这是老人家把火关掉了。她开始在炒好的河虾里放进了木耳，还放进了拍碎的花生米。那花生米是原先就油炸过的。那木耳是为了让你在吃菜包的时候，既吃到花生米的香脆，又能吃到木耳软软的那种脆。那木耳当然也是切碎了的，但又不能太碎，太碎了吃的时候就嚼不出口感了。

这个时候，你可以开火，也可以不开火。锅是热的。油渣炒好的小河虾也是热的。你只要随便翻炒翻炒，让它们均匀地混在一块就可以了。随后，要再添加一些油，当然也是猪油的油，而不能是别的，别的油是做不好菜包的，做了也不好吃，也不是你想吃的那个味。添加了猪油后，刘耳知道老人家开始往锅里放进糯米了。那糯米是早就泡好了温水的，一定要先泡温水，如果泡冷水就得泡上一整个白天，或者是一个晚上。这时候，还不用急着开火，但手中的锅铲是不能停的，要继续不停地翻炒，要让每一粒泡好的糯米，都把猪油吃得油亮油亮的，吃成接近透明的模样。

然后，就可以再次开火了。

可以大火也可以小火，就看你手里的锅铲翻炒的能力了，手劲大，翻得快，你就大火一点；手劲小，翻得慢，你就小火一些。都是为了最后的好吃。

老人家选择的肯定是小火。如果说最早把刘耳撩醒的那个味道多少有点薄，有点飘，到了现在，就完全不是了。刘耳现在闻到的，已经慢慢地浓厚起来了，而且越来越浓，越来越浓。油渣炒河虾的香味，已经被糯米炒出来的香味拖住了，因为有了糯米的加入，原来的香味变得有了弹性了，也宽厚了，而且也更有耐心了，那味道在村子的上空，在慢慢飘散着，一点都不着急。

那糯米是不需要完全炒熟的，炒个半熟就可以了，因为后边还有一道工序，那就是煮，也可以蒸。关了火，再撒上葱花，再翻炒翻炒，把葱花翻炒均匀，就可以出锅了。然后，让它们慢慢地变凉，不凉是不好包的，会烫着你的手。这时候，飘过来的香味也就慢慢地散了，淡了。

接下来的事，就是烧水烫牛皮菜了。主要是烫叶子，那些菜梗，你爱烫不烫。都无所谓。包菜包的时候，菜梗是要切掉的。烫好了菜叶，就可以一个一个地包菜包了，你可以包圆的，也可以包成四方的。刘耳猜想，明树的老母亲一定是包四方的。包四方的菜包好看。刘耳也喜欢四方的。

3

有关菜包的这些秘诀，刘耳并没有现场看到过。是竹子跟他说的。那是竹子丢牛的前一个晚上。吃完饭，刘耳本来是去找明通聊天的，毕竟还有一天他就到县里报到去了，明通竟然不在家里。刘耳问他父亲，明通去哪里了？明通的父亲对刘耳的幸运是想不通的，他比他的明通更加想不通。那些天里，他就像倒拖着一根竹子，怎么拖都走不顺道，心里难受得很。他觉得他的明通实在是有点冤，有点划不来。那七个鸡蛋的文章，明明是他明通写的，可最后得吃鸡蛋的却是刘耳！这天下怎么会有这样的颠倒事！他真的想不通。明通的父亲看都不看刘耳，就冷冷地回了一句：

"不知道！"

刘耳只好转身离开。从明通家出来没走多远，就在村巷里遇上了竹子。

他问竹子：

"你去哪里？"

刘耳的手里是有手电筒的，竹子没有。竹子是摸黑的。在村里走惯了，多黑的夜都能摸着走。

竹子说：

"我去找二妹，她不在家。"

刘耳说：

"我去找明通，他也不在。"

竹子就说：

"那我知道了。"

"你知道什么？"

"我知道他们在哪里呀，他们肯定是在一起的。"

"你肯定吗？"

"当然肯定！"

"走，那我们找他们去。"

刘耳跟着竹子，在河边的一个草垛后，真的就找到了明通和二妹。明通和二妹没听到刘耳和竹子的脚步声，因为刘耳和竹子是提着脚摸过去的。明通和二妹在前边都聊了一些什么，刘耳和竹子没有听到，他们能够听到的时候，是明通在给二妹说话。他说：

"你不安慰安慰我吗？"

二妹说：

"怎么安慰？"

明通说：

"我不知道……我好想……好想摸摸你。"

二妹就没有声音了。

在明通的心里，他最想摸的当然是二妹的那两条大长腿。那是他最最喜欢的。他曾无数次地想象过，如果哪一天他和她真的结婚了，他们生下来的小孩肯定也是个大长腿，女孩是大长腿，男孩也是大长腿。那样的小孩多美啊！但是，他的嘴里却说：

"摸摸你的头发吧，可以吗？"

二妹说话了。她说：

"头发有什么好摸的。"

明通于是就改口了，他说：

"那就摸摸你的耳朵吧。"

二妹又说：

"耳朵有什么好摸的？"

明通便说：

"那就摸摸你的脸。"

这回，二妹不问了，她反了过来。

二妹说：

"那你让我先摸摸你。"

明通似乎有点惊讶，他说：

"摸我什么？"

随即又说：

"摸吧，随便你摸。"

刘耳和竹子这时靠得很近，脸都快要贴到一块了。刘耳看了竹子一眼，什么也没有看到，只觉得竹子的脸热乎乎的。竹子好像也在看着他，她的气息都烫到了他的脸上，烫着了他的鼻子，还烫着了他的嘴唇，但他没有动。她也不动。她只用气息在悄悄地问他：

"你猜她会摸他哪里？"

"不说是摸脸吗？"

"那是明通，二妹才不会呢！"

"那她会摸他哪里？"

"你这傻瓜。"

竹子用胳膊撞了一下刘耳，用力当然不大，但刘耳竟然喊出了声来。就这样，明通和二妹的好事被刘耳和竹子给破坏了。后来，他们四个就一起坐在了草垛下，是女的和女的坐，男的和男的坐，中间的间隔虽然不远，但明通和二妹的手，却谁也没有摸谁。

再后来，他们就说到了菜包。

是二妹先说的。她对刘耳说：

"你后天就到县城当干部去了，明天你应该做一锅菜包请我们吃，但不能吃你做的。你做的我们不吃。"

明通也说：

"对！要吃就吃竹子她妈妈做的，你可以让竹子请她妈妈去帮你做。"

刘耳没有多想，他觉得也是应该的，就说："好呀，那我们捉虾子去。"

对瓦村的男人来说，捉虾子是一件很容易的事。就是天黑之后，你拿一些稻草放到河边的水里，放在小虾们夜里喜欢出没的那些地方，可以是水中的石板上，也可以是水中的那些石头缝前。小虾们总是喜欢夜间出来活动，这跟明通和二妹他们喜欢晚上出来吹吹风是一样的，不一样的只是本质上的区别。小虾们晚上出来不是为了玩乐，而是为了找吃的。如果你手里有手电筒，你在夜间的河边走一走，你就会看到很多像星星一样的东西在你的电筒光里一对一对的在闪闪发光，就像灯光下的珍珠一样。那一对一对的光亮就是小河虾们的眼睛。在没有月亮也没有星星的晚上，你会以为你头上的星星全都掉到河水里了。

他们每人抓了一把身后的稻草，就往河边去了，放完了稻草就又回到了稻草垛下。因为离得不远，还是觉得草垛好坐，软软的，还可以往后靠。人在后靠的时候，脑子里想事就觉得特别的舒服。再说了，捉虾是需要一点时间的，你把稻草放下去的时候，早就把它们都吓跑了，你要等到它们又一只一只地自己回来。这一回来，它们走着走着就走不动了，它们的手脚都被稻草给挂住了，它们能做的就是等着来人，把那些稻草和它们一起收到岸上来，然后把它们一只一只地捡回家去。那些小河虾是很干净的，洗不洗都没有关系，只要用油渣把它们炒得香香的，就可以做菜包了。

但那些稻草他们后来没有去收。

因为竹子后来突然告诉他们：

"你们明天吃不成菜包了。"

"为什么？"他们几乎同时地喊道。

"明天轮到我家放牛，我和我妈一起去。"竹子说完竟然嘻嘻地笑了起来。

4

菜包的香味又浓起来了。

刘耳知道，老人家已经开始煮菜包了，也许是蒸的，这个在飘过来的香味里是闻不出来的。他只知道，已经煮了有十多分钟了，因为有了腾腾的热气，那菜包香味的飘散速度，已经慢下来了，像是一群拖拖拉拉的雾气，在慢慢地飘。这是做菜包的最后一步了。这一步通常有两种，一种是蒸，这是最简单的；一种是直接放在骨头汤里煮，如果是鸡汤，那就好吃得让你终生难忘了。那煮的时间也是有讲究的，至少要半个小时，如果是一个小时两个小时，那就更加进味了。神奇的是，那牛皮菜却怎么都煮不烂。他儿子小的时候有时不太听话，怎么说他都不听，听了也坚决不改，刘耳就时常骂他是牛皮菜，说的就是这个意思。刘耳也知道，这个比喻放在儿子的身上，是不准确的。那包菜包的牛皮菜之所以几个小时都煮不烂，那是因为里边有糯米厚厚地支撑着。他儿子的不听话是因为什么呢？这让刘耳一直都搞不清楚。尤其是儿子当官当得他刘耳一直提心吊胆的这些年。

老人家蒸煮的时间总是最长的，只要她做菜包，整个村子的上空，大半天都会被埋没在菜包的香味里，弄得很多人家的晚餐都失去了味道。

5

从菜包的香味浓度与分量，刘耳知道，老人家今天做的菜包还挺多的，至少有三十来个，否则有风吹来，那菜包的香味就会变得断断续续的。她一个老人能吃这么多吗？她是不是知道他去看她的明树了？如果他去告诉她，她会不会送他几个菜包呢？他摸了摸嘴巴，咽了咽口水，就把脑门又磕在了窗台上，很快就又迷迷糊糊地睡去了。

6

这天晚上，起夜的时候，刘耳竟然摔了一跤。往时起夜，他都是顺手先把床头灯打开的，这天晚上他也不是忘了，而是有意没有把手伸过去。床头灯虽然不是很亮，但那光亮依然是一种光亮，总会让他回到床上以后好久才能重新入睡。他哪里想到，从洗手间回来的时候，他的腿在黑暗里走偏了一点方向，而且步数也数错了。从下床的地方走到洗手间，一般是十九步。从洗手间回来呢？从摸到门框的地方开始数数，当然不用数到下床的地方，那会多走四步，何必呢？只要走到床尾就可以了，走到床尾就可以把人挪到床上去。于是，走到十五步的时候，他停住了，他以为已经走到了床尾，屁股一转就坐了下去，没有想到竟直直地坐到了地板上。好在没有受伤，但上床以后就睡不着了，整个脑子都被摔醒了。

7

刘耳忽然想起，天黑的时候好像忘了去看看他的小白了。每天晚上他都要去看看它的，看看它有没有进入鸡房。于是就下床去了。他的担心当然是多余的。鸡房里的小白睡得好好的，一点动静都没有。他把小白的房门掩上随即又一下打开了。他觉得应该给它留着，让它天亮的时候可以随时出来。然后回到厨房给它拿了一抓米，放在鸡房门前的泥地上。随后捡了一张小小的塑料凳，在小白的房门前坐下。

他觉得有些话应该跟它说一说。

说什么呢？他说，我今天去看明树了。明树这个名字，你应该记得的。你十四岁那年，我跟你说过他的，后来还说过很多次。有时我说他的时候，你总是觉得没有什么意思，你总是一脸的爱听不听。他的母亲肯定也知道我今天去看他了，所以她给他做了好多好多的菜包。她做的菜包是村里做得最最好吃的，比我做的要好吃得多。我做的菜包其实也是蛮好吃的，我用的方法其实就是她的方法，但是，因为你妈不喜欢吃菜包，她觉得菜包太土佬，土佬得像我一样，所以你也总是觉得我做的菜包不好吃。我知道，其实不是我做的菜包不好吃，是你妈和你事先在心里觉得菜包不好吃,是你们从心里一直在讨厌菜包。你说是不是? 只是我从来都没有跟你们争辩过。我跟你们争辩菜包干什么呢? 我总是觉得你们爱吃就吃,不爱吃就不吃。我知道那是我的不对,其实也是你们的不对。你在听我说话吗? 我说的对不对? 算了,不说了,你睡你的吧,有什么话明天我们再慢慢聊吧。

刘耳哪里知道,第二天早上,他的小白竟然不见了!

第十一章

1

早上的回笼觉，刘耳睡得有点老，起床的时候都过了十一点了，他没有洗脸就先打开了房门，转身刚要回屋，却忽然愣住了。

前两日的早上，只要一听到开门声，他的小白就会远远地朝他跑过来，嘴里咕咕咕地叫着。对小白来说，也许是要吃的，可对他刘耳，那就好比是一家人的亲热互动。

鸡是醒得很早的，只要天一亮，小白就肯定从鸡房里出来了，昨晚放在鸡房门前的那抓米并不算多，而且他睡的又是懒觉，按说它是会过来的。哪怕只是过来见见他，和他亲热亲热也好。

刘耳就有意地咳了两声，又咳了两声。当然是咳给他的小白听的。他儿子还小的时候，每次从外边回来，他也总是习惯性地在屋外干咳两声，儿子只要在家，总会从屋里跑出来给他把门打开。那样的情景真是好啊，什么时候想起来都会叫人心里暖暖的。后来，儿子慢慢地长大了，这样的亲热就慢慢地少了。有时候，他出差好几天才回家，却怎么咳都咳不出儿子的开门声。

看着空空的院子，刘耳的心里咯噔了一下。两只手往脸上随意地搓了搓，让自己清醒清醒，然后把院子急急地走了一遍。没有。小白的影子哪里都没有。他就咕咕咕地又叫唤了几声，像一个老人在呼唤一个失去了踪影的小孩。他把院子又走了一遍，还是没有看到。

刘耳的心忽然就紧张了起来。

会不会什么狸猫夜里进来把他的小白给叼走了？又觉得不对，因为昨晚放在鸡房门前的那抓米，已经被它给吃光了。那肯定是小白天亮的时候吃掉的。而天亮之后，是不会还有野猫出入的。

那他的小白哪里去了呢？

他把早上的记忆匆匆地过了一遍，他记得自己赖在床上的时候其实是半梦半醒的，似乎没有听到小白被人抓走的动响。

他的心真的慌起来了。

他不再进屋，只是打开铁门边的水龙头，往脸上扑了两把清水，胡乱地搓了搓，一脸湿漉漉的就打开了铁门。刚走出门外，一个小男孩把他拦住了。

2

"我是来找你的。"小男孩说。

"有什么事吗？"刘耳一边说，一边哐的一声，随手把门关上。

"你不让我进去吗？"

小男孩看着关上的铁门问道。

"我现在有急事，我的小白，就是我养的一只小公鸡不见了。有什么事你回头再来吧，好吗？"

"回头再来就没有意思了。"

小男孩又说:"我就现在找你。"

刘耳不由一愣,目光疑惑地扫了一下这个男孩。他的手里拄着一根拐棍,那是用竹棍绑成的。从他依赖拐棍的方向看,应该是右腿受了伤。至于伤成什么样子,刘耳无法看到。小男孩的两条腿,全都收藏在又长又宽的裤腿里。那样的裤子应该是别人不穿了送给他的。他的裤子把他的家庭状况也出卖给了刘耳。

"你有什么急事吗?"刘耳问。

"说急也急,说不急也不急。"

小男孩用手里的拐棍敲了敲脚下的水泥地,敲得当当响。刘耳听得有点闹心。他看了一眼那根拐棍的下方,竟然包了一个闪闪发亮的铁家伙。

"什么事,那你说吧!"

"我想跟你借钱!"小男孩说。

"借钱?急用吗?"刘耳问。

"不是急不急的问题,是你借不借的问题。"

小男孩的话里好像另外有话,刘耳于是问道:"你是不是看见我的小公鸡了?是白色的小公鸡,翅膀上还绑了一根红布条?"

小男孩却摇摇头,他说:

"什么红布条?我没有见过。"

"那你还是让我先去找找我的鸡吧,借钱的事你既然不急,回头你再来找我。"

那小男孩的屁股一歪,坐到了大门边的一个水泥墩上。他嘴里说:

"你就说,你借不借吧?一句话的事!"

小男孩这么一说,刘耳就走不动了。他说:

"你一定要现在借吗?"

"对!"小男孩说,"我要是借不到钱,我就输了。我是跟他们打了赌才来的。"

"打赌? 打什么赌?"

刘耳觉得有些奇怪。小男孩没有回答,他看都不看刘耳,只是低着头,对刘耳说:

"你不会说你没有钱吧? 我们可是看着香女把钱送回来给你的,我刚才还去问过香女呢,她说她给你了。她说是前天就给你了,或者是昨天给的,她说她忘了。难道她没有给你吗?"

"给了给了,是前天给的。她怎么就记不住了呢?"

"她呀,她正常的时候什么都记得住,如果不正常呀,就什么都记不住。"

刘耳又是一惊,只好把小白先放到了脑后。他转身坐到了小男孩对面门框边的水泥墩上,两眼直直地盯着那个小男孩,问道:

"你是说,香女她有时不太正常?"

"你难道没有发现吗?"小男孩问。

刘耳就把香女在脑子里急急地过了一遍。他说:

"你这么一说,我倒是有点想起来了,她说话的时候,是有一点怪怪的,好像什么话她都敢乱说。"

"她呀,就那个样子! 等你以后见多了你就什么都知道了。我就先跟你交个底吧,她正常的时候呀,你接触接触,没有太大的问题。她要是不正常的时候呀,你就得离她远一点,越远越好。"

"到底怎么回事? 我怎么知道她什么时候正常,什么时候不正常呢?"

"那我就先问问你，她来送钱的时候，嘴里有没有咳嗽，就是在嗓子里瞎乱干咳的那一种。"

刘耳想了想，便摇摇头。

"你再好好地想一想？"

刘耳还是把头又摇了摇。

"那就说明那天她没有病。"

小男孩停了停，又说：

"我这样告诉你吧，你要是长期住在村里，你就要记住了。我们这个村呀，只有两个人是经常咳嗽的，一个是她发病的时候，一个就是我们村里的那位老人家。但老人家的咳嗽和香女的咳嗽是不一样的。老人家她是每天早上都要咳，只要是心情好，她每天都会咳，她一咳，我们村就天亮了。"

"她一咳我们村就天亮了？"

"对！她一咳，天就亮了！"

"她是什么病呀？"

"她可不是什么病。她是年纪大了，可能是习惯了。她要是哪天心情不好了她才会不咳，她要是哪天突然不咳呀，那会把人吓得半死。"

"你这什么意思呀？心情好的时候她反而咳？心情不好的时候反而不咳了？"

"对呀！心情不好那肯定就是来气了，来气了那气不就乱了吗？气一乱就堵住了，就咳不出来啦。"

"这是什么道理呀？天下哪有这样的事！"

"你不信？你不信我就给你说个事吧。也就是上上个月，那天来了一个研究长寿的什么医生，是县里的一个副县长带来的，那个医生在我们老人家的身上这里摸摸，那里摸摸，嘴里还不停地问，这里疼吗？那里疼吗？还拿了一个长长的听筒，从衣服下边伸到老人家的胸前去。"

"医生看病都是这样的。"刘耳说。

"可那医生说，我们老人家的心跳相当好，就像三四十岁的年轻人一样。长腰他爸爸当时也在。长腰他爸爸就问那个医生，那她为什么老是咳嗽呢？那医生看了看长腰他爸爸，又看了看我们的老人家，你猜他怎么说？"

"他怎么说？"

"他说那应该是长寿的一种秘诀。"

停了停，又说：

"他竟然说老人家的咳嗽是长寿的一种秘诀！"

又停了停。又说：

"他说我们老人家咳嗽是什么吐故纳新，说是每天那么一咳，就可以把身上焖了一夜的什么废气统统地给咳出来，所以，就长寿了。我当时也在旁边，我看见那个医生这么说的时候，他的嘴巴是歪的。"

"你不能这样说人，你还是个小孩。"

"我这样说算什么呀？你知道我们的老人家她怎么说吗？"

"她怎么说？"

"那个医生刚一出门，我们的老人家就在后边大声地说：回去让你妈也天天咳嗽咳嗽吧！"

刘耳相信，这话是老人家说的。

"就是那一天，我们的老人家她生气了。她一生气，第二天早上就不咳了。"

"不咳了那不是好事吗?"

"好什么好呀?她不咳嗽的那天早上,把村里的好多人都给吓坏了!都以为出了大事了。我当时还睡在床上呢,我爷爷一巴掌就拍在我的屁股上,把我从床上给拍了下来。我脸都不洗,就跑到了老人家的家里。还好,什么事也没有。只是她老人家的门楼外,早就站了好多的人。"

"那香女呢?你不说她也咳嗽吗,她是什么病呀?"刘耳问。

"这我可不知道。全村人可能都不知道。听说原来包养她的那个男人坐牢了,她被拿去问了几天,回来后就成了这样了。不过,她活得挺好的,比村里任何人都活得好。她有的是钱。她经常跟人说,她的钱这辈子都用不完,根本用不完。但她不给别人借钱的,谁借她都不给。唉!你不会想说,让我去跟她借吧?"

刘耳有点惊讶,这个小男孩的舌头怎么这么油滑,拐起弯来,比相声演员都快。只好把话拉回到了借钱上。

"那你能不能先告诉我,你打赌借钱的事到底怎么回事?"他怕乱给小孩借钱,一不小心就会惹出麻烦。

小男孩说:

"反正我是跟他们打了赌才来的。你要是不借,我就输了。你要是借了,我就赢了。"

"为什么呀?"

"不为什么,反正他们都说你是肯定不借的,不管什么理由你都不会借。"

"谁说的?"

"村里人都这么说。"

"你信吗？"

"就我不信。"

"你为什么不信？"

"为什么？不为什么。我就是想跟他们赌一赌。你到底借不借？你又不是没有钱，香女帮你拿回来的，好大的一个黑袋子，好多人都看见的，至少有好几万吧。"

"那钱不是我的。"

"看看，看看，他们还真是说对了，他们都说你肯定会这么说的。"

"他们为什么这么说？"

"想知道吗？"

"你说吧。"

"那你得先给我借钱。"

"你说了我就借。我总得考虑考虑你说的是不是他们说的，就怕你为了借钱，自己乱编的。"

"那不行！"小男孩说，"你先借钱了我才能告诉你，我也怕你等我说完了你心里受不了你就不借了，那我还是输给他们了。"

刘耳突然觉得，这个小男孩就像他们小的时候在晒谷坪上装麻雀，一个大大的竹筛用一根小小的竹丫顶着，筛子的里边先放了一抓谷子，竹丫的脚下绑了一根长长的草绳，然后远远地躲着，等着你进去了就突然一拉，把你罩在了竹筛的里边。

刘耳不由轻轻一笑，他看了看坐在对面的这个小男孩，决定先转开话题，在他的筛子外边先绕他一圈两圈。

刘耳说：

"我还不知道你叫什么名字呢？"

男孩说:

"我叫扁豆。"

"扁豆? 我们村没有姓扁的。"

"这有什么关系嘛,我生来就叫扁豆。你看看我的头,是不是扁的。"说着给刘耳转了转他的脑袋。他说:

"要不,你过来摸一摸。"

刘耳还真的想摸,但他没有起身。

"那你爸爸是谁?"刘耳问。

"我爸爸你肯定不认识,他是外边来上门的,但我爷爷,我一说你就知道了。他的外号听说是你起的。"

"你爷爷的外号叫什么?"

"叫牧民。"

"牧民?"

3

牧民的年纪比刘耳大一点,也就三四岁吧。小的时候,刘耳不爱和他一起玩,明通明树也不爱和他一起玩,因为他的嘴里老是喜欢说些头脚不搭的词语,让刘耳他们觉得有点讨厌,而他却说他们不懂。比如村里有人结婚了,他就说我们村里今天有喜了。刘耳他们说有喜不是这个意思是另一个意思,他说这个意思也没有错,有喜事也是有喜了;再比如,他总是把瓦村叫作我们这个村庄,刘耳他们也觉得不对,因为村庄指的是地居平原的那些村子,而他们瓦村只是一个依山傍水的小村落,虽然比周围的村子稍大一些,但远远不能叫作村庄,可他就是说可以叫作村庄。他们说，如果我们村可以叫作村庄，那什么样的村子叫作小山村？他就说，你们不懂，你们根本不懂，我懒得跟你们说。说完就转身走了，随便你们在他的身后怎么评说。有一次，他爷爷在山脚下放牛，他要去找他回来，说是有人有急事找他，路上遇到刘耳，他开口就问：

"你看见我家的那个老牧民吗？"

刘耳一听就觉得牙根发酸，甚至头皮发麻。他觉得农民是农民，牧民是牧民，你不能因为比我刘耳多读了三年书，你就可以把一个在山脚下放牛的老头子叫作牧民。从那开始，刘耳就把他叫作牧民了。刘耳一叫，大家就都跟着叫开了。但他不服，为了证明他把他爷爷叫作牧民没有错，有一天，他在新华书店看了一本《新华字典》，看来看去，看去看来，他觉得放牛的人就可以叫作牧民。当天晚上，晒坪上的月光相当好，村里的很多小孩都坐在那里，男的女的都有，有的还躺着。不知道是谁偷偷地放了一个闷屁，有人就说，肯定是牧民放的，因为今天他上街了，他放的还是米粉的屁。牧民就说，他今天是吃了一碗米粉，而且相当好吃，但他拒绝承认那个闷屁是他放的！随后就说出了他说的牧民是对的，他说在吃米粉之前，他在新华书店里看了《新华字典》了。大家就都笑他，说他既然是吃米粉之前看的，那个时候他一定是饿昏了，所以看到"牧民"两个字的时候，眼睛也是昏花的。他咽不下这口气，几天后，他偷了他奶奶藏在蚊帐背后的几毛钱，还偷了家里的几个鸡蛋到街上去卖，硬是买回了一本《新华字典》，然后让他们一个一个地看。因为偷了鸡蛋和奶奶的钱，还被家里罚跪了大半夜，屁股也被他爸爸打得青一块紫一块的，差点没把那本《新华字典》丢到灶膛里。有一年，生产大队差点要让他去当民办教师。那时他刚刚中学毕业,后来就是有人说到了这个外号的来由,就把他给拿掉了,怕他因为这个爱好而教坏了学生。想来,也说不清楚是他自己的错,还是刘耳给他起了这个外号的错。也许都是。

4

"你爷爷,还好吧?"

"一般般,没你这么好啦。"

刘耳便呵了一声。一般来说,村里人和城里人是不能放在一起比的,也不应该比。刘耳似乎还在想着牧民的什么事,扁豆又开口了,他说:

"你是不是真的不想给我借钱呀?"

"问题是,我不知道你要借钱干什么?"

"我不是说了吗,就是为了跟他们打赌呀。"

"为什么要打这个赌?"

"我说过呀!他们都说你不会给别人借钱的,我不信,我想跟他们赌一赌。"

"真是荒唐!"

"这有什么荒唐呢?这么说你就是不想借呗,那我就真的输给他们了!你知道我会输给他们什么吗?"

"输给他们什么啦?"

"我家的一只大肥鸭!"

"荒唐!简直是荒唐!"

"我要是输了我家的那只大肥鸭,我爷爷会心疼死的!还不知道他会怎么收拾我呢！你还是给我借钱吧，你要是借钱给了我，我就告诉你他们为什么说你不会给我借钱。"

"你先说吧，为什么说我不会借钱？"

"你怎么说话老是绕来绕去的，老是为什么为什么。要不这样吧，我先拐个弯，你先回答我一个事。"

"什么事？说吧。"

扁豆没有急着说。他抓了抓脑袋，把两只眼睛抓得忽闪忽闪的，像是暗暗地闪着鬼火。他说：

"就是不知道我该不该问。"

"有什么该不该的，就当是替你爷爷问的吧，是你爷爷在跟我聊天。"

"我要问的这个事，不是我爷爷说的，是村里的老人们说的。"

"那不也一样吗？说吧说吧。"

扁豆又抓了抓脑袋，最后说道：

"你给村里的人，做过什么好事吗？"

刘耳的脑袋仿佛轰地一响，突然就大了。他发现面对扁豆这个男孩，他要装的根本就不是什么麻雀，而是要捉一只大老虎！这让他真的有点猝不及防，脑了乱嗡嗡的就空转了起来，竟不知道如何给他回答了。只好抬起眼，看了看远处的天。那天边竟是空荡荡的，什么看的也没有，一只飞鸟都没有。目光一转，最后落在了身后的房子上。

"我这个房子原来一直住着一个人，你有没有听说过？"

扁豆的脸上忽然就有笑了，但他没有笑出声来。他说：

"知道呀，是叫有良吧？村里人都叫他老光棍，但是他们说了，这个不能算！"

"不能算？为什么？我给他住了几十年。"

"他们说了,那是你丢给狗的一根骨头,不能算。"

"丢给狗的一根骨头?怎么这么说呢?"

"我不知道。村里人就是这么说的。"

刘耳的心口像是被人扎了一刀。

"怎么可以把有良说成狗呢?"

"他们说的不是他,他们说的那个事。你先别管这个好不好,你再想想你给村里做过什么好事,比如帮过什么人。你再好好地想一想?"

简直就像审问了。刘耳竟然不敢再正眼看扁豆了,他怕他的目光从他的眼睛里突然挖走什么东西,只好把目光再一次散乱地放到空中。

5

忽然,他想起了一个人。

他说:"我们村有个小偷叫三只手,你知道吧?"小扁豆说:"知道呀,他对村里的人可好了。每次他在外边当小偷回来,只要是偷到了钱,他都会杀鸡杀鸭,或者买肉,然后请村里的年轻人喝酒,经常喝得天昏地暗的,就像有人结婚一样。"

刘耳就有点惊讶了。他说:

"你不能这样说话。你这样说是不对的。"

"有什么不对呀?村里人都是这么说的。都说他是我们村里的大好人。每年春节,他还给村里的老人发红包呢,我爷爷就得过好多次。"

刘耳忽然就哑了,像是一不小心吃错了什么药,愣愣地看着小扁豆。弄得扁豆也有点傻了,他看着刘耳有点摸不着头脑,突然问道:

"你问他干什么,他死了蛮久了,你不知道吗?"

"知道呀，说是得病死的吧。"

"哪是得病啦！是被他家的一只小狗给咬死的！那只小狗刚生下来还不到五天呢，他是去抓它的时候被咬的，就咬在一根手指上。你知道吗，他被狗咬这件事，到现在村里人都还替他想不通。他那只手是什么手呀？那是身经百战的对不对？他的手只要伸出去，肯定是又稳又准的对不对？怎么就被一只刚刚出生的小狗给咬着了呢？他当然也想不通。他一气之下就摔死了那只小狗，晚上还把它给炒来吃了。那只小狗才多大呀，也就拳头这么大，顶多也就二两肉。可是，就是那二两肉把他给害死了。第二天他就发烧了，而且越烧越重，越烧越重，第四天送到医院的时候，医院就说没救了。"扁豆停了停，突然问道：

"你问他干什么？他是不是借了你的钱没有还给你？"

"没有没有，他没有跟我借过钱。"

"那你提他干什么？"

刘耳想了想，说：

"我救过他！你信不信？"

"你救过他？"小扁豆似乎觉得新鲜了，整个小脸都在跟着他的眼色闪闪发光，像是见了鬼了。

刘耳就告诉他：

"我是真的救过他。具体是哪一年，我倒忘了，反正是一个大冬天，应该是快要过年的时候吧。那天天挺冷的，我披着一件刚刚买的大衣，从政府大院出来，要到街口一个拐角的小卖店去买一包烟，刚要走进小巷，就看见前边飞来了一个人。他就是三只手。我当时没有想到是他，是他先认出了我。他说叔，有人追我。我立马就知道他一定是出来偷钱过年被人给追了,也不知道是从哪个地方被人追过来的。他跑得脸都青了,像死人一样。我也没有多想,毕竟是我们村里的,就把身上的那件大衣撩到了他的身上,然后跟他一起走回我住的那个大院。我们刚刚进入大院,就看见七八个人已经咚咚咚地追了过来,有的手里拿着砖头,有的手里提着扁担。他们在政府大院的门外往里边看了看,没看到他们追赶的人,就又咚咚咚地往前跑去了。你说,他要是没有碰上我,要是没有我那件大衣披到他的身上,他那天会不会就被人给打死了?不死也会断腿断手,打成一个残疾,你信不信?"

"那后来呢?"

扁豆也不管真假,只想把故事听下去。

"后来,后来他就一直在我家里躲到天黑,我还给他做了饭,还让他喝了酒。你知道他那天在我家里喝了什么酒吗?"

"什么酒?"

"茅台酒。"

"茅台酒?"

"对,茅台酒!你知道茅台酒是什么酒吗?"

扁豆没有回答,好像点了点头,又好像是摇了摇。他支着耳朵,看着刘耳,让他快点说完。

"我的那瓶茅台,就放在书架上,他看见后就一直死死地盯着,两只眼睛动也不动。我就问他喝过茅台吗?他摇摇头,说他没有喝过。我说那就喝一回吧。我就给他喝了。他还挺能喝的,我顶多喝了二两,剩下的全是他给喝光的。喝完了嘴里还不停地说茅台好喝啊,真他妈的好喝。他还不停地问我,茅台为什么这么好喝?我说我不知道。他就说,要是天天都能喝茅台那就好了。我就说你他妈的一个小偷,竟然想天天喝茅台，你要是天天喝茅台，那得有多少人的钱被你给偷走哇！他听了就咯咯地笑。他说，说说而已，说说而已。喝完了他还一直抓着那个茅台的空瓶子不放，然后问我，能不能把那个茅台的空瓶子给他。我说可以呀，但你要把你身上的作案工具全都给我留下来。他身上的作案工具你知道是什么吗？就是一把有这么长的镊子，还有几张刮胡子用的那种刀片。也不知道他那把镊子镊走过别人多少钱，也不知道他那几张刀片割烂了人家多少的衣服口袋和背包。我让他全部拿出来的时候，他还真的有点舍不得，还来来回回地摸着那把镊子。他说那是他一个什么师傅送给他的，是他人生中有史以来最最珍贵的一件东西。后来是我从他的手里抢下来的，要不然他还真的不愿给我。我让他以后千万千万不要再做小偷了，他还不停地给我点头，但他后来是不是收手了，我不知道，从那以后我就再也没有见过他。"

"哦，怪不着他家堂屋的案桌上，一直摆着一个茅台的酒瓶，应该就是从你那里拿回的。"

"可能是吧，不知道是不是。"

"你想不想知道，他说那瓶茅台是怎么来的？"

"他怎么说？"

"他说是他偷到的。"

"在哪偷？在我家里偷的？"

"没有！他从来都没有说到过你，他说他是在一个当官的家里偷的。他说他本来是去偷钱的，没有偷到钱，就顺手牵羊，拿了一瓶酒了。他也说茅台好喝啊，他说他要是知道茅台那么好喝，那天他会多偷两瓶拿回村上来，他要让大家每人都喝上两口。"

刘耳就笑笑的没有接话。

6

"你说，我这算不算帮过村里的人？"刘耳问。扁豆却摇摇头，他说："我不知道算不算。找个时间，我帮你跟村里人说说吧，看看他们怎么说。但是，我怀疑他们会说是你自己瞎编的，就像电视里的那些故事，我爷爷就说都是瞎编的。"

"电视当然是瞎编的啦，不编他们的电视就不好看，你说是不是？可是我，你说我编来干什么？我从来都没有跟人说过这个事，今天跟你说的还是头一次。"

"如果你说的是真的，那他三只手为什么从来没有跟村里的人说过呢？他真的真的没有说过这个事。他只要跟一个人说过，那就全村人都会知道的，你说是不是？"

"他当然不好意思说啦，谁会脱下裤子，把鸡巴下边的伤疤亮给别人看呢。"

小扁豆就低下了头，拿起丢在脚边的拐棍，胡乱地戳着眼前的水泥地，硬是戳出了好几条乱七八糟的划痕，戳着戳着，嘴里又说道：

"我还是担心我家的那只大肥鸭，我真的不想让他们给吃了。我家那只大肥鸭可能有十斤，没有十斤，也有九斤八斤。至少至少不少于七斤吧。"

刘耳就安慰说：

"他们嘴上打赌，肯定是闹着玩的。"

扁豆说：

"才不是呢。我们打赌的时候，他们已经把我的大肥鸭先抓走了。

他们说如果我借到了钱，再把我的大肥鸭还给我。反正他们是死不相信你会借钱给我的。"

停了停，又说：

"村里都说，你从来都没有给村里人借过钱，谁跟你借，你都不借。"

就像被火突然燎到脸上，刘耳慌得都措手不及了！他知道自己的脸色肯定很难看，赶忙举起手来，往脸上胡乱地搓了搓，把脸搓得通红。他想了想，说：

"这些年，好像没有人找我借过钱……"

"你好好想想呗，你好好想一想。"

扁豆的语气像是好心地给他提醒，又像是对他继续公开地审问，似乎他的手里早就有了什么证据了，而且还是铁打的，就看你能不能自己说出来。刘耳就又想了想，还是想不起来，他摇摇头，说：

"没有。真的没有。"

"那我就问问你，你有没有收到过一封信，说是想去广东打工的，说手上没有钱，问你能不能借点给他做路费，等打工有钱了就还给你。"

"谁？"

"会长。"

"会长？会长是谁？"

"会长你都不知道？"

刘耳摇摇头，他说："不知道。"

"我们村里有一个光棍活动委员会，他是活动委员会的会长，就是头头的意思呗。你是不是真的没有听说过？"

刘耳又是摇摇头，眼睛已经睁得很大。

"什么光棍活动委员会呀？乱搞的吧？挂有牌吗？"

"挂什么牌啰，是他们自己挂在嘴上的，是玩耍的。但是，你要是说他们是玩耍的那也不对！他们那个委员会还是很认真的。就是十几个光棍，现在好像是二十个了，他们久不久就拢在一起喝喝酒，吹吹牛。还有就是村里谁家有个什么急事或者难事，也就是需要别人给帮一帮，他当会长的就会给光棍们喊一声，让大家有空的就过去帮一帮。他们全都是四十岁以上的，四十以下的他们还不让你参加呢，说是要保持他们光棍队伍的纯洁性，免得坏了他们光棍活动委员会的名声。"

"你要跟我说他的名字，他叫什么呀？"

"他外号挺多的，至少三五个吧，给你写信的时候，应该用的是他的真名。他姓谢，叫谢小门。"

"谢小门？我们村没有姓谢的！"

"他是跟他妈改嫁到我们村里的，姓名都是他原来那个爸给他起的，他懒得再改。"

"你说他给我写过信，要借钱去广东打工？"

"对！村里只要去广东打工的，全都讨上了老婆，没有一个没有。讨不上老婆的，都是没有去广东打工的，你知道为什么吗？"

"是村上的女孩都跑到广东那边打工了。"

"那你还是懂的嘛。会长说你当时如果借钱给他，他肯定也能在广东那边搞到一个老婆的。那边的女孩那么多，只要有手有脚的，能够分清东西南北的，全都跑到广东那边打工了，他谢小门如果去了广东，肯定也能搞到一个的。可是，你就是不肯给他借钱，他说你连信都不给他回。"

"没有的事！"

刘耳的声音突然就大起来，他说：

"我根本就没有收到过他的信!"

"不可能!"

扁豆的声音也一样的大。他说:

"谢小门说,他给你写的是挂号信,你如果没有收到,他的那封信就会退回来的,但他没有收到过退回的信。"

刘耳只好又搓起了脸,如果不搓,他那脸色在扁豆的眼里不知有多难看。

"没有,我真的没有收到过他的信。"

"反正他的信没有退回来。他说他寄的就是挂号信。这个话他不会说假的,他说假话干什么呢!他给你寄挂号信的时候,人家邮局还给他开了一张小收条。就这么大。那张小收条他现在可能还留着呢。我都看见过。村里好多人都看见过。他就压在他们家的香火炉下,搞不好现在都还压在那个地方。"

不知道是哪根神经受到了重创,刘耳的头突然一歪,就软下来了,像一个烂冬瓜,低低地挂在脖子上,好像一碰就会掉到地上来。

他恍恍惚惚地说了一句:

"那就不知道是怎么回事了。"

7

刘耳的嘴里是这么说,但刘耳的脑子里还是想到了另外一种可能。可能是那封挂号信不知怎么落到了他老婆的手里了。因为是借钱的事,再加又是村里的人向他伸手的,然后她就背着他把那封挂号信给处理掉了,可能是扔进了垃圾桶,也可能是在厕所里把信烧掉了，然后还冲进了下水道。这对他的老婆来说，可是一件很容易的事。他和他的老婆，虽然每天晚上都睡在一张床上，可她一直觉得她嫁给他刘耳是吃了大亏的。因为她是城里人，刘耳是村上的，俩人有时吵架，她就经常当着他们儿子的面，说她真是后悔死了，怎么嫁给了这么一个村上的菜包，如果不是看在他们儿子的分上，她早就跟他离婚了，至少离了八十多回了。她说她的牙齿经常发酸，想吃硬一点的东西都吃不了，都是因为忍他忍得太痛苦了，她每一次的忍，都是需要咬牙切齿的，忍来忍去，就把她的牙床给忍坏了！刘耳知道这是瞎说的，但刘耳的心里则相信这是真的。刘耳由她怎么说。他当时死命地追她，图的就是她是城里的人，这一点可是千真万确的。当然了，她长得也还不错，即使跟漂亮的农村女孩比起来，他还是愿意娶她的。他头一次把她带回村上的时候，每一个村里人的目光都在告诉他，他能娶到城里人做老婆，真是风光死了，连村里的鸡鸭鹅牛好像都多看了他好几眼。就凭着那些目光，刘耳是真的挺满足的。明白了这点满足，刘耳也就明白了一个农村人在城里的生存未来。所以，在他们那个家里，其实真正忍的不是他的老婆，而是他刘耳。有很多次，他听到老婆说，她忍他忍得牙都疼了松了，他就暗暗地给她祝福，他说好啊好啊，你的牙疼了松了好啊，如果疼了松了之后，还能掉下来几颗那就更好了。那样一来，她说话肯定就会漏风；说话一漏风，就会说得不清不楚的，那样就等于他什么都没有听见是一样的。好呀好呀！有时他还能把她的唠叨当成是一种很特殊的背景音乐，一种只有在他这样的家里才能听到的背景音乐，那是为他刘耳定制的。音乐的开头虽然有点刺耳，还有点心痛，可是听久了，听多了，岁月一长，也就慢慢顺耳了，顺耳了也就养心了，也就让他的心越来越硬了，硬得似乎都百毒不侵了！她去世之前，躺在了医院的病床上，还不停地跟他们的儿子说，她的病都是他刘耳给的，是一天给一点一天给一点就把她的病弄得越来越重了。她说她死了也不会原谅他的。她说她这一辈子最大的不幸，就是嫁给了他这个来自农村的菜包。因为在刘耳追求她的时候，另外一个男的也在追求她，那个男的后来全家都移民加拿大去了。加拿大是一个多好的地方呀！她有时做梦都能梦到红色的枫叶满天飞舞，那是多么美啊！她要是不嫁给刘耳而嫁给了那个人，那她早就也在加拿大过着幸福的生活了！可他儿子不这样认为，他觉得母亲的死是因为家里没钱给她治疗，如果家里有足够多的钱，他就有办法让他母亲一直活着。不管母亲和父亲的感情如何，他觉得母亲的活着对他来说还是很重要的！可她就是那样走了！走得让刘耳好像解脱了什么，又好像暗暗地加重了什么，刘耳似乎永远也说不清楚。有一天，他曾开口跟他的儿子讨论过这个问题，但他儿子没有回话。那个时候他儿子还没有官居瓦城，但是已经在水城的一个县里当县委书记了。他儿子当时只是有点笑笑的，是一种苦笑，也是一种闷笑，然后把他带到他的楼上，给他打开了两个又高又大的保险柜。保险柜里装的都是些什么就不用说了，刘耳曾在电视的新闻见过很多次，但他没有想到会发生在自己的家里。他的心跳当时就乱了。他的心跳跟往常的心跳也不一样了，好像是横着跳的。怎么横？横着怎么跳？刘耳又说不清楚了。当时的刘耳想跟儿子说句什么，可那句话一直悬着晃晃悠悠的，只是跟着那横着的心跳胡乱地跳着，跳了好多天都没有跳到嘴里来。他不想问他那些钱是哪来的。他知道这些钱是哪来的。只是不知道具体是怎么来的。

8

看见刘耳久久没有吭声，扁豆手里的拐棍就又打破了沉寂，他用拐棍的铁头敲了敲地面，然后说：

"算了，看来我是没有希望了，那我就只能告诉你吧，我和他们打的赌是因为什么。"

"说吧，因为什么？"

"其实呀，就是光棍活动委员会的那些光棍，想今晚喝酒了。因为送明通的那一天，他们在城里没有喝够，每一桌只放了两瓶酒，两瓶酒怎么够他们那些光棍呢？回来后他们就一直地唠叨，说哪天要大喝一场，要喝得醉醉的，把送明通那天没有喝够的酒全都喝回来。我当时正好在旁边。我这个人吧，生来就喜欢多嘴。你有没有觉得我有点嘴巴多，就是嘴巴很碎很爱说也很能说的那种人？对吧！你不点头我也知道你心里是怎么说我的。这个没有办法，我生来就是这样。我爷爷说，我出生的时候，连连哭了三天三夜，差点自己把自己给哭死了，结果却没有死！后来嘴巴就停不下来了。我在学校，我的那些老师也没有一个不讨厌我的。讨厌就讨厌呗，我早无所谓了。我就是这个样子，我也改不了。我就是见什么事都想插嘴，不插嘴嘴巴就会很难受。他们说他们想喝酒了，但是酒菜的钱该怎么筹，这点好像有点麻烦。我就给他们出了这个主意，让他们来跟你借钱。我说跟你借钱可以考虑不还。因为你有的是钱。当时长奶娘也在边上，长奶娘在我头上拍了一下，他说，你这个主意不错，既然是你出的主意，那你就帮我们去跟他借钱吧。你要是借不到，我们今晚就吃了你家的那只大肥鸭。长奶娘也是光棍活动委员会里的。长奶娘你知道吗，他是男的，不是女的。"

"我管他是男的还是女的。你要是早点这么说，我早就把钱给你了，借什么借呀，不用借！"

"真的？"

"真的！"

扁豆的拐棍往地上一戳，从水泥墩上立刻站了起来，腿上的伤好像顿时就好了很多。他说：

"你等等，我先撒泡尿先，我都憋了半天了！你还没有开门的时候，我就想对着你的大门撒一泡了。我差一点就要撒了，你信不信？"

扁豆的拐棍当当当的点着地面，已经急急地走往刘耳家大门边的围墙下，一边还回头对刘耳抛了两个怪笑，也不知道他那是什么意思。一说到撒尿，刘耳的腿根好像也被什么扯了一下，忽然就发酸了起来，他随即起身也来到了扁豆的身边。

扁豆看了看刘耳，笑笑地说：

"你应该撒在你家的大门边。"

"为什么？你那条腿是不是到处乱撒尿被人给打的？"

"我让你在你的门边撒尿，那是为了你好。"

"你什么意思？"

"你不是说你的小公鸡不见了吗？你要是在门边撒一泡，你的小公鸡就会顺着你的尿味，晚上自己回到你的家里。"

扁豆说完就哈哈地笑。刘耳也笑。围墙根下的一老一小，就这样毫无顾忌地摆开了架势。除了他们俩，周边一个人也没有，就是有人好像也无所谓。正午的阳光，就在他们的头上肆意地晒着，晒得人身心都痒痒的。

看见刘耳半天都没有撒完,扁豆顺嘴就多了一句,他说:"你跟我爷爷怎么是一模一样的,一泡尿也就二三两吧,老是拉半天都拉不完,老那么提着,你的手不酸吗?"

刘耳就说:"回家问你爷爷吧。"

扁豆说:"你说我敢问吗? 我要是问了那不是自己找打吗? 我现在就问你吧,你的手酸不酸? 你不会打我吧,你肯定不会。"

刘耳觉得,这个小孩虽然嘴多,但也十分天真而有趣。他这么嘴多着,时间就不用熬了,就嘴里笑笑的,没有给他回话。

9

他们不再坐回门边的水泥墩上。

刘耳打开铁门,让扁豆跟着他往屋里走。他说:"我给你拿钱去,你跟他们打的赌是多少钱?"扁豆说:"他们没有说。他们根本就不相信你会借,他们只是想利用我的多嘴吃了我的那只大肥鸭。"

"那你家的那只大肥鸭值多少钱?"

"不少吧,你要是舍得给,就多给一点,我让他们另外买一只。"

"五百块够不够?"

"五百块应该够了。我想跟你开口的就是五百块。不够也不要给他们吃太多,吃多了你把他们的嘴巴喂油了也不好。嘴油了他们就会老是惦记着你的钱,你信不信?"

刘耳没说信,也没说不信,他笑笑的就上楼拿钱去了。那个黑色的塑料袋,刘耳一直放在窗台边上,碰都没有再去碰过。也没有想过要碰。刘耳对钱是麻木的，至少已经麻木了好些年了。那个黑色的塑料袋，皱巴巴的，原来应该是用来装过很多别的什么，但刘耳无法猜想。他把它打开的时候，那个塑料袋竟然发出唰唰唰的响声，就像恐怖电影里突然发出的那种音响。

刘耳的心里吓了一跳，像被什么暗暗地电了一下！电得他心里有点发凉。他的手赶紧慢了下来，慢慢地抓住一沓钱，慢慢地往外拿。他生怕那个黑色的塑料袋会再次发出那种让人觉得有点恐怖的声音。塑料袋的口子开得不是很大，他慢慢往外拿的时候，还是听到了手里的钱与塑料袋发出了轻微的嗖嗖声。

那是一种拉扯的声音。

刘耳的心里不由又是一凉。

他先抽出了五张，看了看，又抽出了五张，然后下楼对扁豆说：

"这五百你给他们，先把你的大肥鸭抱回去。这五百呢，给你的爷爷吧，是给他买酒喝的。你爷爷喝酒吧？"

"喝！"

扁豆给刘耳很用心地点了点头。

"那就帮我跟你的爷爷说，等合适的时候，我找个时间再去看看他，但现在还不能去，对吧？明通的死，村里人好像对我有点什么看法，听香女说，都不愿见我是不是？"

扁豆没有回话。他只在看着手里的钱，心里好像在来来回回地推着一个小石磨，又好像 只小猫在面对着几只刚刚睁开眼睛的小老鼠，脑子里转了几转才抬起头来。他看着刘耳，说道：

"你说这是给的，不是借的吧？"

"给的给的，不是借的。再说了，你刚才给我说了那么多的真话，我用钱买还买不来呢。这点钱呀，就当是买了你的话吧！"

"买了我的话？"

"对，算是买了你的话。"

又问：

"你跟我说的应该都是真话吧？"

"当然是真话啦！每句都是真的！"

"那就行了。你的真话对我来说是很值钱的，你知道吗？"

刘耳的这个话，让小扁豆似乎闻所未闻，心里不由有点莫名发起热来，像是大热天走在路上的时候有人突然给了一片西瓜，又像是无意中做成了一笔不小的买卖。小扁豆又看了看手里的钱，他把那两个五百块钱放在了一起，从中间一折，塞进了裤袋里，拍了拍，看了看刘耳。他说：

"那我去拿我的鸭子去了。"

"对对对，快点去吧，晚了可能就被他们杀掉了！"

扁豆刚要走，又把塞在裤袋里的钱拿了出来，他数出了五百块，放到了另一边的裤袋里。

"这是给我爷爷的。"他说，"我不能让他们看到这个钱，对吧？免得他们会说是给他们的，那样我就说不清楚了。"

刘耳笑了笑，他想给他说句什么，却不知道该怎么开口，只好给他挥挥手。小扁豆就往外走去，刚到门边，又回过头来。他对刘耳说：

"你不是说要去找你的什么小公鸡吗，你不用去找，晚上它肯定会自己回来的。如果不回来，到时我去帮你找吧，肯定能找回来的。"

说完跨出了门外，走了几步，忽然又停住了。他回头看见刘耳站在门边在看着他，想了想什么，又走了回来，似乎觉得拿了刘耳这么

多的钱,好像有话没有给刘耳说完,似乎有点对不起刘耳,主要是对不起裤袋里的那些钱,就说:

"其实吧,你不给村里人借钱的事,我也没听说过几件,从小到大,好像也就听说过两件,一件是会长的挂号信,还有一件,不知道是不是真的。"

"什么事?"

"比会长的事要大一点。"

"大一点?"

"对,要大一点。"

"大一点是多大?"

"和人命有关。"

刘耳的头轰的一声,又要炸了。

小扁豆没有顾忌刘耳的惊吓,他说:

"有一年,有人背着老婆到医院看病,去找你借钱给老婆住院,想跟你借十块,说你一分都不借。"

"多少?"

"十块!"

扁豆又说:

"后来,因为没有钱住院,他只好把老婆又背回了家里,没有多久,他老婆就没了。"

刘耳的脑袋又是轰的一声,简直都炸开了。他想问他那人是谁,嘴巴动来动去竟说不出话来。脑子里只是急急忙忙地翻箱倒柜,倒柜翻箱,恨不得一下翻遍脑子里的每一个角落。

第十二章

———— 1

哦!
想起来了。

———— 2

那时候,刘耳的工资每个月还不到四十,好像是三十五或者是三十六,他有点忘了。时间已过很久了,脑子里早就已经丢掉了好多零零碎碎的东西了。他只记得时间是一天中午,他刚刚下班回到屋里。那时候他住的是单位分的一个小房间,也叫单人房,或者小单间。整个房就一扇窗户。窗户就在床头边。摆放在屋里的床,占了屋子差不多一半的空间。床尾封着一块挡风板,那是用粗糙的竹编做成的,从地面一直封到天花板,竹编上再厚厚地糊了一层旧报纸,都是从单位偷偷拿回的,也是从地面上一直糊到顶上。那个时候的衣服本来就不多,都是洗好了再一件一件叠好,叠得方方正正的,就堆放在靠墙的床里边。枕头边是几本从单位借回来的书。那时候没有钱买书,好像一本书都没有买过，都是借的。床尾外边的空地已经不多，靠墙的地方正好够放一张半旧的办公桌，也是单位安排给的。每个单身汉都有那么一张。桌面上是用来放切菜板的，碗筷则放在桌子下边的抽屉里。桌子的抽屉一共两个，一个在左边，一个在右边，也没有别的东西可放。米放在墙角的一个桶里。那时候的桶都是铝桶，新的时候是银白银白的，用着用着，就变了颜色了，那变化的颜色就是你生活的一种颜色，具体说起来，还真说不出那是一种什么颜色，其实就是开始有些脏了，而且越来越脏，脏得都洗不掉了。炒菜锅和煮饭锅，是随意放在地上和风炉上的，一切都看当时的情况，没有谁应该放在地上，谁应该放在风炉上，无所谓。煮饭炒菜，几乎都在门前的地面上，也就是屋檐下，如果下雨，就端进屋来，烟是肯定少不了的，那时候的床上挂的都是蚊帐，看看蚊帐上的那种烟色，你就知道你过的都是什么日子了。

　　那个中午的饭，是昨天晚上留下来的，菜也是。所谓的菜，就是水煮黄豆，昨晚吃了一半，留了一半。那黄豆是炒熟了再放水煮的，因为油罐里的猪油已经没有了，只剩了巴在罐底的周边和罐壁上的残留，不多，如果把油罐横过来，弯着手指伸到油罐里，慢慢地转，也就是让你的手指，在里边慢慢地游走一圈，结果倒也能抹出一层蛮厚的猪油在手指上。但那天晚上的刘耳没有这样做，他是先把黄豆煮了，等水开了，再弄几勺滚烫的水泼到油罐里，然后摇晃着油罐，让滚烫的黄豆汤在摇晃中一遍一遍地把油罐里的油洗下来，最后倒回到锅里。那一餐的油水，对当时的刘耳来说，还是够富足的，于是他又加了一点水，想好了晚上吃一半，留下一半给第二天的中午。至于第二天晚上吃什么，怎么吃，他好像没有多想，因为抽屉里好像还有两块豆腐乳。有时半块豆腐乳就可以搞定一餐饭,只要有饭把肚子填满就是幸福的了,这就是从农村出来的人,区别于城里人的一大优点。

他刚拿起碗,有人突然出现在他的门前,这就是小扁豆说的那个人,他叫泥鳅,当然也是外号。村里的人几乎都有外号,尤其是男人,老的有,小的也有。

一看到泥鳅,刘耳就问他吃过没有。泥鳅说没有。他说我刚刚到,就来你这里来了。刘耳就把手里的碗筷递给了泥鳅,自己另外拿去了。锅里的剩饭不多,也就两碗,泥鳅看着竟不敢下手。刘耳说,肯定有两碗,我们一人一碗吧,我都有点饿了。泥鳅还是没有下手,他说要不你吃吧,你一个人吃也就刚刚合适。刘耳就问,你不饿吗?泥鳅点点头,他说饿,怎么不饿?走了这么远的路,能不饿吗?那就吃吧,刘耳说,一人一碗,先把空肚子顶一顶。说着就从泥鳅手里拿过一直待着不动的饭瓢,果断地插进锅中的剩饭里。锅里的剩饭有点弯弯的,躺在锅里就像一片弯弯的月亮,也不知道昨天晚上的刘耳是怎么吃的,怎么就成了弯弯的月亮。但他很快就想起来了,锅里的饭本来是直线一分为二的,夜里睡觉前,肚子突然有点寡寡的,都是因为日子里油水不够的缘故。饭菜油水不够的人,都会有过这样的记忆或者经历的,那就是你晚上吃得再饱,到了该睡的时候你不睡,你想再熬一熬,再看看书,或者再想想一件什么事,等到想睡的时候问题就来了,你会怎么也睡不着,好像不放点什么东西进去哄一哄,你就会很久很久不能入睡。刘耳就拿了一个勺子,挖了弯弯的一小条,放在手心里给吃掉了。刘耳看了看那块剩下的饭,心想那就让泥鳅多吃一点吧,自己少吃一点,就把饭瓢在中间的位置移动了一根手指头,把多的这边铲了起来,放到了泥鳅手中的碗里。泥鳅的眼睛一直是紧紧盯着的,他没有想到刘耳会把多的这块放进了他的碗里。泥鳅的脸上就露出了一丝喜悦，这也是刘耳当时看在眼里的。他当然愿意看到泥鳅脸上的那种悦色，他知道就是再怎么亏了自己也不能亏了他泥鳅。泥鳅是真的饿了，他筷条都不用，就低下嘴巴，张口在碗边急急地咬了一口。刘耳暗暗地笑了笑，把剩下的饭也装进了自己的碗中，还戳了戳，让碗里的饭因为松散而变得多了起来，完了就把风炉上的菜锅拉过来。把锅铲先递给了泥鳅，让他先铲，嘴里说都是昨晚煮的，你铲一半我铲一半，把黄豆和汤跟饭混在一起。他说，我都是这么吃的，好吃。他哪里想到，锅里的黄豆汤已经冒起了不少的小气泡。泥鳅在村上又不是没有吃过水煮的炒黄豆，这种吃法其实就是村上的吃法，主要是快，不需要浪费太多的时间。泥鳅的目光在那些隐隐的气泡上走了一圈，接过了刘耳递过来的锅铲，在锅里铲起了一铲闻了闻，鼻子上立马就堆起了一堆难看的皱纹，像拦河坝似的。他说你这黄豆还能吃吗？都馊了！刘耳接过那铲黄豆也闻了闻，眉头跟着也皱了起来。泥鳅说得没错，真的有点馊了。刘耳便说，他妈的，昨晚忘了，我要是把剩下的开火煮一煮，那就不会馊了。就把那铲黄豆倒在了自己的碗中，搅拌了几下，试着往嘴里小心地扒了一口，吃了吃，对泥鳅说，能吃能吃，还能吃，要不你试试？泥鳅没有试。他说你吃吧，我不敢吃，我就光吃这点饭算了，我的肚子不是太听话，我吃不了变馊的饭菜，我一吃就会闹肚子，等下吃完了我也跟着住院了那我就找死了。然后就说：

"你知道我为什么来找你吗？"

"为什么？"刘耳问。

"我今天是背我老婆来看病的，医院说要住院，我带的钱不够，只好找你来了。"

刘耳的脸色顿时就暗了下来，像是拉下了一块抹布。但吃到嘴里的馊黄豆，忽然像是没有馊味了，好像蛮好吃的，他一口气就往嘴里连连地扒了两口，把嘴巴撑得鼓鼓的。谁都知道，他这是为了让自己一时不用马上说话。

"你借我四十块吧，不交钱不给住院。"

那两口饭，刘耳好不容易才咽了下去，咽得眼泪都在眼角暗暗地转了几个来回。他说：

"我身上现在一分钱都没有，工资还要几天才发呢。这样吧，你先坐着，我去找人帮你借借看，看能不能借。一般到了月底这几天，大家的手头上都挺紧的，我先去问问吧。"

3

刘耳在院子里转了转，竟不知道应该去找谁。他在这个院子里住的时间并不长，认识的人也没有几个，有几个在一起上班的，又都不住在这个院子里。最后，刘耳就想起了见面老是给你微笑的那个老杨。那个老杨是做什么的？好像是组织部的，又好像是劳动局的。还没走到老杨的家门前，俩人就在路上遇着了。他刚一开口，老杨就把他拉到了边上的一棵大树下。那是一棵香樟树，听说是民国的时候一位很亲民的老县长亲手种的，已经长成了很历史的一副样子了。

"你可不能乱给村里的人借钱！"

老杨脸上的每一根神经都绷得紧紧的，一只手早已使劲地抓住了刘耳的肩头，好像刘耳已经站在了什么悬崖的边边上，他要把他拉回来，而且使劲地拉。

老杨说:

"你知道吗,我就是被村里的人给搞垮的。我还是一个老干部呢,我的工资可能比你的工资多五分之三吧,我都扛不住。村里人借钱,没一个会还给你的,每次见你还总是一脸笑笑的,说你那钱啊现在没办法给啵,可能要等到过年,等到过年的时候杀猪了看能不能再还你。可等到过年了,你回家的时候,他们就拉你到他的家里去喝酒,还拼命地把你搞醉,搞到最后,那个钱就给忘掉了。他忘了,你也忘了,就是不忘你也不好开口了。那些钱呀,说多不多,说少又不少,反正他们不给,你就是不好向他们张嘴要,也张不开嘴,每个人也都是赶街的时候跟你顺手借的,说是给救救急,有的七块八块,有的十块,有的也就四块五块,三块两块的就多得跟牛毛一样,多到你都不好往心里记。可是,你要是把他们借的钱都加起来,那差不多就是一个国家干部刚参加工作的工资呀。你要是不信,你哪天到我屋里坐坐你就知道了,我的家呀,每个街日都是村里的招待所,或者叫作联络站,赶街的、治病的,都把屁股往我屋里的板凳上放一放,不放一放他们都像没有到过县城一样。我就这样告诉你吧,我几乎每个月都是靠预支工资才能过完的。有时候他们来了也会带上一些玉米呀红薯呀或者南瓜什么的,他们来的时候我就给他们煮米饭或者下面条,他们走了,我就三天两头地给自己煮红薯煮南瓜。有时候吃得我一脸黄黄的,一脸都是南瓜的那种颜色。有一次我老婆盯着我的脸吓得看了半天,然后很担忧地问我,你撒尿黄不黄? 我问她你什么意思? 她说你呀你呀,你是不是得了黄疸病了,你要是得了黄疸病你就完蛋。她其实怕的是,我要是得了病了就不能跟她好好睡觉了,就满足不了她了。我那老婆的身子壮得就像一头母牛,一头死猪她往肩上一扛,她能一口气跑你十来里地。她和我是一个村子的，我是工作前在家结的婚，那时候年轻，看见她长得好看，眼睛在她身上老是挪不开，干脆就早早地把婚给结了。我有两个小孩，都跟我老婆住在村上，偶尔她也进城住一住，其实也就是想我了，跑来睡个觉，睡个一夜两夜的，睡舒服了就又回去了。家里的猪呀牛呀鸡呀鸭呀什么的，不能丢下太久，丢一天两天可以，丢久了就会饿得乱叫，有时会深更半夜的把全村的人都给叫醒。你不知道，我那老婆可凶了，每次进城都伸手要几块钱才肯回去，你就是找人借，你也得给，不给就拉着脸，把你吓得两腿发软。"

老杨又说：

"你应该还没有谈恋爱吧？你才刚刚参加工作，应该还没有谈。那我就告诉你吧，像你这样的，好不容易才从村上出来，最好不要再回到村上去找老婆了，否则你就白白地出来了你知道吗？你一定要想办法在城里搞到一个，在城里找老婆你得有钱，你不能像我这样把钱全都借光了花光了，哪个城里的女孩还会跟你呀！你想都别想！"

老杨还说：

……

老杨说了好多好多，说得刘耳的脑袋嗡嗡嗡地乱响。听得刘耳一直傻傻地站着，都不敢面对老杨，他只是看着那棵老树，看着老树上那些沧桑的树皮。他看到树皮上有一群蚂蚁在不停地运动着，有的在往上爬，有的在往下爬，有的迎面碰碰头，不知道是谁给谁说了一句什么话，下边那一只就转身往回走了。他不知道为什么，似乎也没有心思去想那么多。

见他一直愣着没有吭声，老杨问道：

"这人跟你怎么样?"

"就一个村的。"刘耳说。

"我是说,你们关系怎么样?"

"一个村的人,无所谓好也无所谓不好。"

"那他这人怎么样?"

"人嘛,也不坏,只是有点滑头。他们家的人都有点滑头,所以村里人都叫他泥鳅,他爸是老泥鳅。"

"那我再问你,他老婆他是背来的还是抬来的?"

"好像说是背来的。"

"背来的,那就不是病得很重。如果是抬来的,那你就给他再想想办法吧。"

"背的背的,他说他是背来的。"

"那你就自己掂量掂量了。有,当然应该借;没有,那也没有办法。反正不管你借多少,估计都是回不来的。你心里要先明白这一点。这就是我们从村上出来的人,永远逃不掉的命。"

刘耳差点要给老杨点头,最后却没点。他咬咬牙,就回到了泥鳅的身边,好像泥鳅坐着的那个家不是他刘耳的,走进屋的腿真的好重,像是灌了水泥。泥鳅说:

"不行就借我十块吧。十块也行。"

刘耳顺嘴就撒了一个谎,他说:

"我刚才跟人家开口的就是十块。真的没有。十块也没有。月底了,工资要过几天才发。"

完了又酸酸地加了一句:

"我也是真的没有,你刚才也看到了。我要是有,我会吃那黄豆吗?"

第十三章

───── 1

从刘耳家里出来,小扁豆没有奔向他的大肥鸭,而是直直地回到家里。他觉得那五百块钱比那只大肥鸭要暖心多了。但他不想自作主张,他得跟他爷爷说一说。他爷爷却想都没有多想就把那两个五百块合在了一只手里,然后啪啪啪地打在自己的手背上,好像打的是刘耳的后脑勺。他问扁豆:

"他真是这么说的?"

"对,他是这么说的。"

"这钱是买了你的话?"

"对,是买了我的话。"

老牧民就哈哈地笑了起来,笑得嘴巴开开的,十分痛快。他说:

"他这是种瓜得瓜种豆得豆啊你知道吗? 是老天爷给他这种人的一种惩罚。"

小扁豆觉得不对。他记得他的老师说过"种瓜得瓜种豆得豆"的意思是什么,好像没有爷爷说的这个意思!

扁豆就说:

"爷爷,你说话能不能不要再乱用词,或者乱用比喻,他要是知道了肯定又要笑你的,你信不信?"

"笑我?这一次他还敢笑我?"

老牧民的声音忽然就大起来:

"那我现在就告诉他,他用钱买话的这个事,就是种瓜得瓜种豆得豆的一个结果!你就想想吧,他不是从来都不给别人借钱吗,他现在老了,回到了村里来,想吃一碗玉米粥,人家老人家都不给他。这是为什么?他心里不清楚吗?他心里要是不清楚,他会跟你说这钱是买了你话吗?"

小扁豆也觉得不对,他说:

"他买话的这句话你好像听反了。"

"反不反反正结果是一样的,反正买话的话是他自己说的,他买话的钱现在就在我的手里。"

老牧民就把手里的钱又啪啪地拍了几下,拍得扁豆一时就哑巴了,他不知道跟爷爷怎么说话了,只是愣愣地看着爷爷。

老牧民的脑子却像突然长出了翅膀了。他说:"我刚才想了想,我觉得买话的这句话,他是有意给你说的,他是在暗示你,暗示还有很多话他要跟你买,你信不信?"

小扁豆没有回话。

老牧民又说:

"你信不信?"

小扁豆还是没有回话。

"你要是不信,我就跟你打个赌。"

这一说扁豆就回话了,他说:

"赌什么?"

"赌这个。"

老牧民晃了晃手里的钱:

"他要是再跟你买话,我们五五开,有一半你可以自己留着。"

小扁豆的眼睛忽然就发亮了。

"那你肯定他还会买话吗?"

"我敢肯定!"爷爷说。

"为什么?"

"因为他手里有的是钱呀!再说了,光是无量他爸爸的死,就够他怎么想都想不明白的,说白了,就是那几个空蛋壳。那是谁放在他家门前的,你知道吗?"

扁豆摇摇头,他说:"不知道。"

就问爷爷:"那你知道吗?"

他爷爷说:"我也不知道。"

又说:

"我们不知道没有关系呀,我们不知道我们又不难受,可他就不一样了,他不知道他就很难受。他难受他就得想办法知道对不对?他想知道他就得用钱买。他跟谁买?除了你扁豆,他还能跟谁买!"

"我说了,我不知道呀?"

"那就看他是不是先给钱了。他如果真的想买,那他就得先给钱,他只要给了钱,我们就有办法知道是谁放的。"

小扁豆就有点怀疑了,怀疑那几个蛋壳会不会就是爷爷放的,但他不敢说出来。他只说:

"你有什么办法知道是谁放的?"

"孙子你怎么这么傻呢？他要是先给了钱，我们就可以拿他的钱去跟别人买呀？总有人知道的吧，谁知道我们就跟谁买。"

"怎么买？在村头那里贴个广告？最后一句说，有酬劳？"

"这样也可以呀，但这不是最好的办法。你想吧，要是村里的人都看到了那个广告，都想过来要钱怎么办？这个不行。不行不行！算了，先别替他想这个，他要是真的想知道那几个空蛋壳是谁放的，那就等他给了钱再说吧。你的任务就是想办法让他先给钱。"

"问题是，他怎么会先给你钱呢？他又不是傻瓜。"

"所以说要想呀！不说了让你想吗！"

"怎么想？爷爷你说怎么想？"

"你问我我怎么知道。"

就在这时，扁豆的爷爷突然想起他们家的那只大肥鸭，便改口对扁豆说：

"我们家的那只鸭啊，就让他们吃了算了，这五百块钱的事，你也不要告诉他们。我们给他们来个偷梁换柱吧，他们不是说刘耳肯定不会借吗？那就让他们把这顶帽子继续扣在那刘耳的头上。"

小扁豆翻了一个白眼，想了想"偷梁换柱"这个词爷爷是不是又乱用了，但他没有想好就点了点头。

爷爷随后就说：

"等下他们杀鸭的时候你也过去看一看，记得把鸭肝和鸭胗拿去送给老人家。我们家的那只大肥鸭，鸭肝和鸭胗一定好大，至少够她老人家吃两顿三顿的。"

"他们会给的。"扁豆说。

"他们每次杀鸡杀鸭都给的。"小扁豆又说。

"他们给是他们的事，这只鸭是我们家的，你要亲自送去给她，这就相当于是我们送给她的，你知道吗？"

扁豆点点头，就出门去了。

2

刘耳真的没有去找他的小公鸡，他想就是去找也不一定就能找到。他的小白一定是找母鸡玩去了，如果他到处乱找，到处见人就问，弄不好反而被村里的人一传五、五传十，然后把他当成笑话。他觉得扁豆说的应该是对的，也许晚上，也许不用等到晚上，他的小白就自己回来了。他只要把院子的大铁门给它留着就好了。他还想好了等什么时候内急了，就再到铁门外边去撒一泡。刚才跟扁豆撒的是右边的墙根，再撒就撒在左边的，他得让他的小白远远地就能闻到他刘耳的味。他相信扁豆的话可能是对的。

3

天快黑的时候，小白真的就自己回来了。它不光是自己回来，还拐回了一只枯草一样的花母鸡。这种草花鸡，腿短短的、细细的，走起路来屁股总是一扭一扭的几乎拖着地。草花鸡的肉相当香甜可口，怎么吃都好吃，你就是吃完了肉把鸡骨头留在嘴里含着，半天后都还滋味无穷，而且那滋味比别的任何鸡肉，都要美味十分。只是，因为品种的缘故，这种草花鸡长到两斤左右就不再长肉了，所以，养这种鸡的人也就越来越少。刘耳离开村子后就再也没有吃到过。刘耳兴奋得一时又是跺脚又是拍屁股，拍得屁股都有点疼了还在不停地拍。

一般来说，母鸡是很少有晚上找错家的，被别的公鸡勾引而进错了家门的，那就更是少而又少了，这是老天爷赋予母鸡们的优良秉性，自然也是得力于母鸡们世世代代的优良传承，以及自身风吹不倒雷打不动的道德底线，否则，村里的人们早就因为公鸡和母鸡的事，不知闹出过多少的是是非非。刘耳就想，这只可爱的草花鸡，肯定不是自己来的，它一定是小白耍了勾引的手段了。它应该是一边往家走，一边不停地回过头去招呼它，嘴里不停地给它叫唤着什么，头也是一甩一甩的，示意它跟着它，别犹豫，只要草花鸡稍有一点点的犹豫，它就会把嘴里的什么丢在面前的泥地上，让它禁不住又提腿乖乖地往前走来。就这样，这只草花鸡，不知不觉地就跟上了他的小白，走进了他刘耳的院子里。他儿子小的时候，也是这样三天两头带女同学回到家里来。

头一次带回的，是幼儿园中班时的一个小女孩，他给她看了自己所有的玩具，他让她吃了自己最爱吃的零食。晚上他帮他洗澡的时候，儿子看了看自己的身子光溜溜的，就说，爸，长大了我一定要跟阿莲结婚。阿莲就是他带回来的那个小女孩。刘耳忍不住就笑了。他对儿子说，你还小，等你长大了再说吧。儿子就说，我说的就是等我长大呀。等我长大了我就跟她结婚。儿子说，你没发现她比我妈妈还漂亮吗？刘耳顿时就吃了一惊，他怕老婆在外边听到，就说你妈妈也很漂亮啊。儿子就说，比阿莲那就差远了。刘耳赶忙用手湿漱漱地握住了儿子的嘴，他说不要乱说，当心你妈妈打你。儿子说我不怕。他说我就是要跟阿莲结婚，我要把她娶作我的老婆。刘耳说，你知道结婚是什么意思吗？儿子说结婚就是两个人可以睡在一起呀。刘耳就大声地笑了起来。这一笑，便让老婆听到了。她在外边就问道：你们笑什么呀？刘耳说没有笑没有笑，他说我们笑的是我们儿子长大了。他老婆不知道他的话是什么意思，一把就推开洗澡间的门，她看到的只是父子俩全都是光溜溜的、水湫湫的。

二十多年后，跟儿子结婚的，当然不是那个阿莲。儿子长大后，考上了北京的一所高校，头一个学期放假，也就是寒假，就带回了一个白白胖胖的北方女同学。一进门，刚放下东西就把父母拉到了另一个屋子里，关上门，低声地说，你们千万不要以貌取人，她爸爸可是他们省的副省长。儿子的话把他母亲吓得眼睛当时就死了一半，看东西半天都醒不过来，吃饭的时候就不时偷偷地看着那个女孩，看得呆呆的。她怎么也想不明白，一个副省长的女儿，怎么就让她的儿子给勾上呢？她长这么大，还从来没有见过一个副省长呢！大学毕业后，儿子能够一路绿灯，跟他刘耳这个当父亲的，几乎没有任何关系，完全是他岳父佬的人脉起的作用。当然了，首先是他儿子的脑袋也比较灵光。刘耳唯一不太放心的就是，他怎么可以让那些老板把那么多的钱放到了他的家里。刘耳知道儿子嘴里的那个"放"字是什么意思，"放"久了还会不会拿走。

4

那天晚上，刘耳真的闻到了阵阵鸭肉飘香，还听到了响彻夜空的猜码声。没有女人的男人们，猜码喊出来的内容也与其他的男人有着本质的不同：

……
两个光棍……四季空床
五谷杂粮……七七事变
十全十美……九九不见
三生有幸……一口棺材
八字不合……对得住你
……

全都是乱七八糟的号叫,号出来的又全是他们血肉里的心声,都是死了命地往对方吼,往天上吼,也不怕要是天塌了怎么办。鸭肉飘香的方向,当然是光棍活动委员会的活动中心,也就是扁豆说的谢会长的家里。那鸭子是不是扁豆的大肥鸭,刘耳当然无法知道,他想也许是,也许又不是。可能就像扁豆说的,谢会长他们那些光棍和村里其他人一样都是死脑筋,都咬定他刘耳生来就是骨子里不给别人借钱的人;也可能不是扁豆的那只大肥鸭,而是用了扁豆给他们的五百块买的,剩下的便全都买了酒了。村上的酒都是卖酒的人家自己熬的,也就是人们常常说的水酒,可在他们的嘴里,那种水酒他们全都叫作了土茅台,度数不高,一般都是20度左右,度数太低就会卖不出去,度数高了,那熬酒的又会吃亏。

那大肥鸭还真是够大的,也足够肥,从飘过来的味道里,刘耳闻都闻得出来。在飘过来的油香里,没有猪油,没有菜籽油,也没有花生油和山茶油,完全是鸭肉自己冒出来的那种肉香,这是小鸭和瘦鸭绝对做不到的。在村上,鸭子只要肥到一定的分上,人们往往选择不放别的任何油,因为纯粹用鸭油和用别的油,最后炒出来的味道是完

143

全不一样的。用村上的话说，那几乎是亲娘和后妈的区别。如果不是因为什么意外，有谁是不喜欢亲娘的呢！吃的不就是鸭的味道吗？如果掺和了别的油，那鸭肉的纯正味就少了，就被干扰了，就被瓜分掉了。纯粹的鸭肉味，让你吃完了嘴巴都懒得洗，不管走到哪里，只要你随便地摆摆头，四周就都是浓浓的鸭肉香，那是多么神气和让别人羡慕的事。但是，想要做到这个分上，下锅的步骤是需要绝对讲究的，主要是用心，你的整个心思要从头至尾都牢牢地压在那锅鸭肉的上边，否则，鸭肉里的油还没有来得及冒出来，那鸭肉就已经粘锅了；鸭肉一粘锅，就有了焦味；一旦有了焦味，你放再多的佐料都是盖不住的。何况村上做菜是很少用佐料的，一不留神，那锅鸭肉就被你给弄坏了。

刘耳的脑袋一直一动不动地放在楼上的窗台边，很享受地闭着眼睛，似乎只有这样，才能把飘过来的味道慢慢地扒开来，像挑骨头一样。开始的时候，他发现这帮光棍还是蛮会吃的，从飘过来的香味里，他没有闻到任何焦味。一丝丝的焦味也没有。看来谢会长这个光棍头，还是会做一点菜的。当然，掌勺也可能不是他，但不管是谁，这一点刘耳觉得他们不错。

但是，他很快就闻到他们竟然没有割掉那鸭屁股！那么大的鸭，屁股上那两枚凸出来的东西，至少有两颗蚕豆那么大！那两颗蚕豆是不能吃的，那里边全部都是油脂。那油脂不光很油，而且有股骚味，很骚很骚的！难道光棍们喜欢的就是那股骚味？

这太过分了，你们这些光棍！

还有，他们用的竟然不是嫩姜，也就是常常说的仔姜。仔姜炒鸭，那才是炒鸭的一绝，绝到上桌的时候大家都会抢着先对仔姜下手。当然了，村上不比城里，天天都有仔姜摆着卖，村里只能是自己的菜园里有什么就吃什么。这也没有什么关系，但不能放得太多呀！刘耳发现，光棍们往鸭肉里放的全是老姜，而且放了可能不少于半斤。

对！绝对不少于半斤！

因为都是老姜，姜的味道都把鸭肉的味道给压住了！等到吃的时候，咽喉里回味的就会全部都是那些老姜的辣味了，那样一来，鸭肉可就白吃了！

不能放这么多的老姜呀！

扑在窗台上的刘耳竟然在嗓子里喊了出来。喊完了就跑到楼下方便去了。等到回来的时候，忽然又闻到了一股蚝油味，他闻了闻自己的手，没有哇，手上一点蚝油味都有，而且这两天自己做的菜也没有放过蚝油，是不是放在厨房的那瓶蚝油什么时候倒地了？蚝油流到了地面上？转身就跑到楼下，可那瓶蚝油却好好的，而且还是塑料瓶，就是倒下了，滚到了地上，只要瓶盖没有脱落，蚝油是出不来的。

肯定是那帮光棍往鸭肉里放了蚝油了，而且放了不少！

他赶紧跑回楼上，站在窗台那里往外深深地吸了一口气。

我的妈呀，完了！

是那帮光棍给鸭肉放了蚝油了！

怎么可以在美味无比的鸭肉里放蚝油呢！完了！他在嗓子里又一次喊道。你们知道蚝油的味是什么味吗？那是海鲜的味道呀！放了蚝油，那鸭肉的味道就完蛋了，就被你们搞得乱七八糟的了！

到底是谁掌的勺？

你们这帮光棍也太粗暴了！刘耳的嘴里又一次喊道：太粗暴了！你们是因为不会吃才成了光棍，还是因为成了光棍才不讲究吃的呢？你们知不知道，一个会吃的男人肯定是能够找到老婆的！完了完了！

好好的一只大肥鸭,被你们的粗暴给糟蹋了。多好的一只大肥鸭啊!他相信扁豆说的那只大肥鸭一定是真的很大、很肥,走路的时候,那个肥肥的大屁股一定是左摆右摇的,迷死了人!

心里虽是这么唠叨,但刘耳的嘴里,还是暗暗地咽了好几回口水。

他真的想吃炒鸭了!

而且想吃的是仔姜炒鸭!

什么时候,能跟村里的人们好好地吃一顿该有多好呀!尤其是喝到最后,喝到一个个的都甩掉了上衣,全都露出油亮油亮的光膀子。

第十四章

―――― 1

　　这天早上，刘耳真的听到了老人家的咳嗽声。为了证实扁豆的嘴巴不是乱说的，昨晚上床之前，他把家中的好几扇窗户，全都往外推开了。他想象着老人家如果是真的每天早上都大声地咳嗽，那她的咳嗽声就可以从任何一个敞开的窗户飞进来。他只把纱窗推回窗户上，免得蚊虫飞蛾之类的小家伙会乘虚而入。

　　老人家的咳嗽声，真的是挺响的，整个村子的早晨，好像都被她给咳疼了，疼了一下又一下，咳着咳着，忽然长啸了一声什么，长啸里边好像不只是声音而且有话，但刘耳没有听清她的长啸就收住了，收得干干净净的。刘耳以为后边还有，就竖着耳朵，脑袋静静地放在枕头上，动也不动，可随后听到的只是脑海里的一阵阵回响，像是一直在咳，咳得他心疼了好久好久。那个早上，他因此没有再睡回笼觉了。起来后，脸也不洗就上楼去了，他从那个黑色的塑料袋里又拿了一点钱，准备等扁豆来了就交给扁豆，让他帮他送去给她。

　　他相信扁豆还会来找他的。

　　为什么来？他不知道。他只是感觉着他会来。刘耳看了看拿出来的钱，想想是不是少了点，就又拿一点出来，但最后还是把多拿的又塞了回去。他觉得不能给得太多，多了她会让扁豆送回来的。那样一来，就等于一分钱都没有给她，等以后再给的时候，给多少她都不会要了。因为给多了有时候会给别人造成心理负担，人家会觉得你为什么要给这么多，心里就会欠着你的。可是少给一点就不一样了，少给一点人家就会觉得你是随便给的，反正不多，也就随便收下。但也不能太少，太少了你的心意就跟河面上胡乱漂流的菜叶差不多了。

2

晌午刚刚吃完，扁豆果真就来了。刘耳最先听到的，还是那拐棍点地的当当声。一个小孩腿受了伤，支一根拐棍是应该的，等腿好了就可以把那拐棍扔掉，可他为什么要在拐棍的下头包上那么一个声音讨厌的硬家伙呢？难道他要一直地用下去？就像那些走路已经不太方便的老头老太太，让拐棍成为他们永远的伙伴？或者，仅仅只是为了好玩？这有什么好玩的呢？这就只有扁豆才知道了。

刘耳的大铁门早就给他留着了。扁豆开口就问，想起来了没有？刘耳知道他说的是泥鳅借钱的事，连忙举手把扁豆的话给止住了。他不想再一次掉进泥鳅的那件往事里。他怕自己在扁豆的面前脸色难看，也害怕自己说多了总会心疼。会的。有些事别人说多了你就会暗暗的难受，就像因为天气的变换常常让人旧病复发一样遭受折磨，而且一不小心还会折磨出新的病疼来。他赶忙对扁豆说，想起来了想起来了，借钱的事我们不要再说了好不好，我们聊聊别的事吧。聊什么呢？扁豆问。聊聊你爷爷撒尿的事吧，你不是说你爷爷跟我一样半天都撒不完吗,那他有没有挨过撒尿撒不出来的事,就是一直地憋着,把人都快要憋死了,最后只好送到医院去。扁豆就惊叫了起来,他说,这种事你怎么也知道呀?但没有等到刘耳回话,扁豆就说我爷爷挨过,但他不用上医院。刘耳不由一惊,自己可是在医院的病床上整整躺了一个星期呀,于是就问:

"那你爷爷是怎么好的?"

"是老人家给弄好了的呀!"

"老人家?她会弄这个?"

"她呀,什么病都会弄一弄。村里很多人的病,都是她给弄好的。"

"她会弄这个?那她怎么弄?"

"她呀,她弄的其实简单得很。"

"说说,说说,她怎么弄?"

"就是一根葱叶。一根葱叶就弄好了。"

"一根葱叶?一根葱叶怎么弄?"

"本来,也是要送去医院的,我爷爷都被他们抬到村头了,没想到正好碰着她老人家。她说让她先给弄弄吧,应该不用去医院的,就把我爷爷又抬回了家里的床上,一边走就一边叫我到哪个菜园去偷几根葱叶回来,让我偷那种硬点的,叫我多偷一点,但要小心不能弄烂了,要长一点的,至少这么长。我偷好葱叶,刚跑回家里,我爷爷的裤子已经被她给扒掉了。扒得光光的,难看死了。她老人家的手里一直拿着一根筷子在床边等我。她让我把葱叶放在她身边的床上,然后找到一根她觉得合适的,就把尖的那一头掐掉了,然后,就把手里的筷子慢慢地捅进那根葱叶里,一边捅一边对我爷爷说,你要忍着点,忍一忍就好了,说着就把那根葱叶推进了我爷爷的那个地方。我当时被吓得牙都松了。我一开始就拼命地咬着牙。我担心她那么一捅，要是把我爷爷的命根子捅坏了怎么办？我正想对她说你能不能慢一点，她突然就对我说，来，帮你爷爷吹一口。她指着那根葱叶，让我含进嘴里，我当然知道她是什么意思，我想都没有多想，就把那根葱叶含进了嘴里。你还别说，她的这个方法还真的立马就见效了，我现在都忘了我是吸了一口还是吹了一口，我爷爷的尿就慢慢地出来了。"

"就这么简单？"

"对，就这么简单。"

"真的不上医院了？"

"不上了。真的不上了。"

"这么神呀？你不是吹的吧？"

"跟你吹这个干什么？你以为我是电视上那些小孩在做广告呀？她真的就是这么神。你想想吧，她要是没有这么神，她能这么长寿吗？"

刘耳不由窃喜，心想那这次回来，还真是回对了，要是再有个什么尿潴留，不是一根葱叶就解决了吗！于是就问扁豆：

"我为什么突然回到村里，你知道吗？"

"为什么？"

"就因为这个。跟你爷爷一样。"

"不会吧？你可是国家干部，你又不是农民。"

"一样一样，那个东西都一样。"

刘耳便趁机告诉扁豆，说他回村里其实就是因为撒尿的困扰，他想只要扁豆知道了，那就全村人都知道了。他知道扁豆的这张嘴巴传起话来会比闪电都快，只要他愿意，什么话从他的嘴里往外一传，转眼就会传遍整个村子。至于另一个原因，他当然没有告诉他，村里人就是猜到了，他也不能给任何人漏嘴的。

3

扁豆的目光早就落到了鸡的身上，它们就在他们的边上，一直玩来玩去的。扁豆就说，你看看，我是不是说对了？你的鸡这不是自己回来了吗？是昨晚就回的吧。刘耳点点头，他说是昨晚回的，还带回了那只小母鸡，只是不知道是谁家的。扁豆看了看那只枯草一样的小母鸡，他说搞不好是老人家家里的。他告诉刘耳，这种鸡，村里养的不多，好像只有两三家。大家养的都是上街买的鸡种，根本没有这个品种了。刘耳就说，那你能不能帮我去问一问，看看这只是谁家的。到时你就顺便跟人家说一说，问问这只能不能卖给我，我想买下让我的小公鸡有个伴。扁豆顺手一捞，就抓住了那只草花鸡，吓得刘耳的小白又跳又叫，转身就跑到了远处。刘耳说你抓它干什么？扁豆说，我抱着去问不是更好吗？说着就往大门外边走去了。

扁豆走了好久，刘耳才突然想起，忘了给他钱了，一是买鸡的钱，二是给老人家的钱。

4

那只草花鸡，却不是老人家的。

扁豆很快就回来告诉刘耳，说可能是聋子明泉的，也可能是明泉隔壁家的。因为是白天，所有的鸡都跑到地里去了，只能等到晚上的时候再去问一问。扁豆是空手回来的。刘耳就说，你把鸡都放掉了，到时怎么问？他们都说是他们家的你怎么办？扁豆说，我有那么傻吗？我已经在鸡脚上做了记号了，你不是说你的小公鸡绑了一根红绳吗？我也给那只小母鸡在腿上绑了一根。说着给刘耳指了指自己手里的那根拐棍。拐棍的上边缠有很多的小布条，但刘耳看不出，扁豆绑在小母鸡腿上的布条是什么样的一根布条。他说，如果他们把布条解掉了呢？扁豆想了想，觉得也有这种可能，就说，如果人家解掉了布条，那就是不想卖给你呗。刘耳说，那我怎么办，我的小公鸡怎么办？我的小公鸡如果没有母鸡陪伴，它还会跑出去的。扁豆说，这个问题好办，不就一只母鸡吗？他们要是不愿卖给你，我在我家给你找只漂亮的！

"你放心吧，"扁豆说，"我家的母鸡多得很，你要两只都可以，就怕你的小公鸡它一个人玩不过来。"

扁豆这么一说，刘耳就开心地笑了。这是他回村后，头一次笑在脸上。于是心里想，如果这个小孩能一直地陪着他那就好了。他觉得这个叫扁豆的小男孩就像是一座桥，有了这座桥，他要走到对岸只是时间的问题。但他告诉自己不要急。

第十五章

1

小扁豆真的抱来了一只母鸡。

是黄色的,虽然没有草花鸡那样给人提供更多的迷恋与想象,但也十分顺眼,它刚一落地就得到了刘耳、小白的青睐,小白就远远地扇动着翅膀,嘴里咕咕咕地叫着朝黄母鸡跑了过来,步伐快得像飞。扁豆的黄母鸡也不忌生,歪歪地低着头,似乎有点羞涩,又似乎有点等不及了,它用碎步往小白的方向画了一个半圆,就把自己送了过去。

两只鸡,一白一黄,转眼就旋转在了一起,就像电视上的一男一女,在准备着练习探戈。扁豆进来的时候并没有关上铁门,但它们根本没有把门放在眼里。还出去干什么?它们根本不想出去。

"也挺般配的,一白一黄,是不是?"

"不错,只要它们能玩在一起就可以了。你爷爷说多少钱?"

"我爷爷说,送给你的,不要钱。"

"送给我的!真的?"

"当然真的,不就一只小母鸡吗,也没几个钱。要是要了你的钱,就反而那个了,你说是不是?"

刘耳知道扁豆说的那个是什么意思，他开心地笑了笑，就进屋拿米喂鸡去了，顺便给扁豆拿了一盒巧克力。扁豆早就坐在院子中央的那张仿藤椅子上，椅子边上有一个玻璃茶几。扁豆看了一眼那盒巧克力，眼睛里一下就放出了光来。他说这是巧克力？我在电视里的广告看见过，就是没有吃过。好吃吗？刘耳说你现在吃吃就知道了，吃吧，先吃一块试试。扁豆就撕开了那盒巧克力，拣出一块，也不多看，便放进了嘴里。随后，他的嘴巴一鼓一鼓的。好吃！他说，真的好吃，好像比电视上说的还要好吃。电视上怎么说的？刘耳问。你没看过电视吗？扁豆说。刘耳说好像看过，但我没有特别注意。说是像丝绸一样，扁豆说，丝绸哪有这么好吃呀？再说了，丝绸能吃吗？刘耳就笑了，他说人家那是比喻，你们老师没有教过什么是比喻吗？扁豆说当然教过呀，但这个比喻明显不对，你说是不是？说着他的嘴角那里就流出了小小的一股巧克力汁。刘耳用手指点了点自己的嘴角，示意了一下扁豆，扁豆伸出中指一抹，看了看，就把手指上的巧克力汁送回了嘴巴里，还把中指整个的也咂了咂，又咂了咂，咂得像一只小馋猫。

2

"想问你一个事，可以吗？"

茶几的边上，还有一张仿藤椅，刘耳伸手拉了拉，差点要坐下去。他想那样坐在小扁豆的对面会让人觉得更亲近一些，可他最后没坐，而是转身躺进了他的摇摇椅里。这些年，他在城里已经习惯了摇摇椅了，不躺进摇摇椅里，他的身骨他的皮肉就好像得不到安稳。

"什么事？问吧。"

扁豆说："村里的事我一般都知道的。或者说，大家知道的我都知道，因为我嘴巴多，你昨天也看出来了对不对。嘴巴多的人，耳朵比较好用，耳朵好用的人。知道的事情就比一般的人都要多得多。村里有些事，有时候他们不懂了，就都说去问问扁豆吧。我说的是真的，住久了你就知道了。但我爷爷却老是为这事替我担忧，他说像我这种嘴巴多的人，长大了做什么好呢？"

停了停，又问：

"你说，我长大了做什么好呢？"

"很难说，你得先把书读好，然后一定要上大学。"

"那就难了。我们村到现在都没有出过一个大学生呢。你儿子他们说不算。你儿子不能算是我们村里的人了。"

"怎么不算？应该算的。"

"他都没有吃过我们村的米，怎么能算呢？"

刘耳只好哼哼地笑，他说：

"那你就争取做第一个吧。你还是很聪明的。"

"我也不算聪明，就是嘴巴还过得去。"

"除了嘴巴就没有别的聪明啦？"

扁豆抓了抓脑袋，看了看那盒巧克力，他说：

"那还是有的。比如……比如现在我就知道你想问我什么事。"

刘耳吃惊地看着扁豆，他有点不肯相信。

"那你说说，我想问你什么？"

小扁豆用拐棍敲了敲地面，慢慢地敲，一共敲了七下。一边敲，一边拿着目光斜斜地牵引着刘耳。刘耳愣愣地看着扁豆敲打过的地面，却看不出是什么意思。

扁豆将拐棍抬离了地面，抬到了空中，停住了，他问：

"你刚才有没有听到我敲了几下？"

刘耳摇摇头，他说：

"我没有注意。你敲了几下？"

扁豆不告诉他。扁豆说：

"那我再敲一遍，你慢慢数。"

说完又在地面上敲了七下。还是慢慢地敲，每敲一下都像是敲打在刘耳的心坎上。敲完了第七下，他的拐棍不动了，停在那里，小脸歪歪地看着刘耳。

"完了？"

"完了。"

"七下。"

"对，七下。"

"你是说，这就是我想问的？"

小扁豆点点头。看见刘耳一直愣愣地看着他，愣愣地看着他敲过的地面，就把拇指和食指往里弯了弯，弯成了一个圆，又发现那个圆弯得有点小，两根手指就又慢慢地往外松开，松到差不多的时候就给刘耳伸了过去。

刘耳拍了一下脑门。他想起来了！

"是七个鸡蛋，对不对？"

"应该是我问你对不对。"

"对对对，我想问的就是那几个空蛋壳，你知道是谁放在我家门前的吗？"

停了停，又说：

"我就是因为那几个蛋壳才跑到医院去看无量他爸爸的,你知道吗?"

"知道呀,全村人都知道。"

"那你知道是谁放的吗?"

小扁豆却不急。因为他不知道。他爷爷有可能知道,有可能也不知道,但他爷爷没有告诉他。弄不好就是他爷爷放的。他真的这么想。扁豆的脑子这时就有点乱,乱得不知如何找话。于是就抬头看着天,然后闭上眼睛。他爷爷想事的时候就经常在他的面前这样闭着眼睛。等他睁开眼睛的时候,却给了刘耳一个反问。他说:

"你有没有想过那是谁放的?"

"有当然有,但不一定对。"

"你先说说嘛,谁放的?"

刘耳愣了一下,他看了看扁豆,扁豆也在看着他。他没想到这个小家伙说话竟然这么聪明,明明是他问他的,他的舌头怎么突然一翻,就成了他在问他了。想了想,觉得这样也好,这样的谈话聊天,可以更随意地把人拉近。但他用的却是排除法,他不能直指怀疑是谁,免得扁豆传出去,那结果是可想而知的。

刘耳说:

"肯定不是无量。"

扁豆点点头。

"肯定不是。"

"也不会是那老人家。"

"她才不会跟你玩这种。她要是对你有话说,她就会像杀鸡一样,直接就给你一刀就了事了。她老人家说话,我都没见她拐过弯。你刚回来那一天,不是也挨过她一刀吗?你不是想吃她一碗玉米粥吗,一碗玉米粥算什么呢？她说不给就是不给！是不是？你知道吗，那天她的玉米粥根本就没有吃完，她把剩下的都倒去喂狗了。"

"不会吧？"

刘耳的脑子嗡的一声，好像给狗吃的那碗玉米粥现在就摆在他的眼前。那只狗一边吃还一边斜着眼睛看着他。

"怎么不会呢？她每天给自己煮的玉米粥都是刚刚合适她的，下多少玉米头，放多少水，煮多长时间，就连用多大的火，她都是弄得准准的。她往时给自己装最后一碗粥的时候，隔壁家都能听到她刮锅的唰唰声，听得清清楚楚的。她吃什么都是不给浪费的，只要能刮到碗里，她都会刮来吃掉。可是那天，她真的剩了粥了。你知道为什么吗？"

"为什么？"

"你不会自己想吗？"

刘耳没有想。他只是摇摇头，盯着扁豆的那两片小嘴发愣，心想这个小子长大了，应该可以靠这两片嘴唇过日子的，可他想不好那应该是什么行当。

"她那天是不是病了？"

"你才病咧！"

扁豆的回击像闪电一样。

"那是因为什么？"

"因为你呀！是因为那天你去她家了，你就坐在她的对面看着她吃，你把她的胃口给搞坏了。"

刘耳心里一沉，暗暗地哦了一声，赶忙往下一个人的身上猜去了。

"放蛋壳的那个人也不会是泥鳅吧？"

扁豆摇摇头,摇得十分干脆。

"你不是到村里去转过吗?听说还转了差不多两个来回。你看见泥鳅的家门是开着的吗?"

"我没有注意。"

"他家早就锁门了。"

停了停,又说:

"锁了好多年了!"

"锁了好多年了?什么意思?"

"锁了好多年就是没人住了呗。"

"几年都没人住了?怎么回事?"

"他儿子在广东那边打工,他去给他们带小孩,家里就锁门啦。"

"你吓我一跳。"

停了停,刘耳说:

"你还是直接告诉我吧,是谁?我不猜了,容易得罪人的。我不能得罪人,我只是想知道而已。我不知道我真的睡不着你知道吗?"

小扁豆就笑笑的。其实,他是在给自己拖延一点时间。

"随便猜猜吧,我不会说出去的。我要是说了出去,我也得罪人呀,我才没有那么傻呢。"

"那会不会是香女?"

"不会。"扁豆摇摇头。

"无量不是,老人家不是,泥鳅和香女又不是,那会不会是你说的那个光棍会长?"

扁豆还是摇摇头,他说:

"怎么会是他呢?肯定不是!"

"我回村都没有见过几个人,不会是长腰他爸爸吧?"

"也不会。他跟你无冤无仇的,他那样搞你干什么?你跟他买鸡那一天没有跟他吵架吧?"

"没有没有。那谁呢?不会是你吧?是你爷爷让你放的?"

小扁豆又笑了,笑得有点怪诞。他说:

"我有那么傻吗?我爷爷就是想放,我都不会帮他放。你信不信?"

"那就不猜了!你直接告诉我吧。"

小扁豆笑笑地看着刘耳,他说:

"其实,我也不知道。"

没等刘耳做出反应,他又说:

"但是,我可以帮你问我爷爷。我爷爷如果也不知道,那我也有办法知道那是谁放的,你信不信?"

"我信我信!你快说,你有什么办法?"

扁豆在藤椅上动了动身子,他把自己坐直了,坐得像个村长,不,是像个镇长,然后眼神勾勾地看着刘耳。

"我让我爷爷去买些烟酒,买点菜,让他去找村里那几个灵醒一点的老头喝一喝。你说能不能就把那个人给喝出来?"

"对对对,就这么办!让你爷爷去把那个人给喝出来!这个钱我出,我出我出!不用你爷爷出!"

刘耳在摇摇椅上身子一翻,就上楼拿钱去了。

第十六章

――― 1

为了那几个空蛋壳，扁豆的爷爷，请村里的几个老头连连喝了三顿。扁豆后来告诉刘耳，那三顿酒，他爷爷喝得脸都歪了，每次喝完回来，两条腿全像踩着棉花。

头一顿，只是喝出了刘耳的一些闲话。除了闲话也不知道能说什么。刚喝的时候只是喝喝喝，谁也不知如何打开话头。后来，有人突然想起了刘耳穿开裆裤的时候，说他每次撒尿，那尿水总是开叉，总是分为两条线，有时还是三条，总是需要用手把鸡鸡捏一捏，像捏一根不太听话的小水管，才把开叉的尿水捏成了一条线。有人就说，那两条和三条线就是人老了前列腺问题的征兆。难道刘耳很小的时候，他的鸡鸡就已经暗示他老了鸡鸡会有问题？有人就问，他尿尿现在有问题吗？大家就都摇着头，说不知道。说他的鸡鸡问题我们怎么能知道呢？可一说到鸡鸡，老人们的兴奋也全都长了翅膀了。都是堂堂正正的男人啊，又加了这么长长的大半生，谁又掏不出三段两段有关鸡鸡的往事呢？来喝酒的老人里，可没有谁是光棍的。村里的那些光棍都还没有成为老人，他们只是村子里这些年悄然生长的一个品种。就像梅雨季节之后，泥墙根下突然冒出的一堆花蘑菇。那些花蘑菇是不能吃的，就连路过的鸡鸭都不肯多看它们一眼。扁豆的爷爷没有叫上他们的任何一个，也说不清楚那是因为什么。几个老头很快就把鸡鸡的事聊得酒水横飞，飘满了空中。最后，是扁豆的爷爷把这个闲话给掐断了。因为一说起鸡鸡的事，他就有点莫名难受，而且牙根那里还会偷偷发酸。

第二顿，说的还是刘耳的闲话。好像他们只要两杯进肚，只要一说起刘耳，就控制不住闲话满嘴。就是没有人肯碰一碰那几个空蛋壳，哪怕是碰一碰，扁豆的爷爷就有办法借坡下驴或者顺水推舟，用他的话来说就可以诱敌深入，然后捕风捉影。可是没有。什么影子也没有。他们还是绕着刘耳的闲话不停地说事，觉得有钱有势的人，为什么日子也不太好过，要不然都这把年纪了怎么还会跑回到村里来。他们甚至猜想，会不会是女人的问题出了问题，是被女人追得走投无路了，只好夹着裤裆逃回到村上的。等到喝多了，那些老嘴们就又不想说话了，舌头也笨了，整个人都迷迷糊糊的了。

第三顿，扁豆的爷爷有点着急了，急得心里有点空空的，空得有点发慌。他觉得再这样喝下去，刘耳给的钱就没有多少留在他手上了，那就等于白做了生意了，就给抽烟的老头们每人发了两包烟，然后挑明了这一餐只讨论那几个空蛋壳。有一个不抽烟的老头，看着自己空空的手，他觉得不对，觉得这又不是你的钱买的，为什么给了他们却不给我？就睁着迷迷蒙蒙的两只醉眼，把手伸到扁豆爷爷的眼前。

"给我也来一包。"他说。

扁豆的爷爷就给了他一包。

他的手却没有拿走。

"我也要两包。"他说。

扁豆的爷爷没有给他。他说：

"你又不抽烟，要一包闻一闻就可以了，你要两包干什么？"

不抽烟的那个老头还是没有收手。就说：

"就图个吉利呗。图个吉利！"

扁豆的爷爷就有点觉得奇怪了，他似乎听出了那个老头好像藏着的什么东西，而且就藏在眼前的水井里，他得给他捞一捞。

"什么吉利不吉利的？你是不是要拿烟去消什么灾呀？难道那几个空蛋壳是你放的？或者，你知道是谁放的？你要是说出来我就给你两包，给你三包都可以。"

好像他哄的只是一个小毛孩。

但喝多了的老男人，有时还真的就像一个小毛孩。那个不抽烟的老头忽然像被激活了。他说：

"你要是这么说呀，我还真的就告诉你，我知道那是谁放的。我亲眼看见的。我可不骗你们。"

扁豆的爷爷就把剩下的烟，统统塞进了他的手里。

2

但扁豆没有告诉刘耳。

他说，他不能告诉他。

刘耳的反应当然是为什么？可他没有等到回答，就冲着扁豆说道：

"是不是给的钱少了？要不，我给你爷爷再加一点。给你也行。你不用给你爷爷。你爷爷知道了你肯定也就知道了，对不对？"

"这不是钱的问题。"

停了停,又说:

"是不能告诉你。"

"再给你一千……一千五……两千!两千还不行吗?"

扁豆的脸色却没有改变。他进门的时候就一直一个脸色,像是好几天都没有洗脸了,似是不能告诉刘耳让他也多少有点不好意思。

"你就是再给我三千五千,我也不能告诉你。这跟钱真的没有关系。"

"为什么?那你就告诉我为什么?"

"他们说,如果把这人告诉了你,那就等于把他给出卖了。如果把他给出卖了,那就等于挖了我们村的祖坟了。"

又说:

"祖坟是不能乱挖的,你不知道吗?"

刘耳只好闭上了眼,在摇摇椅上前后地摇晃着,晃得扁豆都看得有点眼花。突然,刘耳在摇摇椅上飞下了身子。他坐到扁豆对面的茶几边,把身子低低地压到茶几上,低声对扁豆说:

"你嘴上可以不说,那你用手指在茶几上随便划一划,看看我能不能看出是谁?我猜猜就行,我不会说出来的,跟你我也不说。"说着往扁豆侧过身去,用手指在茶几的玻璃上,慢慢地划了两个字。

"这是你的名字?"扁豆说。

"对对对,你就这样写写就好了,你嘴里不用说。"

扁豆还是摇着头,他说:

"不行的,这是要断子绝孙的。长大了我可不当光棍!"

"你这么说就不对了,难道村里现在那些光棍,他们都出卖过别人?"

"这是两码事,你不能把这种话压到他们的头上,他们光棍可不仅仅是他们自己的问题。这话是我爷爷说的。我爷爷说，我们村以前从来都没有光棍的，就是星群那样的大傻瓜，也是有过老婆的，只是听说他不会用，就是不懂得怎么睡女人，他的后来就跑了，找别的男人睡觉去了。当然了，那个叫有良的老光棍不算，听说有良是因为下边那里有问题，那是没有办法的事。可现在的这些光棍，他们可是一个个都能打死老虎的你信不信？尤其是那个谢会长，唉！会长这个人也是光棍，你还是有责任的，这个账你是赖不掉的。"

刘耳就不再吭声了。他感觉和这个小家伙说话，一不小心，他就会突然捅你一刀，捅的还是你的心眼，让你疼了还不能胡乱乱喊。刘耳的脸色就沉了下去了，他毫无办法地闭上了双眼，把脸也扑在茶几上。等到慢慢抬头的时候，只好嗓子软软地对扁豆说：

"算了算了，反正无量他爸也不在了，说什么也没有用了，算了。"

"这就对了嘛。"扁豆说，"我爷爷好像就是这样让我告诉你的。他说人老了，不要什么事都往心里去，你心里也装不下那么多，也不要什么都想弄个明明白白，你就是弄明白了那也是不明白的。这是我爷爷告诉我的。我也不知道他这说的到底是什么意思。"

停了停，又来了一句：

"其实吧，我留在肚子里也没用。你说有什么用呢？一点用都没有，而且，还花了你那么多的钱。我爷爷请他们整整喝了三顿，那可不是一般地喝。"扁豆不看刘耳，他只是低着头，看着他的那根拐棍。刘耳以为扁豆要改变主意了，就静静地等着他。没想到，扁豆却说：

"我爷爷说，剩下的钱已经不多了，你不会想要回来吧？"

"不想不想。不要不要。给了你爷爷就是你爷爷的了。"

扁豆就笑了。他一笑，他的脸色忽然就干净了，好像他的脸色一直不太好，都是因为钱的事。

"那你就随便问问别的什么吧。"扁豆说，"能说的我都给你说。我爷爷说拿了你的钱了，总得卖点什么东西给你，也算安慰安慰吧。"

刘耳就忽然也笑了，笑得虽然有点别扭。他看了看扁豆，觉得随便跟他说说话，也挺好的。他说：

"那就说说香女吧，说说明泉也可以。"

"为什么要先说他们呢？"

"想到他们就说说他们呗。再说了，那袋钱不是香女给拿回的吗，虽然那袋钱不是我的钱，可她要是在街上扔掉了，扔进了哪个垃圾桶里，不是就没有了吗？你知道吗？我给你的钱都是那个袋里的。"

"那明泉呢？"

"明泉呀，你不说那只草花鸡可能是他的吗？那只草花鸡人家好歹也陪过我的小公鸡，陪了可是整整的一个晚上。"

俩人就各自偷偷地笑在了脸上。

3

扁豆说，明泉没什么好说的，一个老光棍而已，而且他从小就聋，你应该还在家的时候就知道的呀。刘耳说知道知道，他从小就聋，好像是得了什么病，家里没钱给他医，后来就慢慢地聋掉了。可他身体挺好的，扁豆说，好像他从来都没有得过什么病。村里人说，一个人聋了可能也有聋的好，不管你们说什么，反正他都听不见，听不见就不用什么屁事都往心里去，只要吃得饱睡得好，就万事大吉了。扁豆说到屁事的时候刘耳怔了一下，好像这句话又是有意给他说的，就拿眼睛看了看扁豆。看见扁豆竟然也在看着他,只好把脸挪开了。

"明泉成过家吗? 就是有没有也讨过老婆?"

"谁会嫁他呀。他好像对女人也没有兴趣,当然了,主要还是村上的女人也越来越少了,跑广东的跑广东,嫁城里的嫁城里。村里没有钱的那些男人,就像翅膀上没有毛的那些鸟,哪里都去不了。"

"那他就是村里年龄最大的光棍了?"

"那还用说吗?"

"那天晚上他们吃你的大肥鸭,他去了没有? 他们吃的,是你的大肥鸭吗?"

"当然是我的那只大肥鸭呀。我回去的时候,他们早就把我的大肥鸭给放血了,而且都一块一块地剁好堆在锅里了,就等着太阳下山的时候就开火,谢会长一看见我,什么话也不说,就把一碗鸭肝鸭胗递给了我,让我拿去送给那老人家。"

扁豆的后半句是自己编的,但他编得脸色一点都不红。他告诉刘耳:"你知道吗? 这帮光棍都挺有良心的,每次杀鸡杀鸭,总会把肝呀胗的拿去孝敬那老人家。他们说,老婆可以没有,但长命还是可以努力的。他们孝敬那老人家,要的就是她那长寿的福。"

"我问你明泉去了没有?"

"去了,四十岁以上的光棍,都去了。白吃的,为什么不去? 他去了也就是吃,也就是喝,别人说话,反正他一句也听不到。可他也不是那种光埋头吃喝的人。"

"那他还能做什么?"

"不用做什么,他就是陪着别人不停地笑,因为他听不见你们都在说什么,所以你们笑的时候,他就会跟着一直笑,你们不笑的时候他也笑。他总是自己笑。反正你们能够喝多久,他就能够陪着笑多久,他脸上的笑,从来都没有停过。"

"你吃了没有?"

"我当然吃了,我养的大肥鸭我当然要吃啦。我就坐在明泉的屁股边,是他拉着我坐在他的身边的。你知道吗,有时看见别人吃呀喝呀把饭菜弄到了脸上,他就使劲地拍着我的腿,指着那人的脸,笑着让我看。他拍了我好多好多次,拍得我的腿上现在都还有点疼。"

"你的腿不是伤了吗?"

"伤的是这边,他拍的是这边。我是这边腿靠着他的屁股的。"

"镇上不是有了敬老院吗,像明泉这样,应该可以去了吧?"

"他去了!去了不到一个月就跑回来了。"

"为什么?"

"说是敬老院的那些孤寡老人,整天只会呆呆地坐,坐成一堆一堆的傻傻地看着电视。新闻他又听不见,连续剧他又看不懂,那些人嘴里说的什么他都不知道,弄得他连瞎笑的机会都没有。他就觉得不好玩,他觉得不如在村里,还可以经常跟光棍们一起喝喝酒,于是就跑回来了。"

"这倒是。再说了,回来住在村里还可以养养鸡养养鸭什么的,还可以自己种种菜,也挺好的。"

"关键还是他的身体好,又剃的总是光头,总是笑嘻嘻的,就像庙里的那种笑佛,每天都开心得很。哎!有一点你应该想不到吧?"

"什么事?"

"那些光棍的事。他们一个个的全都剃着光头,每次他们围在一起吃饭喝酒,都像哪个庙里的那些和尚在聚众闹事。"

刘耳想象了一下那样的场景,便也笑在了脸上。

第十七章

───── 1

扁豆说，香女的事就有点复杂了。

她本来只是一个在城里卖酸的女孩。她的酸就是几个玻璃缸装的那种酸，有的是萝卜酸，有的是莴笋酸，有的是蒜苗酸，也有辣椒酸和藠头酸，但她的那种藠头酸和村上每家都腌的那种藠头酸，是不一样的。她的酸在城里特别好卖。她也没有开店，只是一个小破车在手里推着，白天在菜市场推来推去，晚上就到各个夜宵摊的旁边，也是推来推去的。你知道她的酸为什么特别好卖吗？扁豆告诉刘耳，全是因为她身上的那股香味特别的迷人。刘耳忽然就插话了。他说酸的味道不是很大吗？那不是盖住了她身上的那种香味了吗？扁豆就两眼直直地盯着刘耳，他说盖什么盖呀？你就不能把那两种香味放在脑子里好好地搅搅吗？他说我现在给你十秒钟，你把那两种香味好好地搅一搅，你好好地搅一搅，再搅一搅，好了，可以了。你有没感觉到你搅出来的香味已经完全不一样了？有没有？有没有？

刘耳就笑，他想摇头，竟然不敢，脑袋愣愣地给扁豆竖着，只等着扁豆把香女的故事往下说。

2

反正就是一句话，扁豆说，香女的酸和卖酸的香女，在县城里真的是迷死了很多人。我就这么跟你说吧，香女在县城的名声，比县委书记都大，比县长也大，很多人都不知道县长是谁，也不知道书记是谁，但不知道香女的几乎没有。就连那些屁大的小孩，都能给他们的爷爷和奶奶，说出香女的样子来。害得很多老头子，都偷偷地去买香女的酸，然后还偷偷地在路上就把酸给吃掉，不敢拿回家里给全家的人也一起尝一尝，更不想给屋里的老太婆发脾气。

多好的一个女孩呀！扁豆朝着头上的天空感叹道。他说，这话不是我说的，是我爷爷每次说到香女的时候总会挂在嘴上的。扁豆说你知道吗，香女跟我家是有过一点关系的，她妈妈曾经给我家送过一只鸡，然后认我的奶奶做干妈。你知道吗，她要是一直在县城里卖她的酸，她应该也能成为我们瓦村最有钱的人。当然不能跟你比啦，你一家人都是当官的，你们家搞钱肯定比谁都容易。这话也不是我说的，是村里的人都这么说的。我这样跟你说话，没有得罪你吧？得罪了也没有关系，你就当我还是个小屁孩。我嘴巴还没有装上拉链呢。我只是把村里说你的话，转一两句给你玩玩而已。反正我说的话我也不用负什么责。

可是，千不该呀万不该，她不该被一个老板给盯上了。那老板是一个有钱的水城佬。全身上下都是钱。这个有钱的水城佬，他不光喜欢我们香女的酸，还喜欢我们香女这个人。他想天天都能闻到香女的香，天天都能把香女带在他的身边，想天天搂着香女走在街上，或者进馆子吃饭。一句话,他就是想把香女变成是他一个人的香女。

他就问她:

你为什么要天天卖酸呀?

香女就说:

我不卖酸我干什么?

水城佬说,你可以找个男朋友谈谈恋爱,过另一种日子呀!

她说,你别笑我好不好。我一个卖酸的,哪有男人能看上我?

水城佬说,我就看上你啦!

她说你别拿我说笑好不好。你要是想吃酸你就买一份,买两份三份也可以,你不要老是站在这里这会影响我卖酸的。她一边说一边指着在边上一直看笑的人。她说你看看呀,你看看他们都在笑我呢!你买不买?不买你就站远点。这么说的时候,她脸都红了。她脸上一红,就更加好看了,好像她身上的很多香味在她脸红的时候就香得更加浓了,说是就像煮菜的时候从锅里冒出来的那些热气,边上的人,还有那个水城的老板,一下就都更加神魂颠倒了。那个水城老板就说:

我是说真的。你做我的女朋友吧,我养你。你不要卖酸了。

香女当时没有动心,她继续卖她的酸。那水城老板说:

要不你就到我公司当秘书吧。

香女说,我可没有读过多少书,怎么给你当秘书呀?

那水城老板就说:

谁说秘书就要读很多书呀。我就没有读过什么书嘛,我不是一样当老板了吗?

说着就给香女递了一张名片。香女看了一眼那张名片,就认出了这个老板竟然县城里最好的那家宾馆的大老板。但她还是没有动心。

她对他说，你别闹了好不好，我卖完这点酸还得赶去医院看我的妈妈呢，医院的钱我得今天交。那水城佬的眼睛突然就亮了，好像是老天爷给他开了一扇天窗，所有的光亮全都投在了他的身上，尤其是他的头上，他的脸上。他顿时就兴奋得跳了起来。他说：

那走走走，收摊收摊！我现在就跟你到医院看看你妈妈去。一边说，一边从包里抓出了一沓钱来，使劲地板在了香女的小手上。

我们的香女一下就被弄傻了。

边上有很多人，听说也全傻了。好几个人的嘴里都纷纷地乱说话。他们说，那你还摆什么鬼摊啰，快去快去，先到医院给你妈妈交钱去吧。

也有人不肯相信香女的话，就说你妈是不是真的住院啰。你要是骗了人家大老板那可不好，人家大老板的钱也不是大风刮来的。

香女便在身上拿出了一张小纸条，那个水城老板一把就抢了过去，嘴里连连说，真的真的，是真的！他给那人晃了晃手里的小纸条，他说那真的是医院的交费单。

香女就拿了钱，收了摊，到医院去了。那个水城老板当然也去了，到了医院，他又拿出了两沓钱，放在香女母亲的枕头边，还让护士转眼间就请来了一个护工。

就这样，香女被那个水城佬给搞走了。

3

从那以后，香女就天天跟在了那个水城佬的屁股边。那水城佬有多么神气，她香女也跟着多么神气。

因为年轻嘛，又不能早早地就怀了孕。我们的香女不想怀，人家那个老板也不让怀，说是就三天两头地吃一种什么的药。那是一种什么药？扁豆说，他也没有听说过，只听说吃了就不用怀孕了。那时候的香女好像也挺乐意的，反正那老板好像总是有花不完的钱。说是香女她妈妈那次住院，至少就花了那个老板上十万。十万啊！那个钱花得就像流水一样，每天都是哗啦啦地流啊！但是没有用，不是所有的病都是可以用钱就能治好的。香女跟着那个水城佬不到两年，她妈妈就在村里走了。

她妈妈走的时候，说是两只眼睛一直地睁开着，黑洞洞的，怎么也闭不上。这是村里很多人都看到的。有人就说，需要她的亲人去跟她说句什么话，然后用右手轻轻抹一抹。但香女哪里敢呀！她怕再次看到母亲那两只黑乎乎的眼洞。她只在一旁不停地哆嗦着只是哭。后来还是那个水城佬把脸贴到她母亲的耳朵边，然后声音小小地说了一句什么话。他们说他的声音小得就像蚂蚁在爬树，谁也听不到他说了什么，说完了他用右手在她的眼睛上抹了抹，那黑洞洞的眼睛这才闭上了。

你说怪不怪？

怪不怪？

扁豆告诉刘耳，香女母亲的葬礼，也是那个水城佬给办的。倒是办得十分的风光。按照村上的习俗，村里村外都是要来挂礼的，但是，那个水城老板一律拒收！谁想挂的礼他也不给收。大家就都说，我们瓦村呀，以后再也不可能有那么风光的葬礼了。再也不会有了。

后来，没有多久，有人说是两年，有人又说是三年，那水城老板就把我们的香女送给了一个当官的了。那当官的不是我们瓦县的，也不是你们瓦城的，是他水城那边的。说是那个老板想回水城拿下一个什么大项目，就把香女送给那个当官的了。那个当官的也不嫌弃，就把香女给收下了。主要是我们的香女她可不是一般的女孩呀，有几个当官的能够拒绝她身上的那种香味呢？那天她拿钱给你的时候，你有没有觉得她真的很香？是不是很香？你不用点头，我知道的。那个当官的后来不知因为什么就坐牢了。好在坐牢前他给我们的香女弄了这么一栋房子，也有人说这房子不是那个当官的弄的，要不然就被没收了。有人说，可能是另一个老板的。不就一栋房子吗？哪个当官的手里不捏有几个老板呢？随便咳嗽一声可能就解决了，你说是不是？那个当官的被抓以后，我们的香女也被带去问了几天，后来不知为什么就又把她放了。

只是，放回来的香女突然就成了现在这个样子了。她时不时地就在村里乱咳嗽，有时咳得让人心慌，都担心她会不会把那什么病传染给你。还有，她的打扮也开始越来越乱，整天都穿着长长的衣服，全是拖地的。夏天的裙子是拖地的，冬天的大衣也是拖地的。在她咳嗽的时候，她还会时不时地摸着肚子，有时还对别人说她可能怀孕了，怀的还可能是一个男孩。她说她怀的那个男孩，肯定也香香的，可能比她还要香。如果你是一个女的，她还会拱着她的肚子，让你把耳朵贴到她的肚子上，让你听听她肚子里的孩子，然后问你，有没有听到我的儿子在里边踢我，踢得嘭嘭嘭的。你要说你没有听到，她就压着你的头，让你再听，直到你说听见了听见了，她才把她的手从你的头上放开，笑笑地让你走人。否则，她会让你从太阳准备落山的时候一直听到天黑。至于她是不是真的怀了孩子，女人们有女人们的说法，男人们有男人们的说法。男人们当然没有谁曾经贴过她的肚皮。她也不会给。男人们只是用眼睛看。夏天的时候,香女喜欢在村前的小河里游来游去。但她总是不脱衣服的,她总是怎么穿就怎么直接下到河里去,然后怎么下去的就怎么从河里钻上来,然后湿漉漉地穿过村子,往家里慢慢走。男人们一般都这个时候把目光投到她的肚子上。但他们的目光告诉他们,香女没有怀孕,一点都没有怀过。怀孕的女人总是有怀孕的样子的,刚开始两三个月三四个月你可以看不出来,但五个六个月还看不出来那也叫怀孕吗?除非她怀的是一个怪胎。关键是,她说她怀孕到现在都快一年两年了?有人就说,她会不会早就生过了。怎么生的?生到哪里去了?又没有人知道了。

4

"也许她真的怀孕过。"刘耳说。

"这个我不知道。"扁豆说,"我只知道她发病起来,有时还挺搞鬼的。"

"搞鬼?搞什么鬼?"

"她会只穿外衣不穿内衣。也就是说,她的里边,上上下下全是空空的。看见光棍们坐在村前晒太阳的时候,她就一边咳嗽一边从他们的面前走过去,一边走一边会突然撩一下她的裙子,像是被风突然吹翻的那个样子,让你顺着风看一眼她的大腿,或者在后边看一眼半眼她的屁股蛋。但有一个地方她是不会让你看到的,不,是两个地方,一个是下边,一个是上边,那两个地方她是绝对不会让你看到的,就连一点光他们说都没有漏过,搞得光棍们的眼睛都难受死了。"

"有没有哪个光棍,偷偷地去接近过她?"刘耳问。

"没有，绝对没有！哦哦，想应该是有人想的，但接近呀，绝对不敢！她家有一条大狼狗，说是那个包养她的男人给她养的，只养在院子里，从来不带出门。要是有人敢翻墙，那就死定了，搞不好连骨头都不会剩下来。"

又说：

"可也有人说，那条大狼狗是被人们说出来的，也许也不一定有，因为没有人听到过她的家里有狗叫。狗有不叫的吗？有没有？"

"试一试不就知道了吗？"

"怎么试？"

"牵几只母狗围着她家走一走。"

"这个还用你说呀？你以为光棍们没有老婆是因为他们脑子不好用吗？才不是呢？我爷爷说，这些光棍的问题其实就像某一年碰着了天大旱，种在山地里的玉米就是他们现在成为光棍的这种样子。这是一桶水两桶水救不了的。跟他们的脑子是没有太多关系的。你别说是牵母狗，他们连公狗都牵去试过。我们村的那帮光棍，你以为他们真的都是吃青菜长大的吗？他们的脑子只要转动起来，比那些老菜地里开出来的菜花，还要多，而且还开得乱七八糟的。"

"那就是假的了。那条狗是假的！"

"也有可能，但也很难说。"

又说：

"很多事情，其实大家都是猜的。因为都是猜的，就肯定有很多都是瞎说的。我都怀疑，香女的很多事情其实没有那么复杂，也没有那么多，也没有那么吓人，都是因为村里的那些光棍，七嘴八舌的，十几二十张嘴，整天在太阳下就琢磨女人的那点事，就把香女的故事给越说越多越说越复杂了。尤其是那个会长,就是给你写信借钱,你没有回话的那个会长。"

停了停,看着刘耳,又说:

"你信不信?你的故事,你别以为现在也只是借钱的事和无量他爸爸的事,我估计再过一些日子,肯定也会多起来的,就像他们说香女的故事一样。反正会比现在要复杂得多。"

"有的事就有可能复杂,没有的事,能复杂到哪里去呢?"刘耳说。

"不信你就等着吧。搞不好他们还可以把你和香女混在一起说,弄不好他们都已经给你编好了,你信不信?"

"那就是瞎编呗。"

"什么叫瞎编?编出来了就成了真的了。只要大家觉得好玩,就全都是真的,你可不能大意。"

"那你现在就编一个给我听听。"

"我不会编,但我可以告诉你,编的东西肯定是有真有假的,就像香女的那些事,你不能说都是真的,你也不能说都是假的对吧?你就自己琢磨琢磨吧。"

5

说香女的那一天,刘耳想留下扁豆和他一起吃晚饭。太阳当时快要下山了,看着快要下山的太阳,人的心情往往也会慢慢地好起来。扁豆就犹豫了一下,他问刘耳你这里都有什么好吃的?刘耳就把扁豆带进了屋里,把冰箱打开。那是一个很大很大的冰箱,是四开门的,里边装满了各种各样的食品,有直接就能吃的,有需要加工下锅或者微波才能吃的，都是刘耳住进来的前两天，黄德米吩咐什么人给放到里边的。很多的食品，都是扁豆见都没有见过，也没有听说过的，看得扁豆有点眼花缭乱，口水满腮。

可扁豆没有留下。

他对刘耳喃喃地说：

"我是很想吃的，我好想每样都吃一点，但我不能吃。我要是吃了回去也不好跟我爷爷交代。我白天来你这里坐坐是可以的，白天和晚上是不一样的。我爷爷说，白天叫光明正大，是见得阳光的，也就是说，是可以见人的，但晚上不行，晚上就算是偷偷摸摸的了。我要是吃了你的晚饭，村里人肯定会说我的。他们会怎么说，我不知道，可我要是把嘴巴给吃甜了我自己也就难搞了。你知道吗？我在村里的名声也不是太好，如果吃了你的晚饭，他们就会说我跟你是一个品种的，那我的名声就要雪上加霜了。你知道他们有时叫我什么吗？他们叫我不三不四，说村里的小孩最不像小孩的就是我这个不三不四的小孩，说我不光嘴巴多，而且有时还会乱来。算了，我还是给自己留一点好名声吧。我不吃你的晚饭了。我出来的时候，我爷爷还吩咐我回去的时候到地里去拿一点菜花回去呢。我还是给我爷爷拿菜花去吧。"

说得刘耳的嘴巴都不敢再张开了，一句都想不出要不要再挽留挽留他。

出门的时候，扁豆对刘耳说：

"明天我还会来的，你不会反对吧？"

"不反对不反对，我求你还求不来呢。"

"那明天我们聊点什么呢？你晚上要是有空，你可以像我们老师备课一样，把你想了解村里的什么事先列个清单，明天我们就按照你的清单一件一件地聊。能够说的,我会全都告诉你的,就像今天我给你说香女和明泉这样。"

看着扁豆一拐一拐走去的背影,刘耳就想,一个小小的瓦村,怎么会有这样的小孩呢?这样的小孩属于哪一类小孩呢?好像他们刚刚出生就大学毕业了似的。

第十八章

───── 1

那天晚上,刘耳没有急着去写什么清单,而是把明泉和香女的事在脑子里又走了一遍。退休前,他也是无数次下过乡进过村的。每到一个村子,都是少不了会看到一个两个或者三个四个生活遭遇过种种不幸的村民,如果明泉和香女不是本村的人,他是真的早就见怪不怪了,就像人们嘴上常常说的,哪个草坡上没有两三头瘦牛呢。这跟草坡上的草长得好不好,是没有太多关系的。当然了,人不能拿来和牛比。明泉和香女就更加不是了。想着想着,就觉得脑子里的思维有了一些问题,好像有点把事情给想歪了。他觉得这样不好!很不好!这种不好是怎么来的,他一时又说不清楚了。

真正横在刘耳脑子里的,还是那个放空蛋壳的人,嘴里虽然对扁豆说算了算了,不想它了,可那几个空蛋壳的影子还是怎么都去不掉。这人到底是谁呢?小扁豆为什么不肯出卖呢?为什么给钱也不肯出卖呢?想着想着,就糊里糊涂地睡去了。

───── 2

第二天早上起来,刘耳真的就找了一张纸,准备列个粗一点的清单，免得那个小家伙来了，自己又半天都想不出该聊点什么比较合适。他觉得有那个小家伙陪着他说说话，真的蛮好的。他不能让他觉得他们没什么可聊了就懒得再来了。

列些什么呢？除了明通的事和借钱的事，他刘耳还有什么是村里人会挂在嘴上的呢？一定要有，那就是他和竹子的事情了。

他和竹子的事，村里人会怎么说呢？

说她的第一次是给了他的，可他刘耳却没有回来娶她。可是，他和她的事，就他和她两个人知道，还有就是那头牛。那头牛肯定是不会泄密的，它就是想泄它也泄不出来。至于他自己，他刘耳可是没有对村里的任何人说过，就连他的父亲，他都没有给他提起过任何细节。难道是竹子？她会把他和她的事给别人说过吗？也许她跟她的母亲说过，然后，她母亲又把他们的事给说了出去，于是全村人其实早都知道了。但他又觉得好像不会，因为竹子从来都没有到城里去找过他。他和她，在城里好像从来没有见过面。真的没有见过面。如果见了，他至少会请她吃顿饭，或者在街上吃一碗米粉什么的，可她真的没有去城里找过他，连影子都没有见到过。他只是偶尔回村的时候，远远地见过她几次背影，也许是她不愿意见他，远远地就转身往远处走去了，就像随风忽然飘散在天上的某一朵白云。当然，他也没有去找过她。这也是真的。自己的心思当时也很简单，他觉得她没有找他，那就说明那天晚上的事没有出事；既然没有出事，既然她不找他，这不是最好的结果吗？为什么自己还要去给自己添乱呢？所以，两个人就再也没有什么牵扯的事情了。

如果村里的人知道他和她的事，那就一定是因为那个手电筒。对了，一定是因为那个手电筒，竹子把他们的事给说了出去。因为那个时候，村里就他刘耳有那样一个手电筒，全身都是铜做的。全村就他的那一个手电筒是铜做的。明通还当着他的面赞美过他的那个手电筒。会不会是明通后来在竹子的手上见过那个手电筒？他出去后是回来过几次的，还在明通的家里吃过一顿黄豆辣锥鱼，他为什么没有因为竹子手上的手电筒问问他是怎么回事呢？那就证明明通并不知道手电筒的事。也可能是知道了但他没有说。因为他和他是好朋友。好朋友当然也会出卖朋友的，但明通不是那样的人。

那么会是谁呢？

他父亲倒是问过他手电筒的事。但他告诉他弄丢了。怎么丢的？他父亲当时好像问了，又好像没有问。时间久了，他父亲就忘了。再说了，他父亲这么问的时候，他已经在县里工作了蛮长的时间了，他一定是觉得儿子都是国家干部了，还在乎丢了一个手电筒干什么呢？

那么后来呢？后来一定是父亲在竹子的手上或者在竹子母亲的手里，看到了那个手电筒？准确地说，那个手电筒是他父亲的，是他父亲年轻的时候，有一次给镇长带路回镇政府，因为父亲要连夜回村，镇长就拿了一个手电筒给他。那个手电筒就是那个手电筒。镇长当时还吩咐他，说这个手电筒可不是一般的手电筒，而是有着光荣历史的手电筒，他让他好好用着。至于是什么光荣历史，镇长没有说。也许是不想说，也许又是随口一说，只是为了让他好好用着，别一不小心弄丢了就可惜了。铜做的手电筒，比一般的手电筒，还是更值得上心一点的。他父亲曾经说过，如果这个手电筒真的有过什么光荣的历史，找时间他会还给他的，后来没有还，是因为那个镇长调走了，他再也没有见过他。他曾差点把那个手电筒放在镇政府的办公室那里，让他们转给镇长，但坐在办公室的那个女人却对他说，转什么转呀，给你的就是你的了,你就用着吧。他的父亲就又拿回了家里。

那就一定是他父亲的问题了,刘耳想。他父亲看到那个手电筒的时候,应该是想都没有多想,就直直地逼问人家:你这个手电筒,是怎么来的?

如果问的是竹子,竹子会怎么说?

如果问的是竹子的母亲,竹子的母亲又会怎么说?

弄不好,就因为他的父亲,那个手电筒在村里曾经闹得沸沸扬扬的,最后还弄成了不少的风风雨雨。这是有可能的。这样的可能,他刘耳当时送给竹子的时候,为什么就没有想到过呢?那个手电筒,竹子是不可能一直压在枕头下永远不用的。她只要使用,就不可能不被他刘耳的父亲看到。那个年月的生产队,晚上的会又是特别多。几乎每个晚上都有。有时就为了要促进第二天的生产,要激发生产的热情,还常常无中生有地找些身份不好的人胡乱进行批斗,让他们自己检讨近来有没有好好地重新做人,有没有做过什么好事?为什么不做?不做好事的目的又是什么?父亲会不会就是在这样的某个晚上,一眼就认出了那个手电筒?他会不会还编了一个手电筒的什么历史来为难竹子和竹子的母亲?然后把那个手电筒耍了回去?

想想又觉得不对,如果村里曾经闹过手电筒的什么风波,他父亲为什么没有问过他呢?如果父亲拿回了那个手电筒,他后来为什么没有见过呢?一点影子都没有见过。不行!这个事如果村里人一点都不知道,自己最好也不要和扁豆提起,免得那个小家伙冷不防地就会给你一刀。

这个刀,不能让他乱捅!

那么,聊些什么呢?

183

3

……

有一年,村长去找过他刘耳,说能不能搞个什么说法,把明树弄成真的烈士。他当即就告诉村长,这个他肯定办不到。他说他就是县长也办不到。村长就低下头,像断了脖子一样,长长地叹了一口气,就不再说话了。

……

还有,村里有个小伙子,一直想进部队当兵,他的人生理想,就是穿着绿色的军装,扛着真枪,照一张大大的照片,然后寄给家里。让家里把他挂在高一点的墙上,让全村人到他家里来看他的时候,都要微微地抬起一点头。可是体检过了之后,却听说会被隔壁村的另一个小伙子给取代,因为隔壁村的那个小子,去年也过了体检,但最后没有去成。村里的这个小伙子,就让他的母亲提了一只鸡,到县里来找他刘耳,问他,你和武装部应该很熟吧?每年征兵都是武装部的事。但他一时却想不起武装部里有没有他认识的,就说那我问问吧。那小伙子的母亲给他把鸡留下就走了。他让她把鸡拿回去,她就是不拿。两天后他就把鸡给杀了,因为放在屋里鸡老是乱叫,还没完没了地拉屎。鸡的屎是很臭的,臭得他一个晚上都睡不着。可村里的那个小伙子,后来却没能去成。这让他刘耳挺没有面子的,那段时间回家,总是觉得没脸见人。他还拿了父亲的一只鸡去还给他,但人家打死都不要,说吃了就吃了,没事的。但刘耳的心里就是无法了事。

……

还有,村里有一个小伙子,晚上在镇里看电影被抓了。说是在检票进电影院的时候,他有一只手撞在了一个女孩的乳房上。因为人挤人,你的手撞到了人家女孩的乳房是没有太大关系的,这样的事也是经常发生的,也是很难避免的,但是,他的手竟然趁机抓了一下,抓得那个女孩猛地尖叫了起来。就那一声尖叫,周边的人就把他扭进了派出所,后来,又押到了县里关了起来。他家里怕他因此坐牢,就找到了刘耳,但他刘耳哪里敢去替他周旋呢?他从小就害怕警察。一直都怕。

……

这些事,村里肯定是对他有看法的。这些看法,也许就是村里人对他这次回来只是笑笑的却又没有理他的缘故。也许是。也许也不是。由他们怎么说就怎么说吧,一个从村里走出去的人,其实也不是万能的,他往往能做好的只是他的本职工作,有时,就连本职工作都是无法做到最好的。

……

还有……

4

吃完午饭,刘耳就一直在摇摇椅上躺着。他在等着扁豆,眼睛半眯不眯的。铁门也是一直敞开着。他还给扁豆准备了有别于巧克力的一盒台湾凤梨酥。因为在扁豆的家族里，也就是老牧民的一个堂叔，曾住在台湾，是解放前夕跑过去的，去了台湾之后，没有回过大陆就去世了。刘耳就想，如果扁豆愿意，他还可以跟他说说他爷爷那个堂叔的一些往事，他觉得他知道的应该比扁豆爷爷知道的要多得多。但是，那天扁豆却迟迟不见。一直到了黄昏，都没有扁豆的影子。第二天也没有。这让刘耳的心里又空空的了。第三天太阳快下山的时候，刘耳竟恍恍惚惚地朝着扁豆家的方向走去，走了不到二十步就又站住了，然后转身回屋，关上了铁门。

5

院子里的两只鸡，倒是挺无忧无虑的，就像一对幸福的小两口。它们正在鸡屋前的地上寻找着什么。刘耳心想，它们是不是在找吃的，就进屋给它们拿来了两抓米。刘耳没有把米随乱撒到地上，等不来扁豆他就得给自己找点事做，不能让自己空空地闲着。人闲着有时是很难受的。就轻轻地踢着一张小板凳，坐在了它们的边上，然后把手里的米一点一点地撒给它们。看着它们一啄一啄的样子，刘耳的心情似乎就少了一些孤单，就对着它们自言自语地说起了话来。

刘耳说：有你们俩陪着也蛮好的，免得我心里空落落的都不知道该干点什么。有你们真好。谢谢你们，谢谢你小黄！谢谢你，小白！来，再吃点。就又把米撒了一点到地上去。一白一黄两只鸡，就在他的脚前一边捡米一边咕咕咕地低叫着，好像和刘耳很亲近很体贴的样子。

就在这时，从铁门的上空，忽然飞进来一只鸡。是有人在大门外边把它往里抛的，因为被抛了一下，那只鸡便在空中惊叫了两声，随后落到了门内的地上。刘耳甩头一看，那不就是曾经陪了小白一天一夜的那只草花鸡吗？它的腿上还绑着一根小布条，那应该就是扁豆说的从他的拐棍上撕下来的那根小布条。

是谁抛进来的？

是扁豆吗？

那他为什么不敲门？

他便等了一下。他想他会敲门的。因为扁豆的敲门声，会让他有一种久久等待之后的兴奋。他需要那种兴奋。

可是，敲门声就是没有响起。

刘耳扛不住了。他起身就朝铁门扑了过去。铁门的外边却没有扁豆的影子。只有一个高大的背影，正在往进村的方向走去。

那好像是明泉？

对！那就是明泉！

也就是说，那只草花鸡是明泉抛进来的。

是明泉把鸡给他送回来的。是给他的小白的，也是给他刘耳的。他朝着明泉的背影，就大声地喊了过去：

"明泉！"

"明泉！"

不管他的呼喊多么的大声，明泉就是没有给他回头。他竟然忘了，明泉的耳朵是什么都听不见的。他想追上去，转而一想，也许明泉也不想见他，要不他为什么不敲开他的铁门呢？只好眼睁睁地看着明泉的背影慢慢地走进了村子里，最后连背影也看不见了。

刘耳的眼睛里好像忽然飞进了什么东西,他揉了揉,眼睛竟然湿润了。

6

就这样,明泉的草花鸡又回到了刘耳的院子里。按说,刘耳的心情应该为此十分的好,可那天晚上,他却连饭都吃不香了。他也觉得奇怪,觉得嘴巴怎么突然就淡淡寡寡的,塞进嘴去的菜好像忘了放油了,也忘了放盐了,怎么吃都吃不出菜的味道来。

只好草草地收拾了碗筷,准备给自己吃一点三七和山楂的混合超细粉。他的这个吃法已经很久了。每天晚饭后,他都给自己弄上半杯,说是可以预防心血管病,尤其是阿尔茨海默病,当然了,还有利于晚上睡眠。

杯子是通常的水杯,带耳朵的,方便手拿。他先放了一勺三七,然后放了一勺山楂,都是专用的那种勺子,每勺五克,完了再放一大勺的野生蜂蜜,冲了半杯的温水,坐在餐桌边慢慢地搅拌了起来。

按照习惯,他的勺子往往是顺时搅拌的,但今天的刘耳,先是把勺子提了起来,看了看再放了下去,他竟然是反了方向,让勺子在杯里来了个逆时搅拌。他只是慢慢地搅,他知道动作不能太大,也不能太急,太急了杯里的东西就会随着水流飞到杯子的外边来。这可也是常有的事。于是就慢慢地搅,等到杯里的泡沫慢慢地成了一个小小的漩涡了就把勺子停住了,然后,他反着方向,顺时地又搅拌了起来。杯里的泡沫本来是逆时的,忽然反了方向便乱了起来,刚才往前流得好好的,突然遇到了反力就都有些傻了。刘耳知道,从杯的底下,有两股力量在冲撞着他的勺子。但他的勺子已经拿定了主意，他继续顺时搅拌着。也是慢慢地搅。他不希望有水沫飞到杯子的外边来。慢慢地，好像也就几下，原来的那股水流就被反过来的水流给改变了，走着走着，很快也顺畅了起来。其实，杯里的那点东西还是那点东西，关键还是看你怎么搅，你怎么搅它们就会跟着怎么流。刘耳就这样来来回回地玩了好几次。他似乎在一边搅着一边想着什么，又好像只是糊里糊涂地搅搅而已。

脑子里，还是空空的。

空得有点发慌。

第十九章

1

消失了五天之后，扁豆才突然出现在刘耳的大门前。这时的太阳已经快要落山了，扁豆的身背上，披满了夕阳的光芒。刘耳的大门一直地敞开着。扁豆手里的拐棍远远敲过来的时候，刘耳在摇摇椅上猛地就飞起了身子。他看不到扁豆身背上的那些金光。他看到的扁豆，好像站在一个毛茸茸的光圈里。他觉出现在门前的扁豆，真是美极了，就像披了传说中的那层佛光。

"这几天你跑到哪里去了？"

扁豆没有回话，只是披着那道金光，拐棍一点一点地敲着地面，朝刘耳走近。

"你没听到我问你吗？ 这几天都到哪里去了？"

"有事有事。办事去了。"

"你去办事？ 你办什么事呀？"

"我现在不能告诉你。"

"又是不能说吗？"

"能说能说，但现在不能说。现在说出来说是有点不太吉利。"

刘耳的眼神怔了一下，只好暗暗地往心里哦了一声。他看见扁豆的眼睛已经紧紧地盯住了茶几上的那盒凤梨酥，于是就告诉他是给他的，都放了几天了。扁豆笑笑地就拆开了凤梨酥，话也不说就吃了起来。

"好吃吗？"

"好吃。对我们这些村上的小孩来说，没吃过的东西都是好吃的。你要吃吗？"扁豆把那盒凤梨酥递给了刘耳。

刘耳摇摇头，他不吃。他只想知道扁豆这几天干什么去了，可扁豆就是不说，便不再追问。等扁豆连连吃了三块凤梨酥后，他对扁豆说："我们到外边走走吧。这几天我天天躺在椅子上等你，憋得全身的皮肉都在发紧，你陪我去哪里散散步吧。"

扁豆说可以，因为几天不来，似乎也亏欠了刘耳一点什么，就先从茶几边站了起来。刘耳走过来的时候，腿上突然一个趔趄，身子歪歪的差点就要倒地，扁豆急忙把手里的拐棍递了过去。他说：

"你是腰不好还是腿不好呀？"

"没有没有，走走就好了，走走就好。"但他的手已经不由自主地接过了扁豆的拐棍。他用拐棍试了试，觉得用拐棍和不用拐棍，腿上的力气还真是不一样。有了扁豆的拐棍，力气一下就多了好多。刘耳看了看那根拐棍，然后又去看了看扁豆，再看了看扁豆的那条腿。他问：

"你不用吗？"

"可以不用。慢慢走我可以不用。"说着伸出那条腿给刘耳抖了抖，似乎已经没有问题了。也就是说，他一直拿着拐棍只是在装装而已。装来干什么呢？刘耳不知道。现在的小孩和他们小的时候，脑子里的东西是越来越不一样了。但刘耳没有多想，就点着扁豆的拐棍，和扁豆一起往外走去。

2

刚出门外,刘耳突然就内急了。但铁门已经关上,他像老狗一样熟悉地看了看曾经和扁豆一起站着撒过尿的墙根,一边掏出东西,一边就走了过去。

刘耳的那泡尿,让扁豆等了好久。他看见刘耳把脑门都顶到了围墙上去了,似乎他的那泡尿,如果不头顶着围墙,就怎么也撒不完。他记起他的爷爷也这么顶过,但他爷爷那次顶的不是墙,而是一棵柚子树。就是那一次,爷爷差一点就进了医院了。如果不是在村头碰着了那老人家,那天的爷爷就进了医院了。

眼下的刘耳,会不会跟那天的爷爷是一样的? 扁豆就走上来问道:
"怎么回事? 是撒不出吗?"

刘耳把东西甩了甩,就收了起来。他对扁豆说:
"这两天主要是情绪不好,情绪不好有时就会这样。走吧走吧,走走可能就好了。"

3

"往哪走呢?"扁豆问。

"随便吧。要不这样,你看在哪个地方往下看看村子比较好看,尤其是能看到香女家的那栋房子。她不是说她的那栋房子是村里最好最气派的吗? 我们就到远处看看就好了。"

"在外边看不出来的,除非她让你到她的家里去。不过在外边看看也可以,也蛮气派的。"

俩人就往水轮泵的那个地方走去。那个地方有一个高台,水轮泵早就消失了几十年了,连影子都没有了,但那个高台不知为什么却一直留着,就像有些地方一直留着古人的某一个城头一样。在那个高台上看看村子,角度还是极好的,尤其是霞光横照的时候。

好不容易爬上了那个高台,刘耳刚想了一下和明树、明通当年的某个情景,突然又有点尿急了,因为刚才只是要出不出的,最后又没有撒出来。但他不想从高台上下去了,下去了待会又要爬上来。他让扁豆看一看风是向哪个方向吹的,让扁豆与风向错开,一边说一边已经把东西掏了出来。

扁豆问:

"你是不是喝水喝多了?"

刘耳说:

"没有没有。我都没有喝水。我连饭都吃不下,我吃了两口就放下了,现在还在桌上呢。"

"是身体不舒服吗?"

"不是。只是不想吃,没味。"

"你肯定是忘了放盐了?我爷爷煮菜就经常忘了放盐。"

"我放了。"

"那就是没有放鸡精。我爷爷不喜欢吃鸡精,他就经常有意不放。"

"我放了,就是吃起来没有味道。"

"不会吧?难道就因为我?"

"也是也不是。就是吃不下。"

"那你就是想城里的什么人了。"

刘耳的脸色忽然一沉，他没有回话。他不想回他这个话。他怕一不小心会掉进什么坑里。

"是不是想你儿子了？"

我的天啊！扁豆肯定是无意的，他的嘴巴也许只是顺着他的心思随口一说，可刘耳的心猛地就抽搐了一下，抽搐得有点痛。他似乎还是不想回他的话，但不知怎么，嘴巴动了动，却突然说道：

"我想他干什么呢？他又不是小孩。"

如果儿子还是个小孩那倒好了，他宁愿从现在起天天背着他去上学，那就不会像现在这样整天提心吊胆的了。可天下哪里有这样的事情呢？他那颗抽搐的心在告诉他，他现在想什么都已经晚了，现在只剩了默默地等着突然天塌的那一天。

如果真的天塌了怎么办呢？

刘耳不知道怎么办。如果不是扁豆的小嘴巴突然乱问，他真的希望自己把儿子给忘了。当然，他也知道他是做不到的。他跑回村上，只是为了躲开那种眼见的心跳。

因为没有地方可以顶住脑门，那憋着的东西还是要出不出的，他甩了甩，还是出不来，站着站着刘耳只好又把东西收了起来。他看了看夕阳下的村子，竟然忘了问问香女的房子是哪一栋。在他的脑子里，眼下的哪一栋都差不多，就连他的那个家，在夕阳的光照里也都是一样的。不就是住人的一个房子吗？关键是住在里边的人饭吃得香不香，觉睡得甜不甜。想了想，突然对扁豆说：

"我好想到你们家里去，和你爷爷坐在一起随便吃点什么。吃什么都行。"

扁豆就告诉他：

"我跟我爷爷说过你信不信?"

"那今晚就去你家好不好,我带上酒,让你爷爷炒一碟黄豆,然后打两个鸡蛋下去就行了。那个菜叫什么马打滚,特别的好吃,你吃过吗?"

扁豆摇摇头,他说:

"我爷爷说现在还不行。如果现在让你到我们家里吃饭,那理由是什么呢?如果没有说得过去的理由,村里人会对我们家有看法的。村里人的嘴巴可不是天天光吃青菜的,到时候我们就说不清楚了。"

刘耳的脸色只好沉了下去,他嘟嘟地告诉扁豆:"你知道吗?我这两天不想吃东西,吃什么都不香,其实就是想到村里去怎么吃一吃。吃什么都行,只要方便,进到哪一家就吃哪一家,碰到什么就吃什么。比如鸡油饭,比如草木灰煨的芋头拇,或者碰着哪家给小孩做的布袋饭,给我咬上一口也是好的。或者在谁家的地里吃到几个红薯窑做的那种红薯。"

扁豆忽然就想起了刘耳家的那个大冰箱,他真想给他说句什么不太好听的话,可想想今天的刘耳好像心情不是很好,就又咽了下去了。

这个时候的太阳已经完全下山了,从山底反射上来的光芒,也慢慢地越来越淡了。刘耳发现扁豆好像懒得跟他接话了,就说:

"走吧,我们回去吧。"

俩人就从水轮泵的高台上爬了下来,可没走几步,刘耳就又站住了。他扯了扯裤子上的拉链,掏出东西,又是尿急了。

扁豆心里就说,这个老头今天怎么啦,尿这么多,就偷偷地看了过去,他发现刘耳其实没尿出什么,只是傻傻地站着,就问:

"你是不是老是觉得有尿,胀胀的,可就是撒不出来。"

刘耳说：

"你怎么知道？"

扁豆说：

"我爷爷那回出事就是这样呀，我跟你说过的。"

4

扁豆突然想起，刚才在水轮泵高台上的时候，忘了告诉刘耳，哪一栋房子是香女的房子了。刘耳就说，她家的房子不是不在村子的中间吗？我好像也路过过，但我没有留心。俩人脚下一拐，就往香女家的豪宅走去了。那是在村子的南边，房屋的建材，房屋的坐向，包括房子的格局，都是其他的瓦村人想都不敢想的。扁豆刚一走到墙边，就把手摸在了那条长长的琉璃砖带上。那是香女家外墙的一道风景。光怪陆离的琉璃砖，把整个房子长长地围了一圈，重要的还不仅仅是长，而是长长的琉璃砖上，绘满了一个又一个的男男女女，全都是古时候的，有些露着胸，有些还光着腚。也不知道他们在干什么，看上去只是觉得花花绿绿的，挺好玩的。扁豆一边摸一边就往前走，但被刘耳叫住了。因为他走的是顺时针。刘耳朝着相反的方向给扁豆指了指，他让他反着走。这是刘耳在瓦城养成的散步习惯。这也不是他刘耳的习惯，而是所有老年人的习惯。也不知道是什么人最早说出的这个道理，说人老了，散步的时候一定要逆时行走，只有这样，你才能拉长与生命终点的距离。这种暗示对人的生命是不是真的有用，刘耳不知道。反正大家都是这么走的，你就跟着就是了。扁豆不知道刘耳为什么叫他反着走，也不问。如果不是刘耳要看，他扁豆对香女的房子早就没有兴趣了。他已经看过不知多少遍了。再说了，他又不是那些光棍，他看她的房子那么多干什么呢。

香女那栋房子的外边，也就是靠近围墙的泥地里，种了很多很多的花花草草。有的种久了，都长成了不大不小的树木了。趁着天还亮着，还没有黑下来，刘耳就把那种大大的花树，一棵一棵地过了一遍。他心里明白，香女这个女孩子还是在城里认真地住过一些日子的，因为很多花树，村上是没有的，只有城里的花园才有，或者说，是城里有钱人家的花园里才有的。可见，那个水城老板给她弄这个房子的时候，她把她在城里养成的很多心思，都尽量地给移回村上了。

"不错！真的不错！"

刘耳在嘴里由衷地说道。

"你说什么？"扁豆问。

他走在前边没有听清刘耳在说话。

刘耳说："没说什么。"

扁豆说："我听见你说了。"

"我没说。"

"你说了。"

扁豆就站住了。他觉得他的耳朵是没有问题的，就回头看着刘耳。刘耳正站在一棵一人多高的玉兰树下。扁豆就说：

"你是不是想在那棵树下撒泡尿呀？我刚才也在那里撒了一泡。我是往墙那面撒的，你没闻到吧？也许还有点你给的那个巧克力味。我发现吃巧克力撒尿总是有点臭，你有没有发现呀？"

扁豆说完就嘟着小嘴，朝刘耳吹响了几声口哨。扁豆这么一吹，自己的心情是舒畅了，可刘耳却麻烦了，就像是当兵的突然听到了号

197

子响，身子忽然就抖了起来，抖得他的腿根忽然就酸起来了。

他的内急，真的又来了！

刘耳急急地就拉开了拉链，站在香女的那棵玉兰树下，走不动了。

问题是，拉链是裤子上的拉链，跟他身上那个地方的开关是没有关系的。刘耳的尿还是撒不出来。

也许是扁豆的口哨有点尖锐，还有点缭绕，坐在院子内的香女，耳朵痒痒的，忽然就听到了。她咳了两下，又咳了两下，随后就传来了她打开铁门的声音。

扁豆朝着刘耳，慌忙低声喊道：

"走走走，她好像出来了。她最恨的就是村里的男人们经常在她的这些花草下乱撒尿，快点快点，走走走！"

刘耳却走不动。他就么站着，傻傻的，也不知道如何是好。

香女的脚步声很轻，但他们还是听到了。听到她真的已经往外走来了。

扁豆往回赶了几步，想拉着刘耳快走，刘耳却推开了他的手，他说："别动！"

好像扁豆一拉，他的身子就会散架，就会突然瘫倒在地。

其实，香女已经走到了他们的身边。

她朝他们空空地咳了两声，问道：

"怎么回事？"

刘耳说：

"对不起对不起！我不是有意的。"

香女说：

"我是问你怎么回事？"

刘耳看了一眼扁豆,又偷偷地看了一眼香女,嘴里支支吾吾的,已经不知该怎么回话了,他只说:

"胀……胀……胀……"

香女猛地又咳了两声,吼道:

"什么胀胀胀的?"

"尿……尿胀……"刘耳说。

"尿胀你就拉呀,拉尿你不会吗?拉吧没事,好多人都在这棵树下拉过的,不多你一个。拉吧拉吧,没事。"

"我……我……我拉不出来!"

"我又不骂你,为什么拉不出来?"

"不知道。"

刘耳又说:

"可能是哪里堵住了。"

"怎么会堵呢?"

香女又说:

"你拉出来抖几下就好了的。"

香女一把就抓住了刘耳,伸手去帮他拉拉链。她的手没有拉着,只在那里扑了一个空。刘耳的拉链早就一直打开着的。香女的手顺势往里边探了一下,但马上就抽了回来。她看着刘耳,说道:

"你自己掏你的,你掏出来抖几下看看,要不就跳几下,像跳绳那样,跳几下可能会自己出来的。跳绳你会吗?"

香女的动作让扁豆有点惊讶,他把身子猛地插了过来,挡住了香女,他觉得香女不应该这样看到刘耳尿尿的东西。他觉得不好,很不礼貌!他觉得她如果看到了对刘耳也不好,会让刘耳很丢人的,虽然旁边没有别的人，也就他和香女，可日后刘耳只要想起来，还是会觉得很丢人的。他拉住刘耳不让他抖，也不让他跳。他说：

"不能乱跳，乱跳会把尿包震破的，就像气球爆炸一样，嘭的一声，那样你就完蛋了。这是老人家说的。看来只能让老人家来帮你弄了。"

"她会弄吗？她那么老了，她怎么弄？"香女问。

"她会。我爷爷就是她帮弄好的。"

"那你还不快点去叫她，去呀！"

扁豆跑了两步又回过头来。

"我叫她去哪里呀？去他家还是来这里？如果来这里，你就先扶他进你家去，把他放在一张床上，等我把老人家叫来好吗。"

"我家里哪有床啊，我就一张床。算了，我扶他回他家里去吧。"

就把刘耳扶走了。

扁豆的拐棍，就靠在香女的那棵玉兰树下，刘耳已经忘了拿了。

5

刘耳让香女把他放在院子里的摇摇椅上，刚一躺好，扁豆和老人家就进来了。扁豆的手里已经有了一把葱叶，不知在路上进了哪家菜园偷的，就连筷子，也在了扁豆的另一个手上了，估计是在老人家的家里顺手牵羊的。

扁豆问要不要扶进屋里的床上，老人家看了看刘耳躺在摇摇椅上的样子，她说：

"不用了，就让他这样躺在他的摇摇椅上吧，免得导尿的时候还要找东西装尿。"

扁豆就替刘耳多说了一句：

"你想让他，就这样把尿导到椅子下边的地上呀，不好吧？"

老人家说：

"有什么不好呀？他的尿他自己闻一闻有什么不好啦！"

然后示意扁豆，快把刘耳的裤子给脱了。扁豆手快，一二三四就把刘耳的裤子给丢到了一旁的茶几上，嘴里还给刘耳低低地说道：

"有一点点丢人，没有关系吧？"

"没有关系没有关系。"刘耳说，"你知道吗，我这个病住过医院的，每天都有护士来床前检查，其实就是拿酒精来帮消毒消毒，你知道她们消毒吗？就是东翻西翻的，像玩一条要死不活的虫子。"

扁豆忽然就笑了，他问：

"是男护士还是女护士？"

"护士都是女的，哪有男的。"

扁豆又笑了，笑得咯咯咯的如同鸡叫。没有等他笑完，就被老人家一手推开了。她两下三下就把准备好的葱叶用筷子送进了刘耳的东西里，转头示意扁豆过来帮吹一吹。扁豆刚要弯腰，旁边的香女突然咳嗽了一声，她抓住扁豆脖子后的衣领一提，就把扁豆给推到了一旁。

香女说：

"我来吧，我也好久没有碰过男人的东西了。"

说着就跪到刘耳的两腿中间，一边用手轻轻捏住刘耳那点蔫瓜一样的家伙，一边把嘴凑了上去。

这时，老人家在边上说了一句：

"也好，等我哪天突然走了，以后村里的男人就交给你了。谁要是出了这个毛病，你就这样给他们弄弄就好了。"

第二十章

1

一进门,扁豆就问刘耳:

"你那天好像跟我说过,说你好想进村里去吃点村里的什么东西,进哪一家都行,吃什么都没有关系。"

刘耳说:"对对对,只要到村里去,碰到什么就吃什么,吃什么都可以,比如红薯,比如芋头,比如南瓜粥呀什么都可以,如果碰到玉米粥那就最好了。"

扁豆就说:

"我跟我爷爷又说了,他说你这个心思不错,一来呢,可以满足你小时候吃过的那些东西,证明你还没有完全忘了本;二来呢,可以通过吃,和村里人套套近乎,说明你有了改过自新,重新做人的想法。我说爷爷你又在乱用词了。可我爷爷说,他这不算是乱用词。我说改过自新重新做人,那是对有了罪的犯人说的,我说你又不是什么犯人。我爷爷就对我说,你才不懂呢,他不是犯人但他可以算是犯人,如果不算是犯人怎么会回村里来呢?我爷爷说,我们隔壁村有个人,有一年就是因为在外边乱说了两句什么话被放回村里的,后来那个人的家门口,就贴了这么两句话,一句是悔过自新,一句是重新做人。我爷爷还说,那个人他不说你也知道是哪个人。那个人后来没有等到平反,就死在村上了。你还记得那个人吧?"

"记得记得。"

但刘耳告诉扁豆:

"我和他不一样。我是自己回来的,他是被政府发送回来的。'发送'你知道是什么意思吗?"

扁豆好像对"发送"这两个字不感兴趣,他只说:"对嘛,我就说你和那个人是不一样的,可我爷爷硬说一样。他说有一些东西是一样的,就是需要悔过自新,需要重新做人。"

"你爷爷就是喜欢乱用词。"

"但我爷爷给你出了一个主意。"

"什么主意?"

"我爷爷说,关键是你要选好先吃哪一家,吃错了可就完蛋了。"

"先吃你家就好了。"

"那不行!我跟你说过的,不行。"

"你为什么老说不行?"

"不行就是不行!我跟你说过的。"

刘耳只好收住了嘴巴。

扁豆说:"我爷爷讲,你本来先吃老人家是最好的,她年龄大,人们也怕她,村里人说谁都不敢说她的,谁要是敢说她的闲话,那等于自己找死。"

刘耳心里说,道理是这个道理呀,可这不是白说吗。她拒绝他的那碗玉米粥,可是全村人都知道的。

扁豆说:

"我爷爷后来帮你想出了一个万全之策,他说你应该先考虑考虑怎么跟那些光棍们一起吃。你只有跟他们先吃,村里人才可能不说闲话。关键还不是这个,关键是,你要是能把那些光棍们一起吃高兴了,往下呀,全村人可能就全都跟着高兴了。"

刘耳顿时就兴奋了起来。他说:

"'万全之策'这个词,是你说的还是你爷爷说的?"

"我爷爷说的。"

"那这个词你爷爷用得不错。"

扁豆的脸上就闪出了一层得意的笑,笑得像阳光似的。

"那我怎么才能跟他们吃上呢?你爷爷有没有说怎么吃?上次你不是说,他们一只鸭就可以搞定了吗?我给他们搞两只,三只五只都可以。"

"五只哪里吃得完,他们一顿顶多也就两只。两只够了!对他们来说,重要的也不是吃,主要是喝,还有聊天吹牛。哎,你不是说你给三只手喝过茅台吗?我先帮你跟他们说一说,说你救过三只手,到时你也拿茅台给他们尝一尝?"

"没问题呀!可以!"

扁豆好像也来了兴趣了,他问:

"茅台真的很好喝很好喝吗?"

"真的好喝!我就跟你这么说吧,全世界最好喝的酒可能就是茅台。你有没有听你们老师说过,很多外国总统到我们中国来,我们给他们喝的,全都是茅台。"

"那我到时也喝一杯试试。"

"只要你能喝，我到时给你喝两杯三杯都可以。"

"好！那我帮你先跟会长聊一聊。"

2

几天后，扁豆告诉刘耳，他把会长搞定了。刘耳一下就兴奋了起来。

"他怎么说？他定了哪一天？"

扁豆却不急。他说：

"你先别这样高兴好不好，我只是告诉你，说我帮搞定会长了，我又没说我搞定了那帮光棍。"

"搞定了他不就搞定了那帮光棍吗？这话是你说的。"

"那就得看你了。"

"怎么回事？你说你说。"

"会长说，你要先到他的家里，你跟他，你们两个人，先单独面对面地喝一顿，喝完了他再决定让不让你跟光棍们一起吃。"

刘耳吓得脸色忽然就变了。他瞪着眼，看着扁豆。他想看看扁豆的眼神里，有没有藏着什么诡异的东西。好像有，又好像没有。但他还是给扁豆点了点头。他不想错过这个机会，错过这个机会，以后也许就会更加头疼，就像他眼下老为儿子的事头疼一样。儿子的事他其实是有很多机会让他今天不这么头疼的，可是……可是真的都错过了！

刘耳给扁豆说：

"可以。先单独就先单独呗。"

扁豆的目光忽然就像闪出了一道鬼火，他歪着头，斜看着刘耳，像在偷窥，又像在审视一条遍体鳞伤的老狗。扁豆说：

"你难道不先想好好地想一想，想一想他为什么要先单独跟你搞一餐？"

他怎么知道为什么呢？

刘耳摇摇头。看着扁豆。

"他说了为什么吗？为什么要单独跟我先喝一餐？"

扁豆也摇摇头。他说不知道。

可扁豆又说："那你可以猜猜嘛，你可以猜猜他为什么要先跟你搞一餐？"

扁豆说的那个"搞"字，让刘耳心里总是有点毛毛的。他说：

"怎么猜？我不知道怎么猜。"

"那你就猜猜我爷爷怎么猜的。"

"你跟你爷爷说过？"

"当然说了。我跟我爷爷一说，我爷爷就猛地拍了一下大腿。"

"他拍大腿干什么？他怎么说？"

"我爷爷说，那这一餐你死定了。"

"我死定了？你爷爷什么意思？"

"这一餐他肯定会想办法怎么收拾你的！我爷爷说，他肯定会收拾你。"

刘耳的心里就更加毛毛的了。

"那你说，他会怎么收拾我？"

"我怎么知道。"

"你就说你爷爷怎么说吧。"

"我爷爷只说你死定了，然后就不说了。"

"你也不问问？"

"我不问。我只是觉得有点好玩。"

"好玩？你爷爷那个老牧民他说我死定了，你还觉得有点好玩？"

"你不觉得好玩吗？"

"不好玩。"

"好玩！"

"有什么好玩的？"

"你自己想呀！"

刘耳不敢想。他对扁豆说：

"那你帮我想想吧，你想想他会怎么收拾我？"

扁豆摇摇头，说：

"这个我不敢帮你想，我要是想歪了，你睡不着我怎么办？"

"不就一餐饭吗？没有那么严重吧？"

"很难说。你想吧，一个男人因为你不给人家借钱，就这样可能要打一辈子的光棍了，他心里会是什么恨？心里有恨的人，什么事会做不出来呢？"

"他不会杀了我吧？不会的。肯定不会！到时我把你也带去，到时你就坐在我的旁边，有你在，他不会动我的。"

"很难说。"

扁豆似乎咬了咬牙，咬得几乎没有声音，但刘耳好像还是听到了。刘耳说：

"我们俩这么好，他要是真的对我动手，你就帮我跑出来喊人好不好？"

"喊谁？"

"喊你爷爷也可以呀。"

"那你觉得我爷爷他会帮你吗？"

扁豆就一脸的严肃，他告诉刘耳：

"我告诉你吧，搞不好我爷爷还会和会长合起伙来收拾你，你信不信？"

"为什么？"

"不为什么，因为他们都是村里的人。"

"那我也是村里人啊。"

"你是村里的人，但你不算是村里的人。"

刘耳知道扁豆这话是什么意思，脸色就又沉了下去了。看见刘耳久久没有说话，扁豆就说：

"你刚刚不是问我定在哪天吗？会长说了，三天后，也就是明天、后天、大后天的晚上，你现在还有两个晚上可以先考虑考虑，要不要单独跟他搞这一餐。如果不搞，就说一声。由你定。"

扁豆说完起身走了，他说他有事要到老人家的家里去一趟，走到门口的时候，又回头问了一句："那天你把我的拐棍扔在哪里了？我得去找一找。"

刘耳把扁豆又上上下下地扫了两眼。他说："你不是可以不要拐棍了吗？"

扁豆忽然就笑笑的，问道：

"诸葛亮你知道吗？"

扁豆的话问得没头没脑的，刘耳不知道怎么回话。他提防着这个小家伙会不会又要给他挖什么坑，然后一脚把他踹进去。他等着扁豆自己说。扁豆看见刘耳的嘴巴闭得紧紧的，就说：

"诸葛亮手里是不是老拿着一把什么扇?"

刘耳点点头。

"是一把鹅毛扇。"

"那你说,他那把鹅毛扇有什么用? 他为什么天天拿在手里。"

刘耳没有点头,也没有摇头,这个小家伙真是不一般,一会是人一会是魔。扁豆却不再多说了,他转身就找他的拐棍去了。刘耳被丢在那里,像个要饭的流浪汉,手里在空空地托拿着一个残缺的碗。

3

扁豆一走,刘耳就觉着摸不着头脑了。他觉得脑袋好大,大得就像惹了马蜂窝似的,感觉是又肿又大,大得都摸不着了。每次伸手到顶上往下摸,竟像是摸在一个圆圆的木球上,好像那不是他的脑袋了。脑袋里好像也是空空的,又好像堆满了那顿饭的各种胡思乱想。

会长那个小子,听说曾经跟村里的三只手学过几天小偷,可是没学多久,就看到有人被打得鼻青脸肿的,吓得当场就尿湿了裤子。当天晚上,就趁着天黑,也不跟三只手打一声招呼,就跑回了家里。有人说,如果他胆大一点,如果他硬着头皮跟三只手好好地再学几天,那他想去广东打工的钱早就有了,去三百次应该都没有问题了,弄不好每年坐几次飞机到广东都是可以的。当然了,当小偷不好,他不当小偷这是对的。可这么一个胆小的人,怎么就能当上瓦村光棍活动委员会的会长呢? 难道那些光棍都是胆小的,比会长的胆子还要小? 有这种可能,完全有这种可能! 不说这个年月撑死胆大的,饿死胆小的吗? 是不是就是这个道理。刘耳就想,既然他胆子那么小,去他家的这一餐，也就没什么可怕的。可他的脑袋晃了晃，又觉得不对！他觉得有些胆小的人，胆子小的时候那胆子也许只有黄豆那么大，可要是被什么热水泡开了，会比花生米还要大。他定的那一餐不是明天后天大后天吗？他这可是整整泡了三天啊！他的胆子要是真的泡大了起来，也许……也许什么事他都做得出来。

这么想的时候，刘耳忽然发现，他身子下边的摇摇椅，好像一直在自己摇来摇去的，摇得他有点害怕，赶忙从摇摇椅上挪下来，然后进屋拿了两抓米，用脚轻轻地带了那张小小的塑料凳，一边招呼着他的小白，一边朝它们走去。

"过来，小白，你们都过来。"

他朝它们咕咕地叫唤了两声，往远处撒了几颗米，小白就带着草花和阿黄，朝他跑了过来。

刘耳又给它们撒了一些，往他面前的四周撒，想把草花和阿黄从小白的身边引开，然后，他朝着他的小白，把手上的米全部亮给它。那小白竟然也不怕，它左右地晃了晃脑袋，看了看左边的草花，又看了看右边的阿黄，甩了甩红得火一样的鸡冠，就朝着刘耳手心上的米叮了过来。刘耳让它叮，叮了不到几颗，突然顺势一抓，就抓住了小白的一只脚，吓得左右两边的草花和阿黄，都原地腾空而起，惊叫着飞到了远处。

刘耳把手里的米，就全部撒到了地上，两只手只紧紧地抱住他的小白。

"没事没事。"他对小白说，"我只是想和你说说话。我们说说话吧，好吗？"一边说，一边斜眼去看了看扁豆走后没有关上的铁门。

铁门外边空荡荡的，没有任何人影。

刘耳对小白说：

"大后天的那餐饭，你说去还是不去？"

他把下巴放在了小白的头上，不，是贴在小白那红得像火的鸡冠上。小白身上那股暖暖的体温，一下就传到了他的脸上。暖暖的，就像儿子小的时候，他把儿子的小脸贴到了自己的脸上。

"你给我说说，我去吗？你要是觉得可以去，你就给我咕咕两声，算是给我壮壮胆也可以。"说着，也许是知道小白是不会吭声的，就在小白的屁股上拍了拍，拍得小白就咕咕地叫了两下。小白叫完了刘耳又觉得不对。他说：

"不行，刚才是我拍了你你才叫的，你能不能发自内心地自己叫两下。我不拍你，你自己叫，来，你自己叫。"就托着小白，把小白托到了眼前的空中。

也许是觉得刘耳要放了它，小白真的就又叫了两声。或许是叫出的声音有所不同，草花和阿黄都朝它看了过来。

4

当然是扁豆带着刘耳去的。

路上，竟然没有碰上村里的任何一个人，就连村里的狗，好像都没有面对面地看到一条，这让刘耳多少有种不祥的预感，像是为了这一餐，那会长做了什么手脚了，或是请了什么高人，事先给做了一场什么法事，弄得整个村子都静悄悄的像在实施什么预谋。

会发生什么事吗？

刘耳真的有点心慌，他的脑子乱乱的，又像是空空的，手里拿着的一瓶茅台，都生怕会突然掉到地上。他朝扁豆哎了一声，把走在前边的扁豆叫住了。他把茅台递给了他。

"来，你来帮我拿！"

扁豆的目光也挺毒的，接过酒的时候，他发现刘耳的手在暗暗地发抖，就给了刘耳一句：

"你好像有点怕？"

"怕什么？"

"怕去吃饭！"

"这有什么怕的？我不怕。"

"那我看见你的手有点在抖。"

刘耳就看了看自己的手，他说：

"抖吗？没有抖吧？"

他把手给扁豆甩了甩。扁豆却说：

"你自己看呀，是不是在抖？你自己好好看看。"

刘耳把手又甩了甩，但他不能停。他一停，那只还真的有点抖，只好又甩了甩，他说：

"我这是老了，人老了都这样。你今天回家好好看看你爷爷的手吧，多多少少都会抖点的。"

"那是两码事，我爷爷的手每天都抖。他那是自己抖，和你不一样。"

"有什么不一样？"

"你是怕，我知道的。"

说得刘耳心里又是空空的，空得都有点发凉了。他想这个小孩怎么这样呢？如果他是他的孙子，他会往他的屁股上连打几个巴掌。

5

那瓶茅台酒，会长没有打开。接过之后，他只看了一眼，就把它放到了堂屋的香火台上，那里有他爸和他妈的照片，都是黑白的，因为时间的熏染，已经变色，变成烟黄烟黄的了。照片的前边，是供神和供先人用的一个香炉，那是黄色的，是我们中国人最最喜欢也最最说不清楚的那种皇帝黄。有人说，一看到那种皇帝黄，养在身子骨里的那些小太监，就会上下乱窜，从发梢一直到脚趾尖，让人会随时地准备着低头弯腰，然后扑通一声跪下。香炉里早就积满了灰，都满到了炉子的外边来了。也许，这就是光棍的日子最真实的某种写照。灰上插有很多不知多少个节日留下的香梗，香梗的顶上全是烧得灰黑灰黑的，如果眯细着眼睛，蒙蒙眬眬地往那里看过去，那些灰黑灰黑的香梗像极了一堆正在集会的人头。

会长的家，灯光很亮。会长的光头也很亮。刘耳一进屋就被灯光和会长那亮闪闪的光头晃得眼睛难受。当然，最难受的还是他的心，他像是一直双手端着，他的手只要一松，他的心就会摔到地上，摔得鸡零狗碎的。

进了屋，扁豆一直站着，也不敢找凳子坐下。刘耳刚用下巴给了扁豆一个示意，让他到自己身边坐下，却看见会长几乎同时地挥挥手，把扁豆赶到了门外。

"娃崽卵，到外边去。"

"让他一起坐坐嘛。"刘耳给扁豆努力了一句。会长却不理会，连看都不看刘耳。他说：

"等下我们大人要有很多的话要说,你娃崽卵不能听的,回你家吃饭去吧!你爷爷应该找你了!"

身边没有了扁豆,刘耳的心突然就散架了,连一个支撑的小木棍都没有了,这时,他才想起扁豆和他的拐棍,那根拐棍那天被他扔到哪里去了呢?刚才走来的时候,扁豆的手里有没有拿着拐棍,他竟然也一点印象都没有了。看来他是真的慌乱了,慌得都丢了神魂了,他赶忙把目光投到门外,想看看扁豆的手里有没有拿着那根拐棍。

门外,却看不到扁豆了。

6

会长的桌面上,只有一碟刚刚炒好的玉米籽。在村上,有一种炒玉米是很好下酒的,比黄豆和花生米更好下酒,那是用了瓦村的糯玉米加工成的。所谓加工其实很简单,就是先用水煮,煮得差不多的时候,就撒进两勺石灰粉,再煮,一边煮一边不时地搅拌搅拌,搅到锅里的玉米一粒粒地爆开了外衣,随时都会自己脱落,这就可以停火了。然后就倒到一个竹筐里或者水桶中,然后拿到河边,然后顺着水流,把石灰给冲掉,一边冲一边用手搓,可以使劲也可以不使劲,这个没有关系,主要是把爆开的玉米皮给统统搓掉。完了就是放在屋外晒干,或者风干,干透的玉米粒是很美的,是透明的,亮晶晶的。如果你是一个农村人,你要是觉得它们像珍珠一样,那你倒是俗了,你的两条腿已经不是站在乡下的土地上了。因为你认识的珍珠那是挂在女人脖子上的,是只能看不能吃的,那是城里的男人吃饱了没事做拿来哄女人开心的。村上人不玩这个,村上人要的只是美味,只是如何吃得舒服。他们会把晒干的玉米粒好好地收藏起来，等到想吃的时候，就随便抓上三抓两抓，放到炒菜锅里慢慢地炒，炒得香香的、酥酥的，既不用放油，也不用撒盐。你要是放了油盐，反而会把玉米的味道变成油香了，变成盐甜了，那就不好了。天下有不少绝美的食材，吃的时候都是不需要油盐的。

但刘耳一眼就能看出，会长的这碟炒玉米并不是那一种，而是没有任何加工的普通玉米，还不是糯的，是吃起来硬邦邦的，会让你的牙齿和那些硬邦邦的炒玉米发出咔咔的响声。那响声很刺激，也很可怕，就像深更半夜时，有两队黑社会人马，在巷子的深处混战，有的用刀乱砍，有的胡乱开枪，天又黑麻麻的，谁都看不到谁，最后受罪的并不是你的牙，而是托在耳根的两边下颌骨，像是被人给偷偷地敲松了，弄得整个牙床都在发酸，没有三天五天都无法回到原状。除非你不吃，或者少吃一点，可是刘耳，他能够少吃或者不吃吗？

刘耳当然不敢！

刘耳在等着会长把筷子放上来，会长却空着手，对刘耳示意道：

"手抓手抓，手抓就可以了，不用筷子，不好洗。"

不好洗？

不好洗是什么意思？

无量让他们帮他拿钱回村给他，除了香女，一个都不愿帮，是不是也是因为担心不好洗？不好洗是乡下的一种反话，但再怎么反，刘耳还是听得懂的。刘耳没有吭声，也不好吭声。

随后，会长拿出了一瓶酒，还有两个一次性使用的塑料水杯。这种杯子，喝完了就可以扔掉，像扔垃圾一样，是不用洗的，也就无所谓脏不脏了。他把一个放在自己的面前，一个往刘耳的面前慢慢地推

215

过来,一直推到了刘耳的手边。刘耳的两只手,一直趴在桌面上,好像不那么趴着,就会坐不稳。刘耳刚接过杯子,会长就拧开了手里的酒瓶盖。刘耳连忙说:

"喝茅台吧。我拿的那是茅台。"

会长没有理他,好像没有听见。他先给自己满满地倒了一杯。

刘耳又说:

"你喝过茅台吗?茅台可是中国名酒,也是世界上最好喝的白酒。我们喝茅台吧。"

会长还是没有理他,而且把酒瓶横到了刘耳的杯子上。刘耳只好把手拿开。他只是眨了眨眼睛,就看到会长已经咕咕咕地给他也满满地倒了一杯。刘耳心里便暗叫了一声完了,这满满的一杯,至少有四两吧,要是喝完这一杯,今晚就完蛋了。不喝是肯定不行的,搞不好喝完这一杯还会有第二杯第三杯,甚至第五杯第六杯。只要你还能坐着。他便对会长说:

"多了多了,我喝不了这么多的,我喝不了的。"

会长还是只当没有听见。他放下酒瓶,对刘耳说:

"来,我敬你!"

说着抓起酒杯,朝刘耳举了过来。

刘耳说:

"不不不,我敬你,我敬你。"

没等刘耳收嘴,会长已经一口喝光了,还把杯子倒了过来,让刘耳看杯底。刘耳便抓起了酒杯,闭着眼睛,让自己也像会长那样,闻都不闻,就往嘴里倒了进去。可是,倒进了不到半杯,手里的杯子就放回了桌面上。他像是被噎住了,差点没有喷出嘴来。

那不是酒啊!

那是一杯冷水!

刘耳的眼神正在发呆,会长手里的酒瓶又横了过来。他把刘耳杯中的水,又满满地补上了。刘耳想看会长一眼,看看他的眼睛里这时是什么表情,但他的眼睛竟然抬不起来。他只是抓起杯子,慢慢地又喝了下去,喝得他的嗓子凉凉的,肚子凉凉的。他的心,也是凉凉的。

第二十一章

―――― 1

和光棍们一起喝酒的事，就这样落实在了三天后，因为那天是11号。对别人而言，每年的11月11日才是光棍节，可对瓦村的光棍来说，他们把每个月的11号，都铁定成了他们聚在一起的日子。其实就是在一起吃个晚饭，有没有什么像过节一样好吃的东西都不重要，重要的是，这个晚上在一起喝喝酒，说说话，或者骂骂人。实在没有什么话说也没有什么人可骂了，那就说说最近晚上都得过什么梦。没有女人的男人也是有梦的，而且很容易有，有时还没睡着就有了，还十分丰富，说出来了还可以让大家一起说说梦里的那些东西到底好不好，不好就把它忘掉，好的就留在心里，留着让它发芽，让它长出更多更好的梦来。

本来是想拿两箱茅台过去的，刘耳想想还真有点舍不得，最后就只拿了一箱。他觉得有一箱给他们尝一尝也够意思了，毕竟都是一些没有见过茅台的乡村野夫，一不小心，两箱三箱他们都有可能喝得精光。再说了，他们平时喝的都是低度，这种五十三的高度，搞不好有人两口下去，就原地转圈了。但他嘴上不告诉他们，他说只有这一箱了，如果喜欢喝就以后再说吧。

那箱茅台刚一放下，光棍们就旋风似的围了上来。那些围上来的脑袋，就像过季了还无人摘收的酸柚，一个个都吊儿郎当的，全都是光秃秃的，亮堂堂的。这种造型也是他们有意塑造的，也就是光棍活动委员会定的统一规矩，规定每月11号这一天，都必须把脑袋剃光了，不剃你就不要参加喝酒。

最先拿到酒的就是明泉，刘耳想阻止他，怕他一不小心，把茅台给摔了就可惜了。他在明泉的手上刚要拿过酒，手又停住了。他觉得应该让他成为第一个打开茅台酒的人，他送给他的草花鸡，他还没有当面谢过他呢。

刘耳给明泉笑了笑，比画着让他帮他打开。然后让他们每人都先用鼻子闻一闻，闻闻茅台是不是很香。没有等到所有的人一个一个地闻完，明泉一把就抢了过去。他张开大嘴，就往里边灌。刘耳让他灌。他只是帮他托着瓶底，不让他失手。明泉灌了一两多不到二两，就把酒瓶给了刘耳，然后晃着头，对别的光棍们不停地摆着手。他的意思是：不好喝不好喝！

光棍们当然不会这么轻易相信，他们的眼睛早就瞪圆了，喉咙也一上一下地一直在着急地抽动，好多人的手里早就拿好了那种一次性的塑料杯子，都朝着刘耳递过来，让刘耳先给他们倒一点尝尝。

结果是，没有一个光头觉得好喝，都大声地嚷嚷着：

"不喝这个不喝这个，还是他妈的喝我们的土茅台吧。"

刘耳这么一听，心里高兴死了，赶忙掏出钱来，对光棍们喊道：

"那就土茅台吧，谁去买？"

有两个光头把钱一抢，就买酒去了。

这个时候的明泉，竟然已经半躺在了长长的竹椅上，没有多久，就呼呼地睡着了。

2

那个晚上的下酒菜,走的也是光棍活动委员会往常的吃法,就是乱炖,不同的只是,锅里的量比往常的多了好多。

一只老鸭,是炖汤的。

一只大阉鸡,是白切的。

还有一只大肥鸭,是爆炒的,连老姜都懒得放。

老鸭汤里,倒是放了黄豆的。放了黄豆的老鸭汤,不光是鸭肉好吃,黄豆也好吃。汤里的黄豆如果先炒熟了再放,那味道就更是不一般了,可是有人拼命地反对,说那样的吃法是很容易壮阳的,我们这些光棍要壮阳干什么?想坐牢吗?谁要是因为壮阳而坐牢,光棍活动委员会的会员们,可没人给你送饭。这也是光棍活动委员会贴在墙上的条规之一,作为男人,作为瓦村的男人,绝对不能因为没有女人就去犯法,犯了法那就是给社会添乱,也是给祖上丢人。别人家村的光棍想不想犯法那是别人村的事情,我们瓦村的光棍,是绝对不允许的。就都软软地跟着大声地喊,不用炒不用炒,直接放进去就好了。就都哈哈地大笑起来,笑得仿佛就要天翻。然后又都低头私语,说其实还是壮阳的吃法好吃,主要是香!吃起来嘴巴也舒服。

3

前边说过,他们每月光棍节的热闹,远远不光是吃菜喝酒,比吃菜喝酒更让人心灵激荡的，是酒后的聊天。

刘耳就问他们，往常的这一天都聊些什么呢？光头们就说，不要急嘛，等喝得差不多了，只要你的屁股还能坐稳，还没有像狗一样地躺在地上，你就什么都听到了。可刘耳觉得他已经喝得差不多了，至少喝了一斤多了。他先是给他们一个一个地敬，然后是光棍们又一个一个地给他敬，有几个都是抓着他的胳膊，非要让他喝光了才给走人的。好在有些光棍还是蛮有同情心的，就低声地对他说，我干完，你随意！如果不是因为有人让他随意，他真的早就老狗一样躺在地上了；再喝下去，他就有可能真的听不到他们往下的聊天了，于是就又不停地问：

"说嘛说嘛，你们往时都聊些什么？"

有人就歪着光头看着刘耳，问道：

"你没觉得你这问的是废话吗？那我就问你，如果田里的螺蛳们这个时候在聊天，你说它们会聊些什么？"

刘耳没有想到有这么问话的，就晃了晃脑袋，一斤多的土茅台呀，度数虽然不高，但他觉得已经灌满了他的整个脑袋，而不是流到了他的肚子里。他似乎听到那些酒水就在他的脑壳里，在晃出吼当吼当的响声。他想了想，想不出来，只好说：

"我不知道。"

有人就喊：

"他又不是螺蛳，他怎么知道螺蛳们要聊什么呢？"

"你是真的不知道吗？"有人问。

"都说了他不是光棍，怎么会知道呢？"

"对！他不是光棍，他是有过女人的。"

"他现在没有了。"

"现在没有不能算光棍。谁知道他现在有没有别的女人,搞不好还不止一个。"

刘耳就也大声了起来,他说:

"不不,我就一个女人,就是我老婆。她早就去世了。"

"你老婆没有以后,你有没有去爬过别的女人家的窗户?"有人在刘耳的背后问道。

"没有没有。"刘耳说,"再说了,城里的窗户也爬不了,会摔死人的。"

光棍们就哈哈大笑了起来,好像看见有人正在爬窗,还看见有人从窗户上重重地摔了下来。有人就说:

"那你这个老头不行,你怕死。"

又说:"但他好像还是说出了一句真话,他是想过要爬人家窗户的,要不他怎么知道窗户爬不了?"

刘耳就说:"没有没有,绝对没有!我老婆死后有女人追过我,我都不敢。我主要是忙工作,忙小孩的读书和上学。"然后,便揪住问他螺蛳的那个光头。

"快说,快说,螺蛳们会聊些什么?"

那个光头就笑了,一边笑一边把眼神丢给了另一个光头,他让他给刘耳说。

那个光头用舌头顶了顶牙缝里的什么肉屑,往脚下吐了吐,然后看着刘耳问道:

"那你知不知道螺蛳是吃什么的?"没有等到刘耳回答,就自己朝着刘耳大声喊道,"吃泥呀!哪个螺蛳不吃泥呢?这个还用想吗?"

对呀，哪个螺蛳不吃泥呢？那就是说，螺蛳们如果这个时候在一起聊天，除了聊聊吃泥的事就不会再聊别的事情了。

可刘耳还是感到蒙圈。

他觉得不对！他觉得这帮光棍一定是想好了在给他挖坑。谁都知道，哪个螺蛳不吃泥，这话往往是老百姓对官员们的一种看法，也就是说，你们当官的，有哪一个是干净的呢？哪一个当官的不贪点什么，比如钱，比如女人，比如喝点好酒，就说今晚拿来的这一箱茅台吧，有哪一瓶是你刘耳自己买的呢？没有！一滴都没有，全都是人家送给你儿子的！凭什么送？不就是因为你儿子是当官的吗！

那么螺蛳吃泥和他们光棍聊天，有什么关系呢？

刘耳只好瞪着两眼，傻傻地看着他们。他的目光迷迷糊糊地在那些光头上滚来滚去，滚去滚来。

有一个光头，这时在灯光下突然一闪，耸立了起来，眼睛也是迷迷糊糊的，他问刘耳："你现在知道了吧？知道我们光棍在一起会聊些什么了吧？"

刘耳摇摇头，不敢轻易回答。他怕他们把他突然一推，然后脑袋朝下，屁股朝天，掉到了他们挖好的什么坑里，最后连爬都爬不起来。他不希望这样，他可是好不容易才跟他们吃上这么一餐的，这是多好的开端啊！他要是吃砸了，下边就又得找新的路口了，就像在高速路上走错了道，那得绕多长才能看到下一个路口啊，那可就头大了。他是真的真的希望能和他们从此好好地混在一起，就像扁豆说的，跟光棍们混好了，在村子里也就好混了。他觉得应该有这种可能。

"想不出来就搞一杯！"有人喊道。

"半杯也可以！"有人看他有点可怜。

在这些光棍们的嘴里，喝一杯和搞一杯是不一样的。刘耳只好傻傻地抓起了酒杯，喝了一口，看了看杯子，不到一半，就又喝了一口，然后把只剩了一半的酒杯，高高地举起来，他让他们看。

"好，那就告诉你吧。"

这个光头还没有把话说完，另一个光头把话抢走了。

"聊女人呀！还能聊什么呢？"

"不对！"刘耳猛地大声喊道。

他是真的喝多了！他忘了刚才的顾虑了。他的声音把光棍们的脑袋都给震得几乎同时地晃了晃，都紧紧地盯着他。

"你们聊的应该是吃的才对！怎么聊到女人那里去呢？不对！不对！"

说着还连连地挥着手，意思是你们这个说法不算。光棍们就又是一阵哈哈哈的大笑。有人就问刘耳：

"你觉得我们现在还缺吃的吗？"

"肯定不缺了吧。"刘耳傻傻地回答。

"那我们缺喝的吗？"那个光头又问。

刘耳不回答了。他只是摇着头，看着说话的那张嘴巴。那张嘴巴的主人本来是一个络腮胡的，这一天却刮了一个精光，只是，刮得有点马虎。刘耳看到他的下巴边上，好像还有几根在晃来晃去，还蛮长的，跟猫须一样，也许是有意留着的。他留那几根来干什么？留着没事的时候捋着玩耍？刘耳无法知道。

"你的意思是，我们应该聊吃的？"那人问。

"我们又不是傻瓜。"有人喊道。

"对！只有傻瓜吃饱了喝足了还接着想吃喝的事情。再说了，吃

224

的事有什么好聊的呢？"

"对！整天只聊吃的喝的有什么好聊的呢！"

"聊女人才有意思，这个都不知道！真是的！你这个老头也太无聊了！"

刘耳就说：

"我说的是常理，也就是常规。"

那光头就说："你这个说法更加不对了！什么叫作常理？如果按照常理，我们就应该有女人！对不对？可我们没有！所以，对我们来说，这天下没有常理，知道吗？你也不要跟我们说常理。我们聊天从来不要常理。"

也许，这就是男人们成为光棍之后的常理吧？刘耳又想，这是什么常理呢？应该是正常的歪理吧，但是这话他不敢说出口来，一旦漏了嘴，有些事情也许就真的往歪的地方走了。再一想，刘耳觉得也对，如果没有泥，螺蛳是无法生存的。光棍们在一起如果不聊女人，那光棍们还有什么可聊的呢？古人饿了还懂得画饼充饥呢，于是就开始不停地给他们点头。

"对对对，应该聊女人，应该聊女人。那我们就开始聊女人吧。"

话音刚落，有人把话又盖了上来：

"你是过来人，你给我们聊聊呗。聊聊我们不知道的，聊聊我们想知道的。"

"对对对，你给我们聊聊吧。"

"你就聊聊女人好玩不好玩吧？"

"好玩，当然好玩！"刘耳说。说完又觉得似乎不该这么说。可不说好玩又说什么呢？他晃了晃脑袋，发觉脑袋里已经全是酒气在左冲

225

右突,他的脑袋已经完全乱了。

"怎么个好法?说说。"

"快说,快说。"

光棍们全都兴奋起来了。

4

一直是围着两个锅的,一个锅也坐不下,坐下了吃菜的时候手也不够长。一听到刘耳说女人好玩,边上的另一锅,哗啦一声就全散了,都屁股连着凳子,往刘耳的身边拖了过来,都伸长着脖子,像极了小时候有大人要给他们分糖。

"其实呀,也没什么好玩的。要说好玩,那是在谈恋爱的时候,结婚后,就不怎么好玩了。"

刘耳不急,他要慢慢地钓他们,就像拿着鹅毛钓田边的那些青蛙。他要让那鹅毛轻飘飘地在青蛙们的头上晃来晃去。

"你们,有没有谁谈过恋爱?"他问。

光棍们都摇着头,有几个因为摇的方向产生了冲突,都叮咚地打出了响声来,好在都笑笑地相互推了推就没事了,都在急不可待地听刘耳会怎么说谈恋爱好玩的事。

有人这时手指着会长,说:

"他刚才是乱摇头的。他谈过。"

只听得啪的一声,会长的巴掌闪电一样就拍打在那个人的光头上,打得十分的响亮,把光棍们的眼睛全都打大了。那人却不服,他瞪着会长说:

"你跟我说过的,你和一个女的牵过手。"

会长的巴掌又举了起来,但是晚了,那个光头已经早早地歪到了一边。

刘耳就说:

"对对对,谈恋爱首先是牵手。牵了手就算是谈恋爱了。"

"为什么呀?"

有人伸出了自己的左手和右手,想自己跟自己也摸一摸,看看是什么感觉,但很快就发现有人在偷偷地看着他,赶忙把手藏了回去。

"说说,说说,牵手有什么好玩?"

从语气里可以听得出来,这些光棍,有不少人应该是真的没有和女人牵过手的,这个女人当然不是家里的奶奶或者母亲,以及自己的姐姐和妹妹。

刘耳就认真了起来,好像说到女人,他的酒也醒了一些了。他说:

"牵手哇,就像触电一样。"

"像触电呀!"有人就惊叫起来。

"触电不是会死人吗?怎么会是好玩呢?你这个老头喝多了吧,你想骗我们,想让我们找死是不是?"

刘耳就笑笑的,他说:

"这个触电呀,不是你说的那个触电。你说的那个触电是会死人的。我说的这个触电是不会死人的。不光不会死,还会让你觉得很舒服很舒服,全身上上下下都舒服得不得了。不信你们问问他。"

刘耳把手长长地指向了会长。

会长就笑了笑,笑得一脸甜蜜蜜的,就像一个刚刚吃过奶的小孩,嘴角那里还挂着半滴乳汁。只是,他的笑没有出声,他怕人们把关注的矛头转到他的身上。其实，光头们的目光，早从他的笑脸上看出了他给刘耳的回答。光头们期待的并不是他，而是刘耳的那张嘴。

"那你能不能帮我们想想办法，让我们也触电触电。"

"对对，让我们也触触电。"

有七八张嘴几乎同时地叫喊了起来。刘耳的眼睛顿时就大了，他扫了扫眼前的几个光头，说：

"你们不会让我帮你们找女人吧？"

"你有的是钱，你不会说你没有钱吧？"

"这跟钱没有关系。那我要是跟你们说月亮好玩，你们会不会也要让我帮你们把月亮摘下来？"

"那你撩我们干什么？"

"对，你撩我们干什么？"

"我撩你们？不对，是你们自己说螺蛳吃泥的。不是我说的。"

"我们说螺蛳吃泥，可我们没说和女人摸手的事呀！"

"对，摸手是你说给我们听的。我们聊女人多了，我们从来没有聊过摸手的事，是你说摸女人的手很舒服很舒服的。"

"那你们聊女人主要聊什么？"

有人想回答，却被边上的人猛地撞了一下后腰，把那人的话给撞了回去。那个光头只好改口，说：

"不行，今天我们不谈别的了，我们就谈你说的摸手。你有的是钱，你就不能帮我们想想办法？"

"我怎么帮你们想办法？你说？"

刘耳盯住了那个光头，又说：

"犯法的事我可不能帮你们做。有钱也不能帮你们做。"

刘耳的脑子里，忽然就闪出了在养生店里蹲在墙脚下的那个场景。那个场景会让他到死都忘不掉。他忽然就有了一点后怕，觉得自己不应该这么随意地和这帮没碰过女人的光棍们说什么牵手的事。觉得真是大意了！这该怎么收场呢？他又想起了刚才说过摘月亮的话。这跟摘月亮不是一样的吗？怎么摘？不可能的嘛！

有人就说："犯法的事，我们是不会让你做呢！你就是让我们做，我们也不一定敢！"

"对对对，我们不做犯法的事。"

"那你们想叫我帮你们做什么？"刘耳说。

"你就拿点钱，请几个漂亮的女人到我们村里来，让我们看一看。看一看就好了。当然了，如果你有良心，你觉得我们真的可怜，你就想办法怎么安排，让我们摸摸她们的手，让我们感觉感觉你是不是在骗我们。如果是真的像触电一样，那就让我们也电一电，否则这一辈子，还真他妈的白活了。"

刘耳的脑子真的蒙圈了，没想到这帮光棍说话是这么拐弯的。他都不知道该怎么给他们往下说话了。只好拿起了自己的酒杯，看了看，里边还有半杯，就闭上眼睛，慢慢地喝了一口，他希望这口酒能帮他打开一条逃生的路子，哪怕是找到一根稻草也是好的。

看见刘耳闭着眼睛没有说话，光棍们也都静悄悄的，谁都没有出声。好像各自都在暗暗地往心里想，这个有钱的老头子也许在替他们想什么办法。

刘耳身后的墙上，挂有一个大大的电子钟，比他们面前的那个菜锅还要大。钟上的秒针，在咔咔咔地走着，走得好像有点歪，但却一直在往前走，因为谁都没有出声，那秒针就走得特别的响，就像电影里的定时炸弹一样有点吓人。

5

"有了!"

刘耳猛地拍了一下大腿,给光棍们大声喊道,吓得光棍们都往后闪开了身子,以为这老头是不是要发酒疯了,就都准备着随时从凳子上跳起来,然后往门外逃离。

"我有办法了!"刘耳又大声喊道。

不知道是不是那个咔咔作响的秒针,突然拨动了刘耳的哪根神经,刘耳的双手突然往头上高高地举了起来。他的脸上,也不知道是酒喝多了还是真的想出了好的法子,一时红光满面,神气十足。

"你们,真的想摸摸女人的手吗?"

光头们突然就蒙了,像是没有睡醒,没有一个人回答。刘耳就说:

"但是,话要说在前边,你们只能是摸摸手,别的,可不允许多想!如果只是摸摸手,想触电触电,我给你们想想办法。大不了花点钱嘛,这个血,我给你们放了!"

他抓起酒杯,把剩下的酒一口喝光了。

光棍们突然就醒来,几乎同时地问道:

"真的?"

"真的!"刘耳说。

"那怎么摸,你先给我们说说吧。"

"对对对,先给我们说说,怎么摸?"

刘耳又不急了!他似乎胸有成竹了!他挪了挪屁股,让自己在凳

子上坐稳了,坐得直直的,还做了一个深呼吸,把头往左扭了扭,往右也扭了扭,最后说:

"县里有个单位叫妇联,听说过吗?"

有的摇头,有的只是竖着耳朵听着。

刘耳说:"就是专门管妇女的一个单位。一句话,他们手里管的,全是女人。"

"那就是真的有希望了?"

有人兴奋地就拍起了大腿。

随后,很多大腿也跟着响了起来。

"你是说,你可以让他们带一点他们管的女人到我们村里来,是不是?"

"对对对,我就是这样想的。说说,我们总共有多少人,我就让他们带多少个女的过来。"

"那就让他们带点好的来,那种难看的,还有太老的,叫他们不要乱带。"

"对对,太老的,太难看的,也没什么意思,弄不好摸完了还睡不着。"

"那种把头发搞得红红的也不要!"

"把脸刷得像刷墙壁一样的也不要!"

"当然当然。干脆,我让他们到县里的文工团去搞过来,可以了吧。知道文工团是什么地方吗?"

有的光头摇头。

有的光头没有摇头。

"文工团那些女的,绝对是县城里最最漂亮的女人了。她们都是演员,演员你们知道吧?就是演戏的唱歌的那些女的。"

"好哇！好哇！"

有人又拍起了大腿。

"但是，我得再说一遍，她们来了是干什么的，你们就只能做什么，别的不能乱来。这个你们说清楚了，我再帮你们跟妇联谈一谈。"

"不要只光是摸摸手吧？"

"那你还想干什么？"

"也给摸摸脸什么的。摸摸脸也挺好的。"

这说话的正好坐在会长的旁边，会长一巴掌就打在了他的头上。会长说：

"别得寸进尺！"

"对对，不能得寸进尺。"刘耳说。

"那还有什么？接着说，接着说。"

"还有什么？没有了。哦，有有有。"刘耳说，"到时候，电视台肯定也会来录像的。"

"录像？"

"录像干什么？"

"录像没有听说过吗？你们看到的电视就是有人先录像，然后才播到电视里去的。也就是说，你们触电完之后，当天晚上，你们就上电视了。"

"上电视？"

"当然啦，这么大的事，肯定要上电视的嘛。搞不好你们一个个的全都上。你们知道吗？我这么大都没有上过电视呢。"

"不会吧？你怎么会没上过电视？"

"真的没有上过。那电视台可是国家的电视台，那可不是想上就能上的，得是新闻才能上知道吗？新闻知道吗？新闻就是全世界都没有发生过的事情才叫新闻。就像你们要触电这个事，说摸手也可以，说摸手就是觉得不太好听。还是叫触电吧。触电这个事就是新闻！搞不好还是世界性的新闻。肯定能够上电视的，当天就能上，你们一上新闻，那就轰动世界了。"

"为什么轰动呀？"

"还用问吗？现在光棍这么多，好像每个村都有对不对？"

"对对对，每个村都有，有的村比我们村还要多得多。听我表哥说，他们村连他一起，整整八十八个。"

"那你们就肯定上电视了。县里播完市里播，市里播完省里播，搞不好北京都会跟着播。那你们就牛大了！"

光棍们的脑子，好像突然进不去了。他们想不出刘耳说的牛是怎样的一种牛。都呆呆地不动，好像所有的光头都变成了一个个的气球，都轻飘飘的、晃悠悠的，都飞到门外的夜空里去了。

刘耳说：

"怎么触电，我都替你们想好了。到时候啊，你们每个人，都从家里拿出一张桌子和两张凳子，我们就放在晒坪那里，你坐在一边，来的那个女的就坐在你的对面。然后，两个人的手都放在桌面上。我现在再说一遍，到时只能摸摸手，感觉感觉触电的感觉，千万千万不能去摸别人的脸，也不能去摸别人的身子。除了手，不能摸别人的任何一个地方。你要是觉得人家的脸好看，你就多看一点，你也可以两眼直勾勾地一直看，看得你流口水了都没有关系；你要是觉得她身子好看，你也可以多看几眼，就是不能动手动脚知道吗？否则，就算是犯法了，知道吗？"

233

光棍们却没有一人应答，好像谁应答了谁就是傻瓜。

"要是家里没有桌子怎么办？"有人问道。

刘耳想了想，觉得也是。而且，有的人就是有，那桌子那凳子，搞不好都是脏兮兮的，也油兮兮的，人家那些女的可都是演员啊！她们能够来，肯定也知道这就当是演戏呗，演完了也就了事了，可是，回去之后如果老是想起那脏兮兮的桌子，那油兮兮的凳子，有人因为睡不着而犯病住院都有可能。这时，会长说话了。他说：

"什么桌子凳子的，我觉得我们就不用从家里拿了。你找时间去跟校长聊一聊，这个摸手活动，可以放在他们学校那里搞。我们就用学校的桌子凳子就可以了。"

刘耳猛地拍了一下大腿。

"对对对！这个办法好！学校的球场也比我们的晒坪好！到时候，我们提前买十几二十盆鲜花回来，要鲜花不要假花。假花是骗人的，我们要搞就搞真的。每一张桌子的上边，都摆上一盆鲜花。你们现在就可以想想，鲜花的这一边是你，鲜花的那一边，是一个漂亮的演员，是不是很美？是不是？"

所有的光头都乐开了。有人已经偷偷地搓起了手，好像明天就可以触电了。

"摸完了可以三天不洗手吧？"有人说。

"才三天？至少十天！"有人跟着喊。

"不洗手那怎么洗澡呀？"

"那是你的事。"

有人就问刘耳：

"你以前摸完洗不洗手？"

刘耳没有回答。他笑了笑,站了起来。

"你们猜吧,我先到外边方便方便。"

说着就往外边走去了。刘耳走得十分精神,像是真的办成了一件大事了。

6

门外的不远处,好像有个人影。

好像是那老人家。刘耳揉了揉自己的两只醉眼,定神看了看。还真的就是那老人家。他刚要开口说句什么,老人家已经缓缓地转过身,往村里慢慢地走去了,一边走一边丢下了两句话:

"造孽啊!"

"造孽啊!"

随后,就不见了。

第二十二章

1

　　这天早上，刘耳没有听到老人家的咳嗽声。刘耳以为自己昨晚喝多了，睡得太沉，所以没有听到，迷迷糊糊醒来的时候，好像有人在急急地拍打他家的大铁门，心想会不会是昨晚的哪一个光棍，会不会是来跟他借钱什么的，也许是，也许也不是。心想既然跟他们混在了一起了，那就谁都不能怠慢，不管他是他们的哪一个。

　　立马就开门去了。

　　敲门的却是小扁豆。

　　扁豆开口就说，走走走，你马上跟我到老人家的家里去，全村的人都在那里了，就缺你一个。是我爷爷让我过来叫你的。

　　刘耳心里猛地一沉，腿都有点凉了，但他没有去想那么多，只恨自己知道得太晚了，跟着扁豆就急急地往老人家的家里赶，走得两条腿一路地打飘。快到老人家的家门前时，一不小心还自己绊住了自己的脚，往前跌了一跤，脑门撞在了老人家屋角的拐弯处，把脑门给摔破了，还渗出了血来。

2

  老人家的屋里屋外，全都是人。老的小的，男的女的，都在往里挤，都要最后看一眼村里这位年龄最大的老人。

  房间里全都是人的说话声，就像下了大雨，下在了村边的那片荷塘里。所有的荷叶都在雨里不断地发出自己的声响，谁都没有停嘴。

  刘耳挤了半天，才挤到老人家的床前。老人静静地躺在床上，像是还没有睡醒。她的腰部两旁，分别放着两抓长长的柚子树枝。柚子的叶子，油绿油绿的。这样的方式，刘耳印象中是没有见过的，至少以前在瓦村的时候没有见到过，也不知道是什么时候开始有的，更不知道是什么意思。但看上去还是挺好看的，似乎老人还没有走，她只是在村外的树林里散步，走着走着，走累了就不走了，就摘了两大把绿油油的柚子枝叶铺在地上，然后甜甜地安安静静地躺在上边。

  这样的摆放，真的很好！

  刘耳走到床前，低着头，给老人默默地鞠了三个躬。刚一收身，就被人猛地一拨，把他差点拨倒在了身后的一个矮柜上。他看了那人一眼，心想这人是谁呀，怎么这么莽撞，但他并不认识。也许是隔壁村来的。刘耳看了一眼身后的那个柜子，他觉得那个柜子挺老的，也许跟老人的年纪差不多。里边装的应该都是老人家最最宝贵的什么东西。

  正想什么，扁豆进来把他拉走了。扁豆说，村里的老人们都在外边开会，讨论怎么给老人家办后事的事，我爷爷让我来问问你，你要不要也参加参加。刘耳当然不需要回答，他跟着扁豆就朝那些老人走去了。

其实，他们早就给他留了一个位子，凳子还是最高的。他坐下之后发现自己有点高高在上的感觉，心里暗暗的有点不太适应。他不知道他们是什么意思，是觉得他刘耳应该坐最高的，或是另有什么含义。

"我们就等你了。"他们说。

"你既然回到村里了，那你就是村里的人了，对吧？"

"对对对，村里的人，村里的人。我当然是村里的人。"刘耳说，"我们一定要把老人家的后事办得好一点，办得风光一点。"

说着就拿眼睛往边上到处看了看。他找的是香女的身影。香女应该是来过的，但不知哪里去了。刘耳说：

"我听说，香女的母亲走的时候，有个水城的老板给她办得就特别的风光。"

"人家那是有钱，那个老板听说是个亿万富翁。"有人说。

刘耳就说：

"钱不是问题。我们可以办得比那个老板办得更好一点。"

又说：

"需要多少钱，由我来出吧！"

那几个老人就都看着刘耳。有人好像微微地点点头，好像觉得可以，你有钱嘛，你儿子又是当官的，也是应该的。有人却只是看着刘耳，嘴上没有反应，只把一只耳朵偷偷地翘起来，像在等待什么。

"那不行！"

一个叫作半桶水的老头突然说道。

所有的目光就唰的投到了半桶水的脸上。最得意的当然是那个刚刚翘着耳朵的老头，他就是长腰他爸爸。他的眼神告诉刘耳：在我们这个村里，有钱也不能随便乱说话。

3

半桶水的年纪比刘耳稍大一点,和扁豆的爷爷差不多,但他的眼睛一点都不老花,看什么都十分有神。重要的是,他是村里的半个地理先生,所以,人们也有叫他半仙的。村里的人去世了,几乎都是他给看的墓地,但他也仅仅是帮你看,并不收你的钱。用他自己的话说,这叫自己给自己积德,因为多少懂一点,所以帮你看是应该的。但是那个看地的钱,他说不是他的,是你专门请来的那个地理先生的。他说老天爷总是睁着眼睛的,他要是收了那个钱,老天爷就会看见。有人就说看见了又怎么样,这是你应该拿的。他就总是把手挥过了头顶,然后说,你不懂的,跟你们说你们也不会懂。人家只好把钱收起来,但那个地理先生来了,又总是要和他先嘀咕嘀咕,头挨头地低声说话,也不让别的人听到。直到他给地理先生点了点头,那地理先生才把手里一直握着的一根竹签,插到选定的那个位子上,最后用手里的锤子敲敲。敲好之后,又把半桶水拉过来,让他再看一眼。半桶水也没多说什么,就蹲下身子,蹲到那根竹签的后边,有时还会跪在地里,锁着眉头,像电影里的狙击手一样,左眼看了看,右眼也瞄了瞄,最后还摇了摇那根竹签,说:

"好了,就这样,相当的好!"

其实,那根竹签他动或者不动是一样的。如果他往左边摇了一根手指,他会往右也摇一根手指。有关这一点,还是村里那个叫三只手的给发现的。毕竟人家是当过小偷的,眼力不是一般的好。这个好其实就是特别的刁。三只手这一发现,并没有给半桶水带来什么影响,唯一的影响是，三只手每年春节给老人们发红包的时候，你们谁都可以收下，他半桶水就是不收。他只看他一眼，就转过了身去，然后走了。等到三只手下葬的那一天，他还是那么摇了摇三只手墓地上的那根竹签。

4

半桶水说：

"老人家的事和香女母亲的事，是不一样的。香女母亲的事，是香女自己的事，香女让那个老板怎么办我们当然就让她怎么办，因为她是她母亲的女儿。老人家呢，已经没有儿女了，她先是没有儿子了，后来又没有女儿了，她的家就只剩了她，那她老人家的事就成了我们全村人的事了。你不能因为你有钱你就想替代我们全村人，这个肯定不行！再说了，那个水城的老板，人家和香女虽然不是夫妻，但人家两个一直过的是夫妻的生活，至少有三五年吧，人家天天都睡在一张床上。你呢？你和她老人家什么关系都没有。"

停了停，半桶水又问：

"有吗？应该没有吧？"

刘耳当然不敢说出自己和竹子曾经有过的事，再说了，从半桶水的话里，刘耳听得出来，他和竹子的事，村里好像是不知道的。那还能说什么呢？想了想，只好说道：

"问题是，她老人家，不光无儿无女，好像连娘家都不知道是哪里的。不知道吧，知道吗？"

"她是明树他爸在外边流浪的时候带回来的。可能她家是哪里的都不清楚，好像说是四川的什么地方，又好像说是云南的，说是远得要命。具体是哪个地方，反正我是没有听说过。你们听说过吗？"

"那个太远了就不要扯了，扯了也没什么用的。明树他爸爸又是几代单传，他们这个家呀，从今以后，就这样断掉了。好在老人家她活得比较长，这可能也是老天爷让她这么长寿的缘故吧。"

"是啊，一个家，就这样全都没了。明树死得太早就不说了，那竹子呢，其实是应该有一个两个的，怎么就一个都不生呢。"

"不是不生，是生不出。生不出有什么办法呢。主要还是嫁错了人，附近村那么多的男人怎么就不嫁呢。偏偏嫁给了一个博白佬。博白是什么地方啊？博白离我们这里那是天远地远的，坐汽车从天亮坐到天黑都到不了，坐完车还要走半天的路，听说又是走到天黑。那个博白佬还是一个阉猪的。一个阉猪佬怎么就可以把我们的竹子给骗走呢？想想也是怪，真是够怪的。博白佬的那个村子，好像叫什么大花坪，哪里大啰？听竹子后来说，也就十来户人家，全村人就是同一个时间起火烧饭，那冒出来的炊烟也就十来根，风一吹，就不见了。和我们瓦村比，就是比到死都比不了。"

"唉，这可能就是老话说的命吧。"

"其实村子大小并不重要，重要的是，我们的竹子怀不上小孩。好好的一个身子，年轻的时候，那可是漂漂亮亮的，谁看见了都会多看两眼的，怎么就怀不上孩子呢？这真的可能就是你刚才说的命了。她的命里可能就是没有孩子。没有就没有吧，没有孩子也是能过日子的，可那阉猪佬真他妈的是个该死的阉猪佬，没有孩子他就三天两头地打人，动不动就往死里打。听竹子说，那个阉猪佬根本就没有把她当人，最后活不下去了才离婚跑回村里来的。"

241

"她也是有点怪,生不了小孩也许换一个男人就可以生了的。这种事是很多的,很多。"

"好像听谁说过,说她以前怀过小孩的,怀了没有多久,就打掉了。听谁说的,我忘了。"

"也许吧,也许就是打了那个小孩的时候,把女人怀小孩的那个什么给打坏了,所以就怎么也怀不上孩子了。"

"怀不上就嫁个人当个后妈也是可以过日子的,可她,死活就是不再嫁人。"

"所以呀,她死的时候,老人家的嘴里就老是挂着那句话,说你这孩子呀,你真傻,你弟弟傻,你怎么也傻呢?你弟弟傻是因为他年龄小,他还没有长大;你长大了呀,你怎么也那么傻呢?她死在病床上的时候,老人家这么说,她装进棺材了,老人家还是这么说。那天给她钉棺材的就是我,我手里的锤子刚要下去,老人家又过来把盖子推开,她说她要最后看她一眼,看着看着,就又说了那句话。她说你这孩子呀,你真傻,你怎么这么傻呢?"

"那段时间她好像天天都说着这句话。在家里说,在路上说,在地里也说。我就听到过不知多少次。"

"我也听到过很多次,我还以为她那是伤透了脑子了,我还担心她会不会就这样疯掉了。我们真的都是这么担心的,对吧?可她没有疯。她只是突然大病了一场。"

"对,大病了一场。病完了她就好了,那句话也不再说了,一次都没有再听见她说过。你们有听见她再说过吗?"

"没有。"

"没有。"

"她真的就不再说了。"

"好像就是那场病之后,她的身体就越来越好了,越来越好,也挺奇怪的。"

"最奇怪的是,从那以后,她好像就再也没有得过什么病了。"

"要说有什么病就是每天早上起床就拼命地咳嗽,也不知道她那是有病还是有意咳的。"

"可是她一咳天就亮了,你说怪不怪。"

"是呀,是挺奇怪的。那场大病之后,她的身骨也比以前硬朗了,很多事,你想要帮她,她都不用你帮。你去帮了,她还嫌你碍手碍脚的,她会让你给她走开。你要是不走,她就让你傻傻地看着。"

"对,有一次刚下过雨,她在院子里搞那个厨房边的下水道,可能是有东西在里边堵住了,水流得不听话了,她要把下水道上边的石板一块一块地翻起来。那一块一块的石板你要是说不重那你还真的是没心没肺了。我当时正好路过,就进去想帮帮她,可她就是不让我帮。她让我看着她,看久了她就对我说,你还不走呀,你以为你这么看着,我待会会给你管饭吗?她还对我说,我可告诉你,我今天煮的玉米粥,只够我一个人吃,你要是想吃半碗我都不会给你。我要是给了你,我睡到半夜就会饿醒的。我要是饿醒了,我半夜就去敲你家的门,你信不信?我还真的怕她半夜去敲我家的门,真的!我只好笑笑地走开了。"

"也是怪。好像就是那场大病之后,她就天天的吃玉米粥,天天吃天天吃。"

"对,好像是。"

"可能从那以后,她就知道她的命是什么了。"

"是什么呀?"

"还用问吗?"

"那你说,她的命是本来就这么硬,还是因为她后来天天的吃玉米粥?"

"都是吧。应该都是。"

"我们也是天天吃过玉米粥的,那是很苦的那些年。现在你要我天天吃,我还真的受不了。"

"主要是嘴巴受不了。"

"我倒是试过,三天就受不了了。也不是说我受不了,是屋里的小孩受不了。我那个孙子还指着我的鼻梁说,你要是再给我天天煮这个玉米粥,我把我们家的锅全部砸烂了你信不信?"

"唉,也就她老人家了。"

"所以呀,也就她这么长寿了。"

有关老人家的话,他们还说了好多好多,有的话是他们自己心里想说的,有的话是有意说给刘耳听的。在他们的脑子里,老人家一家的很多事,刘耳应该是没有听到过的。他们知道,刘耳和他们的距离已经有好多年好多年了。

"唉,也只能说是命吧。"

"是啊,一个家就这样没有了,就连亲人也没有了,如果要说有,那她的亲人就只有我们全村的人了。大家说是不是?所以呀,不能因为谁有钱谁就可以想替代全村人,谁都替代不了,也不给替代。"

"对,谁都不要替代。"

这一句,是半桶水再一次强调的,但他这么说的时候,竟然看都不看刘耳,似乎不屑一看。刘耳也就不做努力了。

5

扁豆突然跑了过来,把刘耳急急地拉走了。

扁豆说:

"有你的东西!你快去看看。"

"什么东西?"

"你看了就知道了。"

"说嘛,什么东西?"

刘耳的心像要失控,都跳到嗓子眼了。

"信,给你的信。"

"给我的信?谁给的?"

"不知道,每个信封上都写着你的名字,就是刘耳收刘耳收刘耳收,这不就是写给你的吗?好多封。"

6

一个四四方方的矮柜子,就摆在老人房门边的一块空地上。那个矮柜,就是刘耳差点被人拨倒坐到上边的那个矮柜。有两个村里的媳妇,已经把柜子里的东西,一样一样地清理出来,一样一样地全都摆在了四周的地上。那是看看有什么东西是要给老人随葬的,什么东西没有用了就要统统扔掉。

扁豆说的那些信,就丢在柜子边的地上。刘耳一抓,就把那几封信全都抓到了手里,随后又一封一封地放回了地上。每放一封,刘耳都愣愣地看上一眼；每放一封，又愣愣地看上一眼。他其实看的，也就是信封上的那三个字：刘耳收，刘耳收，刘耳收……看到最后一封时，又把所有的信，从地上一封一封地拿到了手上，紧紧地抓着，像是生怕它们会突然飞走。

扁豆在刘耳的身边站着。他看见刘耳的手一直在发抖，但他没有吭声，他只是愣愣地看着他。

"这些信，刚才在什么地方？"刘耳问。

站在刘耳边上的那个，伸手指了指柜子底的一个角落，还弯了腰，把手放到了那里。

"这里。全都压在这里，上边压了一双鞋。就是那双。"说着给刘耳指了指离柜子不远的地上。那是一双绣着鸳鸯的鞋子。刘耳没有心思去触碰它。在他的记忆里，竹子没有穿过那样的鞋。老人家好像也没有穿过。他只把手伸到了柜子里，放到了说是放信的那个地方，然后空空地抓了抓，又抓了抓，好像那里还有什么没有拿出来。在扁豆的眼里，刘耳的手什么也没有抓着。整个柜子里边早已空空的了。除了一些岁月掉落的粉尘，什么都没有了。刘耳的手并没有急着拿出来，但他的目光已经离开了空空的柜子。他把那些从柜子里拿出来的东西，一一地扫了扫。突然，他的目光跳了一下，落在了一个手电筒上。

那是他送给竹子的那个手电筒。

他的手随即从柜子里飞了出去，飞到了手电筒的上边，抓住了那个手电筒。

"这个也是柜子里拿出来的吗？"

"是。"

"是不是压在这些信封上？"

"对对对，是这个手电筒压在这些信封上。"

"那你刚才又说，是那双鞋压的？"这话是扁豆说的，说完斜了那个女的一眼。

那女的便说："我说错了我说错了，压在信封上的，是这个手电筒，不是那双鞋子。"说完也斜了刘耳一眼，她说，"你又没看到，你怎么知道呀？"

刘耳差点就有点脸红了，好在人老了脸皮也厚了，厚脸皮下边的东西已经很难透到上边来了。他嘴里说：

"猜的猜的，我猜的。"

扁豆的眼神就跟着也露出了一丝奇怪，他说："对呀，你又没有看见，你怎么就猜对了？"

刘耳随即就站了起来，一只手拿着手电筒，一只手拿着那些信，脚下轻轻踢了一下扁豆，俩人就往外走去了。他不希望有人看到他手里的东西。

247

第二十三章

1

竹子的信，一共写了十封，有九封用的都是医院的信封。只有一封不是，那是一个翻用的信封，是以前有一个男的给她写的求爱信，看信封的颜色，时间已经发黄好久好久了，可能是她又想起了它，就让她的母亲把那封信拿到了医院给她。她的信，她母亲应该都是没有看过的，都是用糨糊封得牢牢的，没有哪封被人曾经开启过。她母亲就是打开了也是没用的，像她这么大年纪的乡村女人，几乎都是不识字的。倒是听说她以前很会算数，那也是老一套的，是斤求两两求斤的那一种。那时候的半斤都是八两，早也用不上了。那个男人在信上怎么追求的竹子，竹子没有告诉刘耳，刘耳只是在信封的右下角，看到了那个男人的名字。当然了，刘耳也是把信封拆开后才看得见的。

那是竹子躺在病床上给刘耳写的第一封信。竹子在每个信封的右上角，都画了一个圆圈，圆圈里写着这封信的编号。这封信的编号是①。可能是担心自己写着写着就写乱了，或者是早就有了计划要写多少封，就都编了号，让自己心中有数。这样的做法，当然是为了以后再看的时候，方便一些。

竹子在这封信上告诉刘耳:

"这个人我不说出他的名字,你也想得出来的。读五年级的时候,你跟他打过一次架,他抓住你的衣领,扯掉了你的两颗扣子,你呢?你死死揪着他的头发就是不放,还把他的头发揪下了一大抓,把他头顶上的那点头发都给抓光了,后来好久好久都没有长出来。你后来还给他起了一个花名,叫他韦天窗。因为韦天窗这个花名,有一天,你们两个在路上差点又打了起来,后来还是我去把他给抱住的。我要不是死死地抱住他,搞不好你们两个就会打得半死。我本来是想冲过去抱住你的,但来不及了,我就在他的旁边,只好顺手就把他抱住了。他可能以为我喜欢他,从那以后,还经常偷偷地给我送东西,都是一些吃的。有一次他偷偷地往我口袋里塞了两抓炒黄豆,我又偷偷地抓了一抓塞进了你的口袋,你还记得吗?你那天吃的炒黄豆就是他的。他看见你吃的时候还跑过来问我,说是不是我给你的,我让他自己来问你,他还真的问了。你当时是怎么回答他的,你还记得吗?你说你是自己在家里炒的。你为什么不敢说是我给你的呢?你要是这么说,他早就死了心了。我就是不喜欢他。我一直喜欢的都是你。我就是喜欢你!你们那天如果因为那抓炒黄豆打起来就好了,打完了不管谁输谁赢,我喜欢的都是你。"

竹子在信上说:

"我要是不喜欢你,那天晚上我会给你吗?就是去拿牛的那天晚上。你想想吧,我会给你吗?你以为你帮我拿回了一头牛我就叫以随便给你吗?一头牛算得了什么呢?大不了,我被队里扣掉一年的工分,大不了我把我家的那头牛给了星群家就是了。"

"我是真的真的真的喜欢你。"

这是这封信的最后一句话。

她的信写得密密麻麻的，总是一个字紧紧地挨着另一个字，像一帮小孩一个挨着一个地一起走路，有的人都把手脚挂到了别人的身上去了。如果不是那么挂着，有人走着走着就会倒在地上。她这么写，肯定是为了省纸。那些字真的是又细又小，有些字不睁大眼睛多看两遍，都认不出来。

但这张纸她并没有写完，下边还有一些空。她却不写了。就连她的名字，还有写信的日期，她都没有写上。

这是为什么？

是不是觉得这封信虽然是给刘耳写的，但可能到不了刘耳手里，或者到了刘耳手里，刘耳也不一定看。也就是说，这样的信其实是自己写写而已。

刘耳无法知道。

刘耳准备看第②封的时候，拿起了却没有打开。他发现那第二封信是十封信里最厚的一封，鼓鼓的，比哪一封都厚得很多很多。

刘耳被那封厚厚的信给吓住了。

竹子会在这封厚厚的信里给他说些什么呢？她给他说了什么才有这么厚呢？刘耳的头皮忽然就要炸了，悄悄地就冒起了厚厚的一层皮，那层皮又是风凉风凉的。

她会不会在这封厚厚的信里告诉他，说她怀孕了。早上那是谁说的，好像是长腰他爸说的，对，是长腰他爸说的。说她竹子好像怀过小孩……她那怀的是谁的小孩呢……会不会就是他们两个那天晚上的……那她为什么不去找他……是不是她去找过他……什么时候去找的……是不是没有找着……如果她真的去找过他，如果找着了……他会跟她吗……他当时应该怎么办……那后来她又是为什么把那个小孩给打掉了……打掉的原因又是什么呢……

这么一想，他就真的不敢打开了。

他拿着那封信，只是不停地捏来捏去，捏去捏来，如果不是因为在柜子里压的时间太久，刘耳那么捏的时候，里边的信应该是会发出被人挤捏的声音的。但刘耳什么都听不到。太久了，都不知道她是什么时候写的，又是什么时候压在了柜子底下。

那信封鼓鼓的样子，让刘耳觉得有点可怕。刘耳挥起一只手，想对着鼓鼓的信封拍一拍，想把积压在信封里的空气，拍一点出来，让它别那么鼓鼓的太吓人了，可手举到眼前又停住了。他怕一不小心就把那封信给拍烂了，只要他拍下去，里边的空气至少会从几个脆弱的地方爆出来，那就有可能把那封信给挤破了，会裂开好几道口子。他不想那样。

他只好把它轻轻地放在了茶几上，他不让它靠近第一封，也不让它回到另外的那些信里。他让它单独地待着，依然是鼓鼓的，像极了一个受尽冤屈的女子。

2

刘耳的手落在了第③封的上边。这第三封，没有第二封那么厚，好像一半都不到。但他还是不敢打开。他把那些信，一封一封地过了一眼，又一封一封地把它们放在茶几上，再用手掌一封一封地压了压。

3

最后，他拿起了第⑩封。

这是另外的八封信里，最薄的一封。其实，再怎么薄也是一张纸。竹子在信里对刘耳说：

"我快要死了。我的脑子里空空荡荡的，有时我就胡乱地拍了拍，不知为什么，常常拍出来的都是你。我不知道为什么？真的，我不骗你，如果哪天你看到了我的信，你也拍拍你的脑袋试试好吗？看看你能不能把我从你的脑袋里拍出来。我是说如果。"

就写了这几句，就停下了，也许是不想写，也许是觉得自己在前边的九封信里，已经写得够多多多的了，不想再写了。写得再多又有什么用呢？就不写了。

信的下边，是好大的一片空白。

这封短短的信，刘耳看了一遍又一遍，看到第三遍的时候，那几行字已经完全印在了他的脑子里，再看也还是那几行了。就按照原来的折痕，把那封信慢慢地叠好，慢慢地放回信封里，然后闭着眼睛，举起双手，从脑袋的两旁，往脑袋上边连连地拍了几下，拍得叭叭叭乱响。其实，他就是不拍，他的脑袋里也早就挤满了竹子，尤其是竹子给他写信的那种样子。他心里就默默地对竹子说，看见了看见了，我看见你了。说完了突然就泪流满面。

4

刘耳把第一封信也重新叠好，放回信封里，放到了一边。剩下的信,他一封都不想打开了,只是把它们按照顺序,第②封、第③封、第④封、第⑤封、第⑥封、第⑦封、第⑧封、第⑨封排在茶几上。他只看着,一封都不想打开。他对自己说,先留着吧,要是一口气全部看完,弄不好会突然心肌梗死或者脑梗都有可能。

他真的有点怕。

慢慢看吧。找时间再慢慢看。

他对自己说,也像对竹子说。

第二十四章

1

再次来到竹子家的时候，院子里已经忙碌起来了。满地都是干活的人。女的分成两拨，一拨剪纸做花圈，白的红的，黄的绿的，丢得满地都是；另一拨人在收拾碗盏，择叶洗菜。男的都在砌灶垒砖架板，随时挥刀杀猪切肉。那些忙活的男人，大多是那些光棍，你前后左右随便晃一眼，看到的全是那些闪闪发亮的脑瓜。一不留神，你会有种走错了地方的感觉，你甚至怀疑这里会不会是哪个寺庙。

老人的灵堂早就已经摆好，香火和焚烧的纸钱化成的烟雾，早已没完没了地随风飘散在了门外的天空。

门外的一张桌子上，放着一堆剪好的孝布和白带子，只要抓一块孝布往身上一披，再用那根白带子在腰间一勒，那种特有的气氛就流动起来了。然而这些都是为逝者直系亲属所用的。老人家已经没有这样的亲属了，为什么还弄这么多呢？

这时，半桶水正好前来上香，看见刘耳面对着那些孝布发愣，就对他说：

"是我让他们弄的。"

"用得上吗？"刘耳说。

"用得上。要是没有这个，哪像什么丧事啰。用得上。"

"怎么用？就这样摆摆？"

"到时候我给她老人家安排几个亲人就好了。"

"安排几个？怎么安排？"

"这个有什么难啰。村里这么多光棍。"

"有人愿意吗？"

"目前还没有。"

"我估计也没有。"

"到时我有办法。"

"你有什么办法？"

"到时我让他们抓阄。"

"抓阄？这样不好吧？"

"有什么不好？"

"好像不太严肃。"

"这个不重要，重要的是我们得给老人家好好地办一个葬礼，你说是不是？"

"这种事，我建议你还是好好斟酌斟酌，一不小心，那可是天打雷劈的事。"

"你别吓唬我，我还有一个外号你不知道吗？"

"知道呀，不是叫半仙吗？"

半仙是人们从心底里送给他的外号，里边满满的都是尊敬，这理所当然地都是因为他多多少少通晓一些地理风水的事。可他总是对别人说他不是很懂，他说他也就半桶水而已。有人就觉得半桶水好像比半仙好听，而且有趣，就都把他叫作半桶水了。他觉得他真的就是半桶水，你喜欢叫就叫呗，但是有一点，你不要乱了嘴巴。那就是你有事找他的时候，你得叫他半仙。你要是误了嘴叫他半桶水，那你就自己完了。他虽然嘴上不说，但你找他办的事你就自己掂量掂量吧。

半桶水说:"那就对啦！你见过神仙被雷劈的吗？再说了，我们现在是在给老人家帮忙，她们家要是现在有人，肯定也得叫我半仙吧？那我就是半仙了。我半仙我怕什么？到时你就看我的吧。"

又说：

"除非你能想出比我更好的办法。你有什么更好的办法吗？"

刘耳摇摇头:"没有。"

半桶水就不再多话了，他进屋上香去了。上完了香，烧完了纸，他却不走，而是等着刘耳。他对刘耳说：

"你有别的事吗？"

"没有。"刘耳说。

"想不想跟我去一个地方？"

"什么地方？"

"山上，给老人看地去。"

刘耳点点头，俩人就上山去了。

2

他们去的地方，就是竹子一直待着的地方。半桶水告诉刘耳：

"你知道吗？这个地，也是我给找的。这不算是什么好地，但对竹子比较合适。合适是最重要的。现在很多地理先生看上了一块地，就去乱找那些有钱人，说这块地怎么好，说那块地又怎么好，就是为了在人家的口袋里多捞出几个钱。其实呀，都是乱来的。那种地理先生，我告诉你吧，以后到他死了他都不知道他应该埋在什么地方。一个人，一般来说，你是无法知道你会生在什么地方的。我说的是你出生之前，对吧？可这个不重要，因为生的事情不是你可以选择的，但是，你要知道你埋在什么地方。因为这个你是可以做到的，你做不到你家里的人是可以做到的，你家里的人做不到你请的地理先生就应该做到，否则还要地理先生做什么呢？"

刘耳活了几十年，天下的大道理，还是听过不少的，但半桶水的这一板说词，还是让他听得有点发蒙，就定定地看着这个半桶水，看着这个半仙。

"其实呀，每块地都是好地，就看葬的是什么人，葬对了才是最好的。你要是葬得不对，不管你怎么风光，风水一转，就出问题了。风水是会流转的你知道吗？这也是我前几天在你家墓地那里才看到的。"

"我家的墓地？"

"对，你家的墓地。我大前天去的。你知道我为什么去看你家的墓地吗？"

刘耳摇摇头，似乎脸色都有点变了。

"我就问你，你不缺钱吧？"

刘耳不好摇头，也不好点头。

"我再问你，说实话，城里比村上好住吧？"

"这得看怎么说。"

"那就是城里好呗。那你为什么还跑回村上来？"刘耳正想着怎么说才好，半桶水的手已经举了起来，示意他不用回答。半桶水说：

257

"你不用拿撒尿的问题来蒙骗我们,我知道老牧民他们都信了,可我不信。"

然后两眼充满挑衅地看着刘耳,看得刘耳只好把头低了下去。半桶水说:

"我早就听说了,说城里的医院现在水平都高得很,肺坏了可以换肺,肝坏了可以换肝,你一个撒尿的东西坏了算什么呢?"

说着还伸出两根手指,比画了一下刘耳那个东西的大概长度,意思是你那东西才多大,不就这么一点点吗?有什么了不起的?

半桶水继续说:

"像你这种不缺钱的人,坏一个我换一个,坏一个我又换一个,换它两个三个,五个六个应该都没有问题吧?反正你们有的是钱对不对?"

刘耳就说:

"这个怎么能换?没有听说过。"

又说:

"这个要是能换,我早就换了。"

半桶水说:

"那就说明你的东西还没有坏到这个地步!我的话你还听不明白吗?我的意思是,你回来其实不是因为这个问题。"

"我跟你说,我还真的是因为撒尿的问题……算了算了,我们不说这个东西了好不好,你一说起这个东西,我都想尿尿了。"

"那你就尿尿去吧。"

半桶水就笑笑地看着刘耳。刘耳竟没有起身。半桶水只好放下了这个话题,他说:"好好好,那我们不说这个东西了,不说这个东西。我们本来说的是什么?"

本来说的是什么?

是他去看了他刘耳家的墓地。

但刘耳不敢这么提醒他,他有点害怕他的那张嘴,就说:

"我都忘了你说什么了。你好像说哪块地其实都是好的,就看葬的是什么人。"

"不对不对,不是这个……好吧好吧,那就说这个吧……要说吗?"

"说说说,在城里哪里能听到你说的这些。说说说,你接着说。"

"怎么说呢?真的是哪一块地都是好的,就看葬的是什么人。也就是说,一块地好不好,不光是那块地的事,还得看你是什么人。很多人的祖坟,看上去都挺好的,又发大财,又出大官,可为什么就是发不起,而且几代人都没有出人也没有发财,为什么?因为那块地和那个人不般配……算了算了,不说这个了,我好像说乱了。"

"那你就说说,你给老人看的这块地吧。"刘耳说。

"我刚才说了,这块地不算什么好地,但这块地比较暖。你看看前边,你再看看后边,然后看看左边,看看右边,应该说,真的没有什么可看的。竹子走的时候是冬天,我给她找地的那天,冷得很。我当时就蹲在这里,边上呀,到处都是风,有时候从那边刮过来,有时候又从这边卷过去,可就是没有往我的身上刮。我当时就觉得怪了,风为什么从边上经过,我一点都没有被风吹着呢?我就想,这一定是老天爷知道我在给竹子找地,老天爷一定是知道竹子是个可怜人,知道她早就受够了苦了,觉得不能让她死了之后,还没完没了地受苦受冷受气受风受寒。当时,我真的是越想越激动,越想越激动,我一拍大腿了起来。我当时就喊了,喊得很大声,我说竹子呀竹子,你以后就住在这里了。我就给她定在了这里。"

半桶水说完了看刘耳，发现刘耳不知在想什么，竟然没有给他任何回应。他哪里知道，刘耳的心里，比他想的要多得多。

"所以，我觉得老人家也应该葬在这里。对她们母女来说，没有什么比温暖更重要的。什么后代兴旺发达呀，那都是屁话，明摆着她们都没有后代了你还找什么后代兴旺发达的地？那不是明摆着是欺骗人吗？人家都死了你还欺骗人家干什么？你说对不对？"

刘耳说：

"对对对，你这个说法是对的。"

"让她们母女待在一个地方比较好，没事的时候，她们母女俩还可以聊聊天，对不对？"

刘耳便不住地点头。

山上的风，真的十分凉快，吹得那些草草木木也晃晃悠悠的。那些草草木木当然也是快乐得很，你让它们往左边倒，它们就顺着风往左边倒；你让它们往右边倒，它们就顺风往右边倒，前后左右，东西南北，全都由你。

对半桶水来说，应该是好久好久没有人像刘耳这样，听他说了这么长的有关地理的事，自然也是心情大好，以至于一时都收不住嘴。他又给刘耳说：

"看地呀，其实就是看人。看人呢，有时候也是在看地。我虽然没收过任何人的一分钱，但我看得还是蛮准的。不是跟你吹，我比很多地理先生都要准得多，我在我们瓦镇，甚至是瓦县，都是有点名声的。县里有些当官的，都偷偷地来找过我，让我去帮他们看一看他们家的祖坟。但我不去！我知道我的命里不是吃这个饭的，我要是吃了第一碗，肯定就会吃第二碗；吃了第二碗就会吃第三碗。这就跟偷东西一样！为什么？嘴巴甜了嘛。嘴巴一甜，就收不了手啦！人这个东西呀，就是这样。你说是不是？"

刘耳就点点头：

"是，是是！"

"你知道我们村有个做小偷的吗？"

半桶水突然问道。

刘耳点点头，说：

"知道，三只手呗。"

半桶水说：

"对，就是那个三只手，他虽然年年过年都给村里的老人发红包，但我不要。我就是不要。你偷来的东西，我怎么能要呢！而且我早就认定，他总有一天会死于非命。偷别人的钱，过自己的好日子，这是伤天害理的！很多人都不懂这个道理，但老天爷是长着眼睛的。老天爷肯定要收拾你的。后来怎么样？你听说了吧？他果然就死于非命！就那么一只小狗，才拳头这么大，就把他的命给咬没了。他葬的那个地方，有空你去看一看，也是我给找的。我为什么给他找那样的地方，我还从来没有跟任何人说过，有些东西叫作天机，他那个坟地就是。天机不可泄露，这话你知道是什么意思吧？"

刘耳没有吭声。他在半桶水说的那个"偷"字里，一下出不来，他总觉得，半桶水的那些话里，有时也是在说他。他的脑子里闪过了好几回儿子放在屋里的那些钱。

半桶水继续说：

"我今天就告诉你吧，我给三只手找的那块地，其实不是给他找的，是给村里的人找的。什么意思呢？就是说，我要让村里的人都知道,一个人活着的时候都干了些什么,到头来,就只能葬在什么样的地方。当然了,村里不可能每个人都懂我这意思,有懂的,有不懂的。不懂的我也懒得跟他们说,反正那块地就是老天爷留给三只手的,别的人要是葬在那里肯定不合适。找时间你去看一看吧,让我带你去也可以。"

第二十五章

1

不知什么时候开始，村上的丧事已经统统都要大办七天了。邻近的村民们，都趁着这个七天的时间，晚上过来玩一玩，一是给老人家上上香，烧烧纸钱；二来可以打打牌，玩几个小钱，也都知道不能玩得太大，玩大了总会有人偷偷地给你举报。一旦有人举报，镇里的派出所就会派人下来，不下来也不行，一来你吃的就是这个饭；二来，举报的人总是想得到政府的表扬和鼓励的，哪怕只是嘴上对他说一说，或者只是远远地你给他竖一个拇指头，那报案的人心里就会十分地高兴。那种高兴对他们来说，也是很养人的，会养着他们把这个活一直地干下去。如果我都报案了，你都不来人，那我以后就什么事都装着耳聋装着眼瞎了。派出所的警察，大多也都是家在乡下的，这些事也都见得多了。再说了，警察也是人，他们来了，就也是一个个地笑着脸，在这个打牌人的头上拍拍，在那个打牌人的肩上也拍拍，嘴里很严肃地说：

"注意点呀，别一不小心自己跑到我们那里养蚊子，那就麻烦了。我们那里的蚊子最近可不少，都是饿着肚子的，咬起人来全都是绝招，专攻人的裤裆。"

打牌的那些人，有男的，也有女的，就都笑笑地说：

"知道了知道了，我们就玩两手，玩完两手就不玩了。"

这时，就会有人过来把派出所来的警察招呼走，当然都是和那些警察早就相识的，不相识也是叫不动的。当警察的也都知道，有些饭是能吃的，有些饭是不能乱吃的，一不小心就会吃出说不清楚的问题来。把他们招呼过去其实也就是让他们坐一坐，喝两口小酒。办丧事期间，酒总是有得喝的。给警察喝的酒和给别人喝的酒都是一样的，都是从一大桶一大桶的酒桶里倒出来的，不一样的只是给他们的菜，要比给常人稍稍好一些。这也是应该的。这就叫作你让我一尺，我敬你一丈，相互也都给了脸了。

2

刘耳每天都来一次，都是白天，上上香，烧烧纸，和碰上的人说说话。其实也找不到太多的话说，无非是这两年的田地收成如何？看你这个样子，身体应该还不错吧？酒量怎么样，还能搞多少？一斤两斤，应该没有问题吧？说完了就不知道再说些什么了，然后就看着他们不停地抽烟，不停地吐雾。刘耳不抽烟，身上也不带，别人给过来也不接。村上人的烟，当然都是很一般很便宜的那种，对他们来说，能冒烟就行。刘耳可不行，他曾接过一支，点火一吸，一口就呛到了肺里，呛得他只有低头不停地拍着胸，好像那么一拍就可以把吸进去的那口烟给拍出来，或者拍散到胸腔的什么地方去，最后是把一张老脸拍得通红，只好趁机说你们抽你们抽，我抽不了。趁机就转身离开了那些缭绕的烟雾。

其实，是趁机离开那些人。

来上香的人，绝大多数都选择在晚上。但刘耳晚上不来，他怕有人拉他喝酒聊天，没完没了的，回家要是晚了，就无法入睡。守夜的，大多是身体相对硬朗的，自然都是那些光头偏多，还有就是隔壁村来的一些酒鬼，总是喝着喝着就走不动了，等醒来的时候就给老人上上香烧烧纸，然后看看哪张桌子边的板凳已经空了出来，就弯着腰，把屁股送过去。别看他们走路的时候，身子已经歪歪的，晃来晃去的，可一看到有空出的板凳，就没有一次是坐偏的。似乎醉酒之后，两只眼睛有一只已经自己挪到屁股上边去了，然后就继续喝。丧事只要没有结束，他们就一直地喝下去。

3

在丧事期间的夜里，最辛苦的当然是守夜的那些人，虽然你今晚守了明天白天你可以多睡一点，但守夜的时候，脑袋还是禁不住，坐着坐着，脑袋就会勾勾地摇来晃去。村里人把这种状态叫作钓鱼。如果有人看见你早就钓鱼了，就会过来轻轻地给你一脚，把你脑子里的鱼先给吓跑，等你醒来的时候，就会起身到外边走走，一边走一边张开双臂，把守夜的所有疲惫，从张大的嘴巴里往外赶。所以守夜的都是男人，女的也有，那是上半夜，守着守着，下半夜就没有影了了。

香女是十分感动于这些守夜人的。给她母亲办丧的时候，她几乎每夜都要专门给他们鞠上几躬，都不知道应该怎么感谢他们才好。她知道他们是真的很累。

给老人家守夜的第二天晚上，香女便给他们做了大半缸的酸送了过来。这是她在村里头一次做酸。她母亲走的时候，她都没有想到过要做，当然了，那时就是想做也做不动。香女的酸，当然是按照她在城里卖钱的做法做的，有萝卜酸、芹菜酸、包菜酸、辣椒酸，能够做的几乎都做了。一闻到香女的酸香，很多打牌的人呜啦啦的都坐不住了，有的人牌都不放就让身子飞了过来。

村上的人，全都知道香女原来在城里是卖过酸的。见过的人倒是不少，就是没有一个人曾经吃过。村里的人，谁家没有一坛酸呢？做得好不好，那是另一码事。走在街上的时候，再怎么看到香女的酸，也是不舍得花钱的，如果白吃就更是舍不得了，人家香女那明摆着是卖钱的，又加了她的母亲一直躺在医院，所以，在街上看到香女卖酸的时候，也只是把手高高地举到头顶上，给香女笑笑地招招手，然后就走过去了。就连香女卖的酸都长的什么模样，都没有人走近去见识见识。因而听说香女每天晚上都做了很多的酸拿过来，就都早早地吸溜着口水等着，尤其是那些光头，顺便还可以挤在香女的身边，吸几口那种做梦都吸不到的香女的香味。

好在每夜抢酸的时间并不长，都是转眼之间，那大半缸的酸就被抢光了。抢到之后也不是三两口就吃光的。村上的人，也是很懂得享受的。何况那享受的是香女的酸，这就需要更加用心了，几乎所有的人都是慢慢地吃，慢慢地嚼，慢慢地咽。这样的慢慢，是那些吃不上酸的人无法想象的。尤其是那些光棍。

香女的酸是可以吃着玩的，也可以用来下酒，如果拿来送粥，那简直就是叫那些煮粥的人想骂人又不知道该怎么出口了，就一句话，因为香女的酸，他们不得不多煮了好多粥。因为老人的家里还有一些糯玉米，前两个晚上,就都拿来煮了,其实也就是煮了两个晚上,就是守夜的第二晚和第三晚,第四天晚上开始,玉米粥就变成了白米粥了。

4

第二个晚上喝玉米粥的时候,扁豆突然想到了刘耳。他看了看锅里的玉米粥,剩下的已经不多,用粥瓢在锅里转了转,好像还能盛出一碗多两碗,就连锅带粥端到了一边的墙脚下收起来,并吩咐边上的人帮他看好。说这碗粥不要给任何人吃了,他要留给刘耳。刘耳想吃玉米粥的事,早就传遍了整个村子,老的知道,小的也知道,就点点头答应了扁豆,让他就快去叫人。扁豆就飞一样跑到了刘耳的家门前,嘭嘭嘭地拍打着刘耳家的大铁门。时间已经过了十一点,刘耳在床上已经睡下了,听到拍门声的时候,并没有想到是玉米粥,但迷迷糊糊地还是爬了起来。刚一开门,就被扁豆拉着往老人家家里跑。扁豆说:

"快快快,玉米粥,玉米粥!"

刘耳说:

"什么玉米粥啊?深更半夜的。"

"是你最想吃最想吃的玉米粥。还有香女做的酸,香女做的酸你应该没有吃过吧?你肯定没有吃过,太好吃了,可能都被抢光了,但玉米粥肯定有,是我给你留的,留了可能有两碗。深更半夜的,你也不要吃太多,有两碗也可以了。"

又说:

"你看看,我对你好吧?是不是很好?我一看到玉米粥就想到了你。"

走到半路的时候,刘耳却不走了。

他突然站住了。

扁豆怎么拉都拉不动。

"怎么啦你?"

刘耳没有说话。扁豆抓着刘耳的手又拉了拉,还是拉不动。扁豆拉一次,刘耳就把扁豆的手推掉一次,拉一次又推掉一次。

"你到底怎么啦?"

刘耳就是没有作声。

扁豆就不再拉了,只是愣愣地站着,看着刘耳。头上的路灯不是很亮,扁豆看不清刘耳脸上的表情。他只是有些纳闷,心想这个老头,他连做梦都想吃的玉米粥,现在就放在他的嘴边了,他难道不想吃了?为什么?他在想什么呢?

还能想什么呢?

老人家活着的时候,他就坐在她的对面,看着她一口一口地喝着碗里的玉米粥,一筷一筷地吃着辣椒钵里的酸藠头,那可真是香啊!那时他刘耳是真的在不停地咽着口水,虽然都是暗暗地咽,但确实是咽了好多好多。他是真的好想好想吃上一碗,就是半碗也是高兴的。那天的老人家也是知道他很想吃的。她还问了他:

"想吃吗?"

问这话的时候,她老人家还斜着看了他一眼。那一眼其实蛮吓人的,但刘耳竟然没有放在心上,他竟然回答她:

"想吃。"

他回答她的时候,嘴里的口水应该都飞了出来。

"真的想吗?"老人当时又问。

268

只是这么问的时候,她不再斜眼看他了,她连看都不看。他的回答当时也是真的快,他想都没有多想就对她说:

"真的想!"

当时,他真的没有想到她会回绝他,他以为她会跟他说:

"那你自己拿碗去!"

她要是这么说该多好啊,可她没有这样说。她说的只是硬硬的两个字:

"不给!"

她弯都不拐!就把他的嘴给堵住了,就像往他的嘴里突然堵了一个大大的酸蘑头……不不不,那哪里是什么酸蘑头,真要是酸蘑头那就好喽,那他使使劲就可以咬下去了,可她的回答让他怎么也嚼不动。

活着的时候,她都不给他吃她的玉米粥,她现在走了,他却深更半夜跟着扁豆跑到她的家里去,要坐在她家的院子里,拿着她的碗,吃她的玉米粥,这合适吗?

刘耳转身就回家去了。

扁豆也不再问他为什么。他只是愣愣地站着,看着刘耳的背影,好像自己做错了什么。

这当然不能算是扁豆的错。

扁豆帮刘耳做错的一件事,是在出殡前一天的那个黄昏。

第二十六章

___1

这一天,刘耳的心情十分糟糕。一直担心的屋里起火的那件事,终于发生了。

午睡醒来,他正要出门去给老人上香,刚一开门,停在门前的一辆丰田越野上,突然下来了一个人。

就是送他回村的那个小伙子。

他怎么会突然出现在这里呢?

刘耳刚要开口说句什么,小伙子已经走到了他的跟前,然后声音低低地给他传了一句话。与此同时,还伸出了长长的两只胳膊,似乎要随时地扶住刘耳,以防他突然倒地。但刘耳没有倒,那两只长长的胳膊就收了回去了。刘耳的两只眼睛只是木木地看着他,也不说话。小伙子便说了一句他还要赶路,然后给刘耳习惯性地挥挥手,就上车走了。只留了一屁股的青烟让刘耳傻傻地看着。

___2

刘耳不去上香了。

他关上门，在门边的水龙头下，不停地往脸上泼水，最后，干脆把整个脑袋都放到了水龙头下边，让哗哗的水流，把他淋得水渍渍的。

他就这样坐到了院子中央的茶几旁，忽然把头埋在茶几上，忽然又抬头看看天；忽然，又把头埋回到茶几上。他不知道该如何平静自己，想平静也平静不了。脑子里乱哄哄，真的是炸开了，各种各样的思想都在打架，打得乌烟瘴气的。

他突然就想到了酒，好像只有酒才能帮帮他。进屋就抓了一瓶开过的，也不用杯子，直接就往嘴里倒。头一口倒得有点猛，差点被呛着了，便停了停，看了看手里的酒瓶，竟然喝的不是茅台，而是前些天开来炒菜的二锅头。屋里应该还有茅台吧？当然有！而且还不少，全都堆在另一个小房里，有茅台也有五粮液，还有瓦城的名酒丹泉，当然也有北京的二锅头，好多好多。他不知道是黄德米给他堆在那里的，还是黄德米吩咐别人给堆在那里的。北京的二锅头和茅台酒当然是不一样的，但刘耳已经想不到要去换酒了。换它干什么呢？对他来说，这个时候最好的酒也许就是二锅头，它烧！它烈！有多少度？有六十五度吗？六十五度好呀，它能怎么烧就让它怎么烧吧！他这一辈子，还真的没有自己把自己灌醉过，就又接连地喝了两口、三口、四口、五口。喝到第六口的时候，他的身子突然晃了起来，脑袋好像开始有点旋转，而且旋的不是一个方向，是左右乱转，好像被人弄到了一条小船里，而小船又颠簸在滚来滚去的浪尖上。但他没有放下酒瓶，而是把身子扭了扭，扭到了一旁的餐桌边坐下。他想给自己再灌一口，手里的酒瓶竟然找不到他的嘴巴了，而是把酒从他的嘴角那里灌了下去，灌到他的下巴和他的脖子下边去了。他突然就生气了！他把手一松，手里的酒瓶便响亮地落在了地上。

3

迷迷糊糊地，好像有点醒了，恍恍惚惚地就到洗手池里又洗了一把脸，还对着洗手池前边的镜子看了看自己。真是太难看了！怎么看都不像是一个正常的人了。怎么就变成这样了呢？他发现自己的两只眼睛都是歪歪斜斜的，他睁开左眼，右眼却自己闭上了。他于是把右眼睁开，可那左眼又自己闭上了。其实，这是儿子还小的时候，他经常给他表演的一门绝活，叫作睁一只眼闭一只眼，闭一只眼再睁另一只眼。他儿子也觉得神奇，就也经常偷偷地学，可学了不知多少年都没有学会，后来就放弃了。

刘耳又给脸上扑了两把冷水，就又醒了不少。这时他才想起应该去看看他的小白，就在厨房里抓了一把米，往门外走来。

4

小白就在门前的台阶下，正歪着头，斜着翅膀，在草花鸡的面前轻飘飘地画半个圆，随后就踩到了人家的背上。刘耳猛地跺了一脚，就把它们跺散了。它们刚要离开，刘耳就撒了半抓米，把它们又给留住了。他习惯性地坐在最下边的台阶上，看着它们，也不说话。突然，一手就抓住了小白。

他看着它，没有说话，似乎也不知道该说什么。小白扑腾了两下，随后也不动了，只是时不时地用自己的鸡眼奇怪地看着刘耳。刘耳摸了摸小白那红红的鸡冠。在他的心里，这个时候的小白，那鸡冠应该是冷的才对。为什么？他不知道。他只是觉得它应该是冷的，如果那样，他会把他像一个小孩一样抱进怀里，让它暖和暖和。可是，小白的鸡冠竟然是灼热灼热的，这让他有点莫名的愤怒。他眼睛突然一翻，手指上的指甲就恨恨地掐在了鸡冠上。就在小白尖叫的同时，他把它扔了出去。看着惊恐万分的小白，刘耳的两只老眼忽然就流下了混浊的老泪。

5

刘耳过来上香的时候，太阳快要西落了。其实，他可以把自己扔到床上躺到天黑的，他要是不来也是没人发现的。里里外外的都是人，谁去注意你呢？就是被注意到了，也没有人去嚼这样的舌头的。可今天是给老人上香的最后一天，明天早上，老人就出山了。他要是不来，心里就怎么也说不过去。

前几日，他点好香，给老人叩了三叩，把香插好，再烧几张纸，就转身走了。可是今天，叩完三叩之后，他久久地凝视着老人的遗像没有走开。

老人家在照片上笑笑的，笑得十分的自在，好像脸上的每条皱纹都在笑，而且笑得弯来弯去的。回村的这些天，刘耳可是见过几回老人家的，印象中从来都没有见她这么自在地笑过。

这样的笑，刘耳觉得真好！

6

老人家的这张遗像是一张彩色照片。这是一个叫作冯山四的摄影师前两年跑来村里给拍的，还在一个摄影展上拿了金奖。获奖的名字就叫：瓦村的百岁老人。那个叫冯山四的摄影师在拍下这张照片的时候，还让老人家在相机上的一个小框里看了看。

他问她：拍得好不好？

老人家看得一脸的笑。

她说：这是我吗？

摄影师冯山四说：就是你呀，是我刚刚给你拍的。

老人家的笑就更加好看了。她简直不敢相信，相机里的那个老人就是她。

她说：我有这么好看吗？

摄影师冯山四说：你呀，比我拍的还要好看。

老人家的脑子一下就飞远了。

她说：好呀好呀，大好了！等我哪天死了，我的灵位前就放这张照片。我要让所有来看我的人，都好好地看一看，看看我有多好看！

当时，村里有不少人都在旁边看着，在看热闹。只要出现有外来人，村里人只要没事都喜欢小跑着过来看点热闹。她就让他们也都上来看一看。她让他们都给她记住她的那张照片。

我哪天死了，你们就用这张照片知道吗！她跟很多人不停地说着这句话。

然后，就吩咐那个叫冯山四的摄影师，一定要把这张照片送给她。摄影师冯山四说一定一定，这是一定的，回去我就给你晒出来。

摄影师冯山四说：我给你晒得大大的。你要晒多大？这样大，还是这样大？

老人家看了看摄影师冯山四变来变去的两只手，觉得他的手太夸张了，分明是在胡乱比画。她觉得他的比画有点不靠谱，就把自己的两只手举了起来，分别放在脸的两旁，很快又觉得好像小了点，就把双手挪了挪，挪到了两只耳朵的边上，又挪了挪，在耳朵边挪出了大约两根手指。然后对摄影师冯山四说：

这样吧，这样，这样大就可以了。不要太大，也不要太小。

那个叫冯山四的摄影师就不停地说，好好好，好好好。他说我记住了，就晒你要的这么大，这么大是最好的。走出门外的时候，那个叫冯山四的摄影师还十分认真地回过头来，再一次地对老人说，您放心吧老人家，您就好好地等着吧，我晒好了立马给你寄过来。

然后，老人就一直地等着摄影师冯山四把照片给她寄来。可是等呀等呀，就是等不到。有段时间，她就三天两头地往村西头的小卖店那里跑。她知道，只要那个叫作冯山四的摄影师把她的照片寄过来，就肯定放在村西头的路边小卖店那里。在小卖店里守店的，是一个小媳妇，刚生小孩没有多久。她对老人家说，你以后不用这样跑来跑去的，你的照片只要一到，我转身就会给你送过去。老人家觉得那个小媳妇的嘴巴倒是蛮甜的，但人确实有点懒，就对她说，你说话不能只挂在嘴上，你要把我的话放到你的心里去。她说，我的那张照片很重要很重要的，你知道吗？那小媳妇当然知道老人家不怎么信任她，就说知道了知道了知道了，你老人家回家等着吧。

老人后来就再也没有去过小卖店了。慢慢地，似乎把那照片也给放到了脑后了。村里的人每每想起这个事的时候，都会偷偷地说忘了好忘了好，她要是不忘呀，她一旦得到了那张照片，有些事情真的会说不清楚的。所谓的说不清楚，当然是话里有话，也就是埋有一点生怕那张照片会很快带来什么不吉利的意思。为什么不吉利？这就没有一个人敢把那个话说出口来了。

不知因为什么,前些天,老人家的脑子里突然又跑出了那张照片来。她想,她应该叫谁帮她去找找那个叫冯山四的摄影师,无论如何,她要拿到那张照片。如果不去找,就有可能永远都得不到。于是就出门找人,刚出门就碰上了小扁豆。当时的小扁豆正走在前往刘耳家的路上,他知道刘耳正在等着他聊天,在等着他说话。老人家哪管你这个,她一把就拉住了扁豆。她知道扁豆的身子虽然是轻飘飘的,但扁豆这个小孩的脑子很好用,比村里的很多大人都要好用。关键是腿勤,而且嘴巴也好用。她就给扁豆说,你能不能帮我去做一件事?小扁豆说当然可以呀,你说吧,你说了我马上帮你去跑。老人家就说出了去找冯山四拿照片的事。她甚至对扁豆说,我可能活不了多久了,可能哪一天突然说走就走了,但是拿不到那张照片我会死不瞑目的,你知道吗?小扁豆没有半句推辞,他转身就回家去了,也不先去跟刘耳说一说什么了,而且一去就好几天,所以,刘耳后来问他你到哪里去了,他只能告诉他,他办事去了。办什么事,他却不能告诉他。他只是告诉他如果说出来会有点不太吉利,但他哪里会想到,老人家得了这张照片还没有几天呢,她真的说走就走了。

7

上香出来,刘耳就遇到了扁豆。他提着一个空空的鸡笼,正在往外走。

刘耳就问:

"你这是干什么?"

扁豆说：

"他们让我到明泉家抓一只公鸡，明天给老人家送葬用。"

刘耳就哦了一声，挥挥手，示意扁豆去吧去吧。扁豆提着鸡笼往前没走几步，刘耳突然追了上去，从扁豆的手里拿走了鸡笼。刘耳说：

"我去帮你拿吧，顺便回家一下。"

扁豆看不出刘耳的脸上藏着什么心机，就笑了笑，觉得也行，而且自己还可以少跑一趟。因为他是小孩，这几天老是被他们叫来跑东跑西的，他的腿都有点酸了。扁豆就说：

"你去拿也行，但不要给钱。"

刘耳没有回话。

小扁豆又说：

"他们说了，这几天，只要是老人家这里需要的东西，不管是哪一家，只要有，都可以随便去拿。你拿了明泉家的鸡那是给了他明泉一份福气，他会长寿的，你知道吗？"

"这话是半桶水说的吧？"

"对，是他说的。你去拿就好了，真的不要给钱。你要是给了钱你就成了傻瓜了。"

8

刘耳去的却不是明泉的家。

他觉得明天拿来给老人送葬的，应该是他的小白！但他不想事先告诉扁豆。他觉得这是他自己的事。一进门，就直直地朝小白走去。小白看见他往它走来，竟没有走开。其实也走不开。院子就这么大，你一只小公鸡能走到哪里去呢？小白只是有点怕怕地看着他。鸡冠上的痛，应该还在，但被刘耳掐出的血已经结痂，已经变了颜色。小白以为刘耳要给它什么吃的，但它有点看不懂他手里提的那个空空的笼子。刘耳也没有跟它说话。他已经懒得再跟它废话了。他突然伸手一抓，就抓住了小白的脖子，把小白塞进了笼子里。小白翅膀上的那根红布条，他也懒得用手解开了，而是拿了一把剪刀，咔嚓一声就剪下来，然后，就转身就回到了老人家的后院里。

后院的左边角落，有一棵枇杷树。

刘耳把他的小白，挂在了枇杷树的一根断枝上。

那是一棵很老很老的枇杷树。谁也记不清楚老人家种了多少年了。每年枇杷摘光之后，她都叫人帮她把太高的树顶砍掉。帮她砍树的人也不问，好像都知道老人家那是因为什么。每年枇杷成熟的时候，她自己是从来不摘的。至少是很多年很多年不摘了。一串都不摘。她任由村里的大人和小孩们，从围墙的外边用各种办法随意摘取，她看见了也懒得阻拦。有时，也会有些心地纯净的小孩跑到地里去告诉她，说是有人又偷你的枇杷了！她在地里头都不抬，活都懒得停下，只在嘴上给那个小孩说：

"偷吧偷吧，让他们偷吧。你帮我去告诉他们，叫他们小心点，别摔下来就好了！叫他们也不要一个人偷得太多，叫他们给别的人留一点。"

她知道，村里很多人都是喜欢偷枇杷的。有些偷不到的人，还多次劝她把枇杷树砍掉算了。可她就是不砍。因为这是村里唯一的一棵枇杷树。如果有人是当着她的面偷的，她就多少也有点看不过去，她就会说：

"这个枇杷呀,不要一次吃得太多,吃多了会拉肚子的。弄不好三天五天你都好不了,吃多了有时还会要命的。"

老人家这话是什么意思,到现在都没有人完全说得清楚。他们都说,吃枇杷会死肯定是吓唬人的。吓人而已!吃枇杷好像也不会拉肚子,而是越吃越想吃。当然了,这都是因为这枇杷不是你家的。

9

明天,来给老人送行的人,肯定很多很多。瓦村的周边就有七八个散屯,男人们都是要来的。不管认识还是不认识,说白了都是前来给自己积德的。你来了也许没人注意到你来,可你要是不来,很多人的眼睛随便一扫,就知道谁谁谁怎么没来,那从此以后,你的那张人脸就会被人常常地挂在粪坑边上了。

来人总是要吃要喝的,像老人家这么长寿的一个老者,大家吃完了还会把手中的碗筷一起拿走。洗不洗都没有关系,只需往腋下一夹,就带回家去了。要的就是在老人这里带一点长寿的福分回去。

因此,院里院外已经到处都是干活的人。很多的菜都是要在今天准备好的,如果全都等到明天再弄,送葬回来的人,到时就会有可能等半天都吃不上。

刘耳已经很多年很多年没有看到这样的场面了。他也不想让自己一个人躲到哪个偏僻的角落里可怜地蹲着,如果那样他只会更加遭受煎熬。于是就让自己这里走走,那里走走。这里看看怎么切菜,那里看看怎么剁肉。鸡鸭鱼肉的血腥味和各种油炸锅里的肉香,早把整个院子充实得满满的。那样的满满,就是乡村丧事独有的那种味道。乡村丧事的饭菜是不用太讲究的，但该有的又都不能少，否则就对不起前来送葬的人们了，比如豆腐，比如扣肉，比如炸鱼，比如烧鸡白切鸭，等等等等。

　　刘耳走了一圈，还喝了一碗豆腐脑，那也是他小时候在家里最爱吃的，可以放糖，也可以放盐，然后撒一点点香菜或者葱花。最后，他停在了两个杀鸡的边上。平日里杀鸡，人们都是要拿碗装血的，碗里放点水，水里再放点盐，那是为了让鸡血和水融合在一起，并且凝结成块。但碗里的水也不用太多，多了血就稀了。一只鸡一般都是半碗还要少一点。鸡的血往往也不会太多，如果杀前的大半天里，你都没有给鸡喝过水，那么，那只鸡的鸡血就会更少更少，少到让你失望，让你只剩了责怪自己为什么不给人家喂点水呢？你家的水很贵吗？有鸡血那么贵吗？那鸡血可是很好吃的，比鸭血猪血都要好吃得多。在刘耳的记忆里，小时候爸爸杀鸡，他都是蹲在一边看着的。有时他的爸爸还会让他帮他抓住鸡的两只脚，不要让鸡乱踢乱划，以免弄翻了摆在地上的那碗鸡血，那就可惜了。鸡的两只脚虽然不大，但被一刀割在颈上的时候，那种拼出老命的力量却是十足的。一只鸡也许只有三斤四斤或者五斤六斤，但那腿上的力量这时也许不止二三十斤。每次帮他爸爸抓那鸡脚的时候，刘耳都要紧紧地咬住牙，拿出全身吃奶的力气。而他爸爸每次给他的奖励，都是煮熟了鸡，在砍肉装盆的时候，给他递上一片切好的鸡血，有时也给两片。那切成一片一片的鸡血，是真的好吃！软不软硬不硬的，最迷人的味道是煮得要老不老，吃起来有点沙沙的那一种，而他的父亲就总是能把鸡血煮成这样。这是需要用心的。每次吃完，他都想再吃一片，他父亲总是不作声，但他的手刚要往切好的鸡血伸过去，他的父亲就用一种很严厉的目光看着他。他只好把手收了回来。他很惧怕父亲的那种目光,他的目光只是看着你并不说话,然而却像一堵厚厚的墙,把你所有的邪念全都挡住了。但刘耳的儿子却不怕。刘耳每次在家里砍鸡的时候,他的儿子也总是像他小时候那样蹲在他的旁边,只要他把鸡血刚刚切好,有时只是切了一半,他儿子的手就闪电一样,把好几片鸡血都抓走了,有的已经塞进了嘴里。他觉得儿子的这种习惯很不好,他就像父亲那样用那种墙一样的目光看着儿子,但他儿子总是笑笑的,嘴里的鸡血还没吃完,他的小手就又伸了过来。他知道他的目光对他的儿子无效,只好改用了说话。他说儿子你不要这样,你虽然当着我的面,但你没有经过我的同意,这就叫作偷,你知道吗?有时,他儿子也会把手悄悄地收起来,那是他母亲不在家的时候。他母亲要是在家,只要被她听到了,她就会远远地把话砸过来。

她说儿子,你不用听他的那些鬼话!他一个乡巴佬,一个村上的菜包,你不用听他的!

她说吃一块鸡血算什么偷啦?你以为你那几片鸡血是政府的鸡血是银行里的鸡血吗?

有时,他老婆还会气冲冲地冲到他们边上,真像一只人们常常挂在嘴上的那种母老虎。她会伸着一根长长的手指头,当着他们儿子的面,狠狠地戳着他刘耳的后脑勺,龇牙咧嘴地说,谁没偷吃过家里的东西呀?你没偷过吗?我不信!我死了都不信!她每次跟他说事的最后一句,至少都在心里用了三五个感叹号。

刘耳就一直觉得,他儿子身上的优点是怎么来的他不知道,但他儿子身上的很多缺点,尤其是无度的贪婪,不管是明的还是暗的,大多是他老婆给的,只是,他从来不敢当她的面说出来。他怕她。怕得没有办法。

有什么办法呢?

眼前那两个杀鸡的,却没有把鸡血放在心上。他们只是一脚踩住鸡腿,一手捏着鸡嘴,把鸡的脖子往后一弯,手里的尖刀就抹在了鸡的脖子上,只一下,都不用来回,就把鸡丢到了一旁,让鸡一边挣扎一边把血飞得满地都是。

真是可惜了鸡血了,为什么不要!

刘耳没有问。又一只鸡被从笼里抓出来的时候,刘耳转身离开了。他走回到那棵枇杷树下。他想再看一眼他的小白。

然而,挂在枇杷树上的那只公鸡,竟然不是他的小白了。他的小白不见了!被人换掉了!他提着那只公鸡,就找扁豆去了!他知道一定是扁豆搞的鬼。

10

扁豆正蹲在地上,给一个灌猪血肠的光头做帮手。刘耳上去就揪住了他的耳朵,把扁豆从地上揪了起来。他问他:

"你把我的小白弄到哪里去了?"

说着把那只公鸡塞进了扁豆的怀里。扁豆抱着鸡没有吭声,他在想着如何从耳朵上弄开刘耳的手,但刘耳的手像铁钳一样,揪得死死的。

"我的小白呢?我的那只公鸡,我装在这笼里的,你弄到哪里去了?"

"你……你先放了我耳朵!"扁豆说。

刘耳不放！刘耳恨不得把这个小家伙的耳朵揪下来，揪完这只再揪另一只！

"这只鸡是不是长腰他爸家的？"

"是是是，是他家的。"

扁豆的嘴巴，已经歪得不像嘴巴了，就像一块怎么撕扯都不听话的橡皮泥。

"那我的小白呢？"

"我，我，我帮你藏起来了。"

"藏起来了？藏在哪里了？"

"藏，藏，藏在我家里，过两天我再拿给你就好了。你快点放手呀，我的耳朵是不是已经被你揪烂了！"

刘耳这才松开了自己的手。

"你把这鸡还给人家，把我的小白拿回来，去！"

扁豆却不动，他只是来回地揉着他的耳朵。看见扁豆不动，刘耳的手又伸了过来，扁豆赶忙躲到了一边，又站着不动了。

扁豆说：

"我要是把你的小白拿回来，你不知道明天它会死吗？你不知道吗？我是在帮你耶，你不心疼你的小白吗？"

刘耳顿时就满脸的惊诧了，以为扁豆知道了什么了，眼神有些慌张了起来。他说：

"疼什么疼呀？快去！"

扁豆还是不动。他说：

"你以为我不懂吗？"

"你懂什么？你不要乱说！"刘耳的心真的慌乱了，生怕扁豆会说

283

漏了什么。他看了看边上的人,好像没有人对他俩的话有什么兴趣。大家都在忙,有的人忙得连看都不看他们。

"你不是很爱你的小白吗? 你还是留着养吧。"扁豆说。

"留什么留?! 不留!"

刘耳的声音有点愤怒了,愤怒得身子有点禁不住在发抖。

扁豆还是不动。他忽然贴近刘耳,好像要揭露一起什么已经露馅的谎言,他低声地对刘耳说:

"你以为我不知道吗?"

"你知道什么?"

"你是把小白当作你儿子养的。你以为我不知道吗?"

好像被人猛地戳了一刀! 刘耳的身子暗暗地晃了一下。他看着扁豆,眼睛忽然就有点红了,好像扁豆戳的那个地方正在冒血,在往他的眼睛里冒。

"你听谁说的?"

"我听你说的!"

"我什么时候跟你说的?"

"你没跟我说过,我是听到的。我听到了你跟你的小白说话了。"

"你偷听的?"

扁豆点了点头。

"你什么时候偷听到的。"

"好早了。"

"什么时候?"

"你刚从长腰他爸家里买回来没有多久,那时候你家里就一只鸡,你还没有明泉的那一只,也没有我送你的那一只。"

"你在哪偷听到的？"

"围墙外边。你家的围墙外边。"

"村里还有别的人知道吗？"

"好多人都知道，长腰他爸也知道，所以他跟我说，这只鸡就当着是你的；你的那只，给你留着。"扁豆说着拍了拍怀里那只貌似小白的白公鸡。

刘耳突然咬咬牙，说：

"不要他的，你把他的这只还给他！"

扁豆两眼一黑，就又低声地说：

"我把小白拿过来没有问题，可你以后就没有小白了！"

停了停，看着刘耳，又说：

"你真的要让他们杀了你的……"

刘耳的手掌闪电似的就封住了扁豆的嘴，他不让他把话说完。他看了看四周的人，一把抓住扁豆的胳膊就急急地往外走去，一直走到一个四下无人的菜园边，才把扁豆放下。

"有个事我告诉你吧，但你不要告诉别人。"

扁豆点点头，两只小眼胡乱地看着刘耳。

"我儿子，他出事了！"

扁豆突然就震惊了，好像自己做错了什么事，惊愕地看着刘耳发呆。

"我儿子出事了！"

刘耳又说了一遍。

"出什么事？死了吗？"

"不是死，是出事了……我怎么跟你说呢？其实呀，我也是早就料到了的。"

停了停，又说了一遍：

"我是说,我早就预料到他要出事的。"

"那你为什么不想办法呢?"

"想什么办法呢? 一点办法都没有。这又不是什么火烧房子的事,你叫消防队来,把火一灭就没事了。"

"为什么呢? 你说的我好像听不懂。"

"你听不懂的,你还小,我说的你听不懂。你听不懂的。这也不是一天两天的事了,你听不懂的。我一句两句也跟你说不清楚。很多事情都是说不清楚的。就像有人送给无量爸爸的那袋钱,我到现在都不知道那是谁送的。但我知道,他们是冲着我儿子的脸送的,说是送给无量他爸爸,其实是送给我儿子的。你知道吗,我家里还有好多好多那样的钱,好多好多。我跟你说不清楚的,我自己都说不清楚。"

"你是不是在乱说话呀? 香女出事后有一段时间也像你这样在胡乱说话,你不会也变成香女吧?"

刘耳就说:

"我家里的事,我怎么会乱说呢? 是今天下午我睡觉起来的时候有人开车来告诉我的。"

扁豆就哦了一声,他说:

"怪不着我在村头撒尿的时候,有一辆车从我的背后经过。我看了一眼那个车屁股,我发现不是我们这里的车。是不是就是那辆车?"

刘耳点点头。

"是,就是那辆车。"

扁豆还是有点不愿相信,他说:

"你儿子不是瓦城市的市长吗?"

"是呀,是瓦城市的市长呀。"

"市长也说抓就抓呀?"

"犯了事呗。"

"犯了什么事呀,说抓就抓了? 我还立志长大了也像你儿子那样,也搞个市长当当呢。"

"你当不当市长那是另一码事,你现在要先替我做一件事,好吗?"

"什么事?"

"我儿子这件事你先替我保密好不好? 你不要告诉村里的任何人!"

"这种事如果是真的,村里人迟早也会知道的吧。不是说,纸是包不住火的吗?"

"你怎么也在乱用词……不过,这个词你用的好像没有问题。只是,只是你不应该当着我的面这样说,你这样有点没有礼貌你知道吗?"

扁豆点点头,像是承认了错。

"反正这几天,你不能让村里的人知道,至少在老人家的葬礼结束之前,你不能让任何人知道。你要给我保证,就当是你给一个面子好吗?"

刘耳这么说的时候,泪水忽然就下来了,哗啦啦的,流得满脸都是,好像他这辈子从来都没有这样求过一个小孩,也没有这么崩溃过。他似乎都想给扁豆跪下了。

扁豆顿时就慌乱了,他说:

"你别哭呀,你怎么哭了? 你别哭好吗,我保证不跟任何人说的,我保证!"

又说:

"你别再哭了,你这么哭我的心都疼了!"

扁豆说着突然就给刘耳跪了下来。扁豆一跪,刘耳竟然慌了,他也顾不得四下有没有别的人,两腿一软,也跪在了地上。

287

第二十七章

―――― 1

出山的时间和所有的仪式,都是外来的地理先生定的。他唯独定不了的是这一天的天气,这是老天爷给的。这天的天气是真的好,不阴也不阳。这对一个长寿的老人和前来给这位长寿老人送别的人们,已经没有比这更好的了。

一切都准备就绪,就等着地理先生敲响手里的小锣,送葬的仪式就要逐项逐项地开始了。这时,前来送葬的人们突然发现,刚才一直忙里忙外的那几十个光头,忽然之间,一个都不见了,像是被什么风突然刮走了。

―――― 2

瓦村光棍活动委员会的光棍们,全都乱七八糟地站在老人家后院的天井里,也就是那棵枇杷树的树底下。他们在看着那个叫半桶水的老人伸着长长的手指,在数着他们的脑袋瓜。

"一个两个三个四个……五个六个七个八个……九个十个十一

个……十二十三十四十五十六……十七十八十九……二十。二十个,都来了对吧?"

"你都数够了你还问。"

有人像是要笑,但没有笑出声来。

"别啰唆,都来了没有?"

光头们就都笑了,但没人回应。

半桶水猛地又大声问道:

"都来了没有?"

"都来了!"

光棍们轰然地齐声回答,把挂在枇杷树上的小白,都给震惊了,吓得它在笼子里一直想跳,但笼子太小,怎么也跳不了。

"这就对了嘛。"半桶水说。

光头们就又是一阵大笑,这一笑,似乎精神也上来了。

"现在,我要先跟大家说几件事,请大家都竖着耳朵听好了。"

"听着呢。"

总是有人管不住自己的嘴。

"别啰唆,都听好了。"

"好的!"

"第一,今天抬棺的,就固定我们这二十个人了,路上不要给别的人插进来,知道吗?"

"为什么呀?"

"不为什么,就是不给别的人插进来,尤其是别个村里的,只要看见有人想插进来,只要他不是光头的,你们就给我把他推走,就是把他们推翻在地也无所谓。"

"好，记得了！"

"好，那我还是说说为什么吧！为什么呢？因为老人家是我们瓦村最最长寿的老人，这是我们瓦村人的福分，我们要把老人的这点福分全部留在我们瓦村人的身上。大家现在不都是光棍吗，光棍又怎么样？我们的老人家不也是一个人过了大半辈子吗？她不是活得好好的吗？她为什么一个人也能活得这么好？这就是她老人家留给我们的福分。老人家的这份福分，我们要留在我们每个人的身上，留在我们每个光棍的身上！光棍又怎么啦？光棍也一样可以活出别人一辈子两辈子没有活出的日子来！"

"对对对！"

"这样的福分，我们可以随随便便地让给别人吗？"

"不可以！"

"对，不可以！还有，我还没有说完。大家都知道，老人就两个小孩，一个男的，一个女的，女的是姐，男的是弟。弟弟叫作明树，姐姐叫作竹子，但他们都早就走了。他们走得太早了，他们都远远地走在了老人的前边了，今天老人走的时候，他们两个都送不了老人家了，那怎么办？我们不能因为他们两个都不在了就让老人一个人空空地走吧？"

"不能！"

"那我们怎么办？"

"对，我们怎么办？"

"我是在问你们呢！"

突然就没有人说话了。

喜欢多嘴的那个光头，也不多嘴了。

"有人想过该怎么办吗?"

"没有!"

"真的没有吗?"

"真的没有!"

"好,那我就把我的想法告诉大家。"

"什么办法,说吧!"

"一共两个办法,我先说第一个。如果第一个有用了,那第二个就不用啰嗦了。"

"为什么?"

"不为什么,因为目的达到了就可以了。"

"那你说吧。"

刘耳的眼睛一直盯着那个多嘴的光头,他想,这个光头之所以成为光棍,应该和他的多嘴有关,至少会占了原因的百分之五十。

"那我就说了,这第一条很简单,就是我们,不,应该叫作你们,你们这二十个光棍,算了,我还是叫你们光头吧,叫光棍总是有点难听。"

"没有关系,叫光棍我们也挺开心的,我们已经开心惯了。"

"还是叫光头吧。你们这二十个光头,有没有人自愿出来,给老人家当明树和当竹子?"

"竹子是女的,怎么当?"

"只要有人愿意当,就可以当作是竹子的男人吧,叫作老公也可以。"

光头们全都愣了,默默地无人作声。

"那大家就先在心里想想吧,想两分钟三分钟也可以。如果有人愿意,我们就从愿意的人里选出两个来,年纪大的当竹子的男人,年纪小的就当明树，然后，你们就拿着孝布和白带子自己绑到身上去，然后，在整个送葬的仪式中，你们就是竹子和明树了。年纪大的就拿着枇杷树上挂着的那只公鸡，等下上山的时候，就在前边带路。你们先想一想，也不要想太久，外边的准备和时间应该也差不多了。"

没有等到两分钟，半桶水问道：

"有愿意的吗？有的话可以喊一声，把手举起来也可以。有吗？"

说着还指了指那个多嘴的光头：

"你平时可没少拿老人家的东西。"

"那是两码事，两码事。你还是说说你的第二条吧，这第一条，肯定作废了。"多嘴的光头低头说道。

"没有人自愿吗？没有人自愿那我就只能说出第二条了。这第二条呀，我要先说清楚，就是只允许执行，不允许反对！"

"为什么不给反对？"

"谁要是反对了，谁今天就不用上山了，他就可以马上回家睡觉去。"

这怎么得了！光头们都被半桶水给吓住了。不允许上山就是不允许你去给老人家送葬，这事要是成为事实，那你以后还怎么在村里过日子呀？你这后半辈子就算完了！光头们就都不吭声了，好像把正常的呼吸声，也都做了压缩，都提着心，等着半桶水往下说些什么。

半桶水随即把手伸到刘耳的面前，让刘耳把手里拿着的一个竹筒递给他。

"这是老人家用了几十年的一个米筒。"半桶水说着把手里的那个米筒，高高地举过头顶，让眼前的那些光头全把目光投到那个米筒上。

"米筒里边，现在装有二十根筷子，这些筷子，也都是老人家用过的，她用了多少年了，这个我也不知道，你们肯定也不知道，那我们就不管这个了。我要说的是，大家听好了，这二十根筷子，只有两根是做了记号的，有一根画了一个红圈，有一根画了两个红圈。我现在先给大家看一下。"

半桶水就把那些筷子，拿出了米筒，然后倒过来，散举在空中，让大家看到哪两根筷子是画了红圈的。只画了两根，其余的，都没有画。

"都看到了吗？"

"都看到了！"

"你们要不要传下去看一看？"

没有人吭声，好像谁都不愿意先去触碰那些筷子，好像一不小心，画了红圈的那根筷子，就会有什么魂灵趁机依附到了自己的身上。其实就是没人愿意碰到那两根画了红圈的筷子。这一点，刘耳倒是看出来了，他觉得半桶水这个老头，这一招还挺狠的，也挺用心的，就为了老人家今天上山的时候一路上有自己的两个孩子送着，否则这个老人就有点孤单了。

"看到了那我就再说两句，这两根画了红圈的筷子代表了什么呢？代表着老人家的两个孩子，一个红圈的就是竹子，两个红圈的就是明树。记住了没有？"

"记住了！"

"记住了我就放回米筒了。"

半桶水说着就把筷子倒讨来，又放回了米筒里，然后当着大家的面，把米筒摇了摇，又摇了摇，把筷子们摇得乱乱的，然后说：

"好了，现在可以上来抽签了，每人抽一根，一个一个地来，不要抢。"

哪里有人会抢这个呢？

光头们都像冰冻了一般，动都不动。

"谁先上来抽都可以，谁先上来？"

还是没有人先来，只是有人在下边用胳膊相互地捅了捅，还是无人往前。

"那就会长先来，会长，上来！"

半桶水把米筒递到了会长面前。

这就没办法了。会长看看众人，又看看半桶水，摇了摇米筒上的筷子，闭着眼睛，抽出了一根。

竟然是画了两个红圈的。

没有等到会长缓过神来，刘耳已经把准备好的孝布和布带，塞到了会长的手上。

下边的十九根，就只剩下了十九分之一了。光头们顿时就热闹了起来，好像心情也轻松了一大半了。有人就抢着把手伸了过来。

第二个抽的，没有红圈。

第三个抽的，也没有红圈。

第四个，第五个，也没有。

第六个是个子长得最小的那个光头，如果他一直躲在光头们的身后，不到最后估计都没有看到他的，可他偏偏硬是挤到了最前边。这小个子光头，大家都叫他长奶娘。这长奶娘是他在梦中遇到的一个人，是他自己说出来的。来由十分简单，有一天晚上，几个光头在一起晒月亮，因为他个子小，有人就说他可能连做梦都没有见过女人，他就嘿嘿地笑。他说那我就告诉你们吧，昨天晚上我在梦里就见到了一个女人，而且还是一个长奶娘。有人就问他，什么叫长奶娘？他说长奶娘就是奶子长得很长很长的那种女人。他说他梦见长奶娘的时候，长奶娘正背着她的小孩在地里干活。那背上的小孩可能是饿了，就在背后哭了起来，长奶娘一听到哭声，也懒得用嘴巴哄，只是解开上衣的两颗扣子，把奶子掏出来往肩上一甩，小孩在后边把奶一接，哭声就停下了。他还说，那小孩吃着吃着就睡着了。就问他们，你们猜猜，那小孩睡着的时候，头放在什么地方？他们说：还能是什么地方，原来放在哪里就在哪里呗。他说不对，原来是放在他妈妈的背上的，但后来不是了！他说他在梦里看得一清二楚的，那小孩的头就放在了他妈妈的奶子上。说这个故事的时候，长奶娘十分认真，就像他亲眼看到了一样。

准备抽签的长奶娘，也是认真的。

他先是双手使劲地搓了搓，也不知道那搓来搓去的是为了什么，是想把运气搓到手上来，还是要把手上的霉气先给搓掉。反正是一副无比认真的样子。别人都是闭着眼睛抽的，就他一人没有闭眼。他盯着米筒里剩下的十四根筷子，捏紧了最中间的一根，却慢慢地往外抽，慢慢地，就像蜗牛爬树一样。半桶水似乎发现不对，他觉得长奶娘的慢慢抽，肯定是一种阴谋，阴就阴在他如果偷偷地看到了红圈的影子他会突然把手放掉，那就乱套了。

半桶水一把就揪住了长奶娘抓住的那根筷子。然后，和长奶娘一起，把那根筷子慢慢地往上抽。谁也没有想到，那根筷子就是画有红圈的。长奶娘松手的时候，已经晚了。没有等到他嘴里喊出什么，刘耳手里的孝布和布带，已经塞进了他的手中。

3

就这样，会长成了明树，长奶娘成了竹子的男人。送葬的人全都知道，老人家早就没有了小孩，就都觉得这样的做法也挺好的，主要是合情合理。人生世界，整天摇来晃去的，不就情和理两个字吗！这情和理其实就是太阳和月亮，要是没有了太阳和月亮，人的生活就会暗淡无光。有人甚至觉得，这个做法此后可以成为乡村葬礼的一个模板。尤其是光棍那么多，说不准哪天突然就走了一个，你能因为他是光棍就让他孤零零地走吗？人们这么议论的时候，刘耳就时不时地把赞许的目光送给身边的半桶水。那半桶水也爱死了刘耳送给他的那种目光。刘耳的目光让半桶水一时精神百倍抖擞，像是刚刚喝了好几杯，喝得都已经忘乎所以了。他用胳膊撞了撞刘耳，禁不住说道：

"怎么样，我这个半桶水，不是一般的半桶水吧？"

刘耳知道半桶水想要的是什么，他当然要给他，而且往大了给。他说：

"你呀，以后不能允许任何人再叫你半桶水了。"

"那叫什么？叫半仙？"

"半仙都不能跟你比！那都是小看了你了！"

"那要叫我什么？你不会又想着盖给我一个外号吧？你要是给我一个烂的我可不要！"

"当然不是外号。"

"那是什么？"

"是称号！"

"称号？什么称号？"

"精神领袖！"

又补充说：

"你是我们瓦村的精神领袖！"

半桶水就哈哈哈地笑了出来,笑得周围的人都莫名其妙地把眼神丢过来。半桶水连忙捂住了嘴,像个小孩一样,把剩下的笑声压制在了自己的手掌心。

让半桶水没有想到的是,在老人家的这个葬礼中,后来真正让人肃然起敬,让人口口相传的,却是村里的那些光棍。

4

鞭炮和锣鼓,当然是同时响起来的。鞭炮过后锣鼓还要不停地敲。按照常规,是要一直地敲到墓地去,但今天的光棍们,把这常规给改造了。鞭炮刚停,会长的一只手突然高高地举到了天上,好像他的头顶上挂了一根绳子。他抓住绳子突然往下一拉,那锣鼓的声音就停住了。

刘耳觉得奇怪,就对半桶水说:

"锣鼓是不能停的吧,是不是?"

半桶水还没有回话,光棍们的呐喊声忽然就震撼了整个天空:

"老人家呀!"

"你走好呀!"

"我们都是!"

"你的小孩!"

"亲不亲生!"

"不重要呀!"

"我们都是你的小孩!"

......

起头的就是会长,后边跟着的,全是那些抬棺的和不抬棺的光头们,都像是打了鸡血似的,全把嗓子往破了喊。他们的呐喊把刘耳震惊了,把半桶水也震惊了。长长的送葬队伍,全都被震惊了。

呐喊声,一路走一路不停:

>......
>老人家呀,
>你走好呀!
>我们都是,
>你的小孩!
>亲不亲生,
>不重要呀,
>我们都是你的小孩!
>......

刘耳想问半桶水,但他没问,而是拉了拉身边的一个小光头,问道:

"抬棺喊号子,以前好像没有吧?"

"以前怎么会有呢!"

"别的村也没有吧?"

"肯定没有啦。"

"那我们村什么时候开始有的?"

"昨晚。"

"昨晚？"

"对，昨晚。是会长昨晚突然想到的，我们还练了大半夜。"

"练了大半夜？"

"对，练了大半夜。"

"就这么喊？"

"对，就这么喊！"

"我昨晚可是一夜没睡，怎么没有听到呢？"

"我们是偷偷喊的。"

"不出声？"

"不出声！不给出声！会长一边练一边还打开了你送给他的那瓶茅台，我们几口就喝光了。大家都觉得要是再有几瓶就好了。"

"你们不是觉得茅台不好喝吗？"

"好喝好喝！那天觉得不好喝可能是时候不对。还有，大家还是有点心疼你呗，听说一瓶茅台好几千呢是不是？"

……
老人家呀，
你走好呀！
我们都是，
你的小孩！
亲不亲生，
不重要呀，
我们都是你的小孩！

......

光棍们的呐喊声像一阵阵的爆炸声，一路走一路地炸，炸得地动山摇，炸得响彻云霄。

5

走着走着，走在前边引路的那个长奶娘，老让刘耳觉得不太顺眼，就对身边的半桶水说：

"你有没有觉得那长奶娘味道不对，你看他，软软囊囊的。"

半桶水说："软囊囊有软囊囊的好，软囊囊就证明这个做女婿的，还是很伤心的嘛。"

"他那不是伤心。"刘耳说，"他是不太情愿。你再好好地看一看，看看他的那个样子，太不像女婿了。"

"谁会情愿呀，你说谁情愿？你就看看他们那个光棍活动委员会的会长，他现在这个号子是他搞的不错，可抽签的时候，你看到的吧？要不是我点了他的名，他会第一个抽签吗？他那个样子，是情愿的吗？"

"主要是长奶娘那个样子不对。"

"就这样吧。你知道吗，这个方法，我整整想了一夜才想出来的，主要是想给老人一个没有遗憾的葬礼。"

"问题是，你看看他，你看看他的那个样子，他那当的是女婿吗？那样的女婿，对得起她老人家吗？"

刘耳的唠唠叨叨让半桶水觉得有点心烦，他想把他的嘴堵住，眼睛一瞪，干脆给他回了一枪。

"要不，你去？"半桶水说。

半桶水哪里想到，那刘耳竟然认真了起来。他盯着半桶水，说：

"我要是现在上去顶他，你觉得合适吗？"

半桶水就惊讶了，伸手摸了摸刘耳的脑门，他说：

"你昨晚是不是真的没有睡觉？"

刘耳拿开半桶水的手，他说：

"这跟睡不睡觉没有关系。"

"发烧呀！没睡觉脑子就会发烧呀！"

"发什么烧呀？我没有发烧！我说的是认真的。而且，我这个年龄，我觉得当女婿也比较合适。"

"你是说，你要上去顶他，顶长奶娘，你来当老人的女婿，当竹子的男人？"

刘耳点点头，只是点得有点生硬，有点不太自然。他说：

"你觉得现在还可以顶吗？快走了一半了，你觉得还可以吗？"

半桶水没有回话。他一把抓住了刘耳的胳膊，把刘耳拉出了人群，拉到了路边上，两只眼睛睁得大大的，好像他早就已经看出了什么，只是不敢胡乱开口。

"你给我说真话，你和竹子是不是有过？"

刘耳愣了一下，随后点了点头，但他没有说话。

"听说竹子还怀过一个小孩，会不会就是你的？"

刘耳点了点头，还是没有说话。

"那你早说啊！你的良心都他妈的丢到哪里去了？！"

半桶水的骂声，把刘耳吓了一跳。

"那我现在就上去顶他,合适吧?"

"当然合适呀!怎么不合适呢!他是假的,你是真的!有什么不合适呢?"

刘耳拔腿就赶到了长奶娘的身边,两句话就把长奶娘手里的小白拿到了自己的手上。他知道送葬的人们都看到他把老人的女婿给换掉了,肯定都在叽叽喳喳地议论着这到底是怎么回事,但只要半桶水不说,估计也是没人知道的。

他想:半桶水会说出来吗?

就是说了出来,那又怎样呢?

……
老人家呀,
你走好呀!
我们都是,
你的小孩!
亲不亲生,
不重要呀,
我们都是你的小孩!
……

光头们的呐喊声,一路地动山摇!刘耳禁不住就时不时地回过头去。十几二十个光棍的光头呀,他们的步伐虽然有点零乱,抬在他们肩上的灵柩,也随着路面的坑坑洼洼,不时地晃来晃去,但他们嘴里的呐喊声却没有停过,他们的脚步声,也没有停过,那样的场景,别说是在瓦村,就是在整个人世间,都是绝对的悲壮,绝对的震撼人心!

  ……
  老人家呀,
  你走好呀!
  我们都是,
  你的小孩!
  亲不亲生,
  不重要呀,
  我们都是你的小孩!
  ……

第二十八章

―――― 1

仿佛……
忽然就静了下来。

―――― 2

刘耳看了看头上的天,满眼都是灰毛毛的,不知那太阳又躲到哪里去了。

院子的大铁门敞开着,那是给扁豆留着的。他不知道他还会不会来,如果来,会是什么时候。

茶几上,竹子的信依旧散放在那里。有两封是看过的。有八封没有看过。尤其是鼓鼓囊囊的那一封,那是她写给他的第二封信,里边到底都说了些什么,说得整封信那么鼓鼓囊囊的,像是埋了一肚子的冤气。也许,又不是冤气。那是什么呢?

刘耳把自己慢慢地放在摇摇椅里,不动。他不让他动。躺在摇摇椅里要让自己做到不动,他知道是很难的,可有时也不难。你只要轻轻一动,那摇摇椅就会跟着动了起来,有可能还会不停地动下去。有时,你发现你其实是不动的,可那摇摇椅也在动。是怎么动的? 你都弄不清楚。也许,只是因为一次加速的心跳;也许,是因为一次深深的喘息,还有一种可能,是有风在吹,那是外在的。但你正想着它是怎么动的时候,有时你会发现,它正好处于一动不动。

忽然,好像又动了。

刘耳闭着眼,躺着。

他想把脑子放空。

3

突然:

咯咯咯,咯哒!

咯咯咯,咯哒!

咯咯咯,咯哒!

……

是母鸡下蛋后的鸣叫!

还在叫:

咯咯咯,咯哒!

还在叫:

咯咯咯,咯哒!

……

是哪一只下的呢?

是明泉的那只草花鸡,还是扁豆的那只大黄鸡? 马上去看看不就知道了吗?

刘耳刚要从摇摇椅上翻身下来,那鸣叫声竟然停止了。他等了等,那鸣叫声真的已经收住了。就是说，他现在走过去已经晚了，他已经无法知道是谁下的了。能去看一看的只有那个鸡蛋了。那个鸡蛋，如果这个时候去捡起来，它肯定是温热的，他可以直接把它敲进嘴里。他看见有人这样吃过，而且不止一次。刚生下来的鸡蛋如果趁热吃，听说是蛮补的，说是壮阳。可他刘耳还需要壮阳吗？不要了，不要了，要来干什么呢？只要天天能够顺畅地撒尿吃饭，就谢天谢地了！谁想壮阳就让他们壮去吧！我刘耳，真的不要了！

刘耳在摇摇椅上动了动，随后就不动了。他让摇摇椅随着他的心，也慢慢的安静下来。

那个新鲜的鸡蛋，也许晚上可以拿来打一个蛋汤，他想，不多，一小碗就好了，滴几滴香油，放点葱花，也不要太多，两根就好了，不要切得太长，要切细一点，但也不要太细，太细了撒在蛋汤上也不好看。那样的一碗蛋汤应该是很鲜美的！当然了，也可以把那个鸡蛋留下来，今天她下了一个，明天就会下第二个，后天大后天呢，大大后天呢，一天下一个，一天下一个，下到下完的时候，那就是一堆鸡蛋了，到时候可以给她做一个孵蛋的窝，让她孵出一窝小鸡来。这么想的时候，他好像看到了满院的小鸡在乱叫乱跑。

那些乱叫乱跑的小鸡里，会不会有一只是白色的，是一只白色的小公鸡！

刘耳突然就睁开了眼睛。

院子里，却空空荡荡的。

2024年1月

改定于南宁春江明月